AGATHA'S MYSTERY GOURMET

イギリスのお菓子と本と旅

アガサ・クリスティーの食卓

北野佐久子

Stories and Recipes by Sakuko Kitano

二見書房

まえがき

アガサ・クリスティーといえば、ミス・マープル、エルキュール・ポアロが活躍するミステリーをすぐに思い浮かべるでしょう。

その著作は、長編六十六、中短編百五十六をはじめ、戯曲十五、メアリ・ウェストマコット名義でのロマンス長編や自伝など、一人の作家としては信じられないほどの膨大な数の作品を残しました。

イギリスの文学は風土性、とくに作者の担うローカル性が強く反映されているといわれています。

イギリスの自然、生活、気象、といった風土全体を盛り込んだ作品を、読み手自身が自ら感じなければ、本当には理解できないともいえることになります。

クリスティーの作品も同様で、そ

こに描かれる豊富な食の描写、習慣などを通し、またそこから派生するさまざまなイギリス文化を通して、いっそう深く、楽しむことができると思うのです。

それは、イギリスで暮らした私が、身近だったクック夫妻や数多くのイギリス人の友人たちの暮らしや旅を通して実感したことでもありました。

その視点をもとに、この本は生まれました。

クリスティーの作品にはミステリーならではの「犯人が誰か?」という謎解きの面白さだけではない、イギリスを知って初めて物語そのものを味わうことができる楽しさがあります。その豊かな世界を垣間見るために、この本がお役に立てば、それほどうれしいことはありません。

二〇二三年十一月　北野佐久子

イギリスのお菓子と本と旅　もくじ

※卵はLサイズを使用しています。
※オーブンの焼き時間は目安です。メーカーによって異なる場合があるので、仕上がりの写真を参考に調節してください。
※火傷には十分気を付けましょう。

アガサ・クリスティー作品ゆかりの地域

The Mysterious Affair at Styles

『スタイルズ荘の怪事件』

真夜中のココア

クリスティーの記念すべき第一作目のミステリーであり、ベルギー人の探偵エルキュール・ポアロが初登場する作品が『スタイルズ荘の怪事件』です。まだ若かったクリスティーがこの作品を書き上げたのは、ムーアランドホテルにおいてでした。ヒースが咲き乱れ、野生の羊や牛がのどかに草を食むダートムアの、荒涼とした景色のなかにたたずむホテルです（38ページ参照）。

第一次世界大戦中、海辺の町トーキーに暮らしていたクリスティーは、執筆に集中できるという母親のすすめもあり、人里離れたこのホテルに二週間滞在して一篇を書き上げました。執筆に疲れると、ホテルの目の前に広がるダートムアの自然が彼女を癒してくれたはずです。

クリスティーの足跡を追ってムーアランドホテルにも滞在し、ダートムアを何度も訪ねましたが、このホテルの庭には「レモン川」が流れていることを知ったのもうれしい発見でした。後にポアロの秘書となるミス・レモンの名前はこの川に由来しているのかもしれません。

この物語でヘイスティングズ大尉は、ベルギーで有名な刑事として活躍していたポアロと偶然の再会を果たします。ポアロを含む亡命したベルギー人たちが暮らす家と、ヘイスティ

『スタイルズ荘の怪事件』
一九二〇年

傷病兵として前線から帰国したヘイスティングズは、旧友に招かれ、エセックス州のスタイルズ荘を訪れる。到着するなり屋敷で殺人事件が起きるが、ヘイスティングズがベルギーで出会い惚れ込んだ元刑事、エルキュール・ポアロが難事件の解決に乗り出す……！

ングズ大尉が滞在していたエセックス州のカントリーハウス・スタイルズ荘とは目と鼻の先。ベルギー人たちに救いの手を差し伸べたのは、ほかでもないスタイルズ荘の女主人、ミセス・イングルソープその人だったのです。

カントリーハウスはイギリスでは貴族が所有する広い領地を構える大邸宅のことを指します。貴族の権力、富を示すためにもその豪華な邸宅が必要だったのでした。スタイルズ荘についても、以下のような描写が作品のなかにあります。

「スタイルズ荘の周囲の森は大そう美しかった。ひろびろとした庭園を抜けたあとで、冷え冷えとした木陰をのんびりとさまようのは楽しかった」

「私たちは話しながら歩きつづけて、庭へ入る小さな門をくぐったところだった。すぐそばで人声が聞こえてきた。私がここへ来た日のように、楓の木陰にお茶の支度がひろげられていたのである」

原書ではスタイルズ荘は、「Styles Court＝宮廷、王室」と名づけられていますが、実際のところ、貴族が所有していた一万エーカー以上の土地を持つカントリーハウスであったのかは判断が難しいところです。ちなみにイギリスで大ヒットとなったテレビドラマ「ダウントン・アビー」は、十八世紀初頭を舞台に、ダウントン・アビーと呼ばれる貴族の屋敷でグランサム伯爵クローリー家の人々が暮らす様子を描いています。貴族が住む館なので、カントリーハウスと呼ばれる大邸宅です。実際、その館のロケ地となったハイクレア城は、いまも貴族である第八代カナーヴォン伯爵家が暮らすカントリーハウスです。

カントリーハウスは、中世から二十世紀に建てられたものまで数多く存在します。

「それじゃあ、ほかのことを教えてもらいましょう。ミセス・イングルソープの部屋に片手鍋があって、ココアが少し残っていました。毎晩飲んでいたんですか？」

「はい、毎晩お部屋にお持ちしていました。あとでご自分で温めていらっしゃいました——お飲みになりたいときに」

「なにが入ってた？　ただのココアですか？」

「はい、ミルクとお砂糖を茶さじ一杯、ラム酒が茶さじ二杯」。

訳：矢沢聖子『スタイルズ荘の怪事件』（早川書房）より

有名なものではデヴォンシャー公爵の館であるチャッツワース（ダービーシャー）、マールバラ公爵の館でチャーチルの生家として知られるブレナムパレス（オックスフォードシャー）、三代カーライル伯チャールズ・ハワードという名門貴族ノーフォーク公爵の分家として知られる貴族一家によって建てられた館であるカースルハワードなどがあります。

それではカントリーハウスとマナーハウスとの違いはどこにあるのでしょう？

王政が堅固なものになり、ロンドンが政治や経済の中心地として確立されてくると、貴族が首都ロンドンにも邸宅を置くようになりました。それが「タウンハウス」です。それにより、貴族が自分たちの領地である荘園に建てていたマナーハウスは、名称を「カントリーハウス」へと変えます。さらに、カントリーハウスのなかでも、領地の狭いジェントリーとスクワイアーが持つ家のことを、マナーハウスと呼ぶようになります。現在では、そのマナーハウスが、優雅な雰囲気が漂うホテルとして使われているケースも多く見られるようになりました。いまもこれらの屋敷が、イギリスの階級社会の一面を物語っているのです。

『スタイルズ荘の怪事件』のイングルソープ夫人は、夜中にココアを一杯飲む習慣があり、亡くなる夜にもラム酒を加えてココアを飲んでいました。

ココアの原材料は、カカオ豆から作られるココアパウダー（カカオパウダー）で、それはカカオ豆からココアバターと呼ばれる油分を抽出して取り除き、粉末にしたものです。

カカオに含まれるカフェインの一種であるテオブロミンには、神経を鎮静する効果や精神をリラックスさせ、ストレスを軽減する効果があることがわかっています。ミス・マープルをはじめ、クリスティーの作品に寝る前のココアがよく登場するのはそのためでしょう。

有名なカントリー・ハウスのひとつであるチャッツワース・ハウス。ジェイン・オースティンが訪れたことでも有名で、『高慢と偏見』のダーシーが所有するペンバリー館のモデルといわれる。敷地面積は3万5千エーカーで、川崎市と同じくらいの広さ。16世紀から現在までデヴォンシャー公爵家が所有している

1892年出版『COCOA:All About It.』（著：リチャード・キャドバリー）に掲載されたキャドバリー社のココア製造機。カカオペーストからココアバターを取り除いたことで「消化によい」とされたココア「ココアエッセンス」を、キャドバリー社が1866年に販売開始。キャドバリー社はロアルド・ダール『チャーリーとチョコレート工場』のモデルにもなった

固形のチョコレートを初めて販売したフライ・アンド・サンズのチョコレート工場。『PEEPS AT INDUSTRIES COCOA』（1920年刊）より。帝国時代のイギリスにおいて、植民地のゴールドコースト（アフリカ西武ギニア湾周辺）からもたらされるカカオは、茶や砂糖、ゴムに続く急成長産業。1920年ごろは世界のカカオの半分以上をイギリスが輸出していた

Murder in Three Acts

『三幕の殺人』

スコーンとゆで卵のランチ

この物語でエッグという名の活力にあふれた若い女性と、初老の元俳優チャールズは、殺人事件の調査のために「世界から取り残されたような村」、ギリングを訪ねます。

ロンドンを車で出発して、メイドストーンを通過してから田舎道に入り、この村に到着する、とありますから、ギリングという村は実在ではないものの、ロンドン南東に位置するケント、サセックス州あたりにあることは間違いないようです。「イギリスの庭園」と呼ばれるにふさわしく、この地方にはなだらかに緑が豊かに広がり、リンゴやホップの畑があり、名園と呼ばれる庭園も多くあります。

チャールズはもっとおいしいものをランチに食べたいと思ったのですが、エッグは地元での聞き込みもかねて、パン屋に入って簡単なランチを食べることを提案します。そこで食べるのが、ゆで卵とスコーンで、原書では「boiled eggs and scones」とあります。

田舎の村にある、パン屋さんを兼ねたティールームのような店でしょうか。確かにイギリスではいわゆるケーキ店というものがなく、スコーンもパン屋さんで売っています。そもそもすべてのケーキがパンから始まっていることを考えると当然のことなのかもしれません。

『三幕の殺人』
一九三四年

引退した俳優チャールズの、港を望む高台の家〈カラスの巣〉に十三人の客が招待された。ポアロも招かれたそのパーティで、客のひとりが謎の死を遂げる。そしてさらに第二、第三の事件が起き……。クィン氏シリーズなどでおなじみのサタースウェイトを語り手とし、名探偵ポアロの推理、活発で魅力的な娘エッグの恋が描かれる。

そもそもスコーンとは何なのでしょうか？

『オックスフォード英語辞典』によると、スコーンとは「やわらかい、平たいケーキで、大麦、オーツ麦、小麦粉、などで短時間で焼き、バターをつけて食べるもの」とあります。

『The Oxford companion to food』（二〇一四年）によると、スコーンという言葉の由来は、上質な小麦粉で焼いた白いパンを意味する「schoonbrot」「sconbrot」というスコットランドの言葉にあるとしています。その発音は地域によって異なり、スコットランドや北イングランドではskon（スコン）、南イングランドではskoan（スコーン）となるようです。

ただし、その名前の由来には諸説あります。たとえばスコットランドのバースというところにあるスコーン城の歴代国王の戴冠式に使用された椅子の土台にあたる石が「The Stone of Scone（運命の石）」と呼ばれ、その名にあやかってつけられたともいわれます。しかし何しろスコットランドでのスコーンの起源は一五〇〇年代にまでさかのぼると考えられています。まだまだその歴史は明らかになっていないようです。

スコーンの歴史

イギリス全土にさまざまなスコーンのレシピがありますが、バノック（bannock）と呼ばれる、オーツ麦を使って焼いたものと同じ系統で、スコットランドで生まれたものであることは間違いないようです。

スコットランドの民俗学者であるフローレンス・マリアン・マクニール著『スコッチキッチン』（一九二九年）によると、スコーンとバノックはほとんど同じものとして扱われていた

ふたりは、パン屋で軽食をとることにした。チャールズはどこか別の店で御馳走を食べたいと強く願ったのだが、エッグが何か地元の噂話を聞きこめるかもしれないと指摘したからだ。

「それに一食ぐらい茹で卵とスコーンにしても害にはならないでしょう」彼女は厳しくいった。「男の人はほんとに食べる物にうるさいんだから」

「卵（エッグ）と聞くと、胸がうずくのでね」チャールズは、穏やかに応じた。

訳：長野きよみ『三幕の殺人』（早川書房）より

とのこと。あえて区別するならば、大きく丸い形で焼いたものをバノック、そのバノックを四等分など小さく切ったものをスコーンと呼んでいたといいます。

そして彼女の研究によると、スコーンという言葉はゲール語のsgonn（大きなかたまり）を意味するのだそうです。

かつてはオーブンで焼くパンは高級なもので、一般の庶民には手に入らないものでした。中世の高貴な人々や王族は、マンチェット（manchet）と呼ばれる白いパンを食べることができましたが、それは小麦粉を絹の布でふるいにかけ、上質な白い粉を精製する作業から作られるものでとても高価なものでした。さらに小麦同様に高価であった牛乳、バターなどの材料を加えて作られる、まさに特別なパンだったのです。

その粉をふるいにかけたあとに残ったふすまや、ライ麦などで作った黒いパンがトレンチャー（trenncher）と呼ばれるパンで、これは皿の代わりとしてロースト・ビーフなどをのせて食べるためのものでした。肉汁が染みたこのパンは食べず、召使の食事や犬のエサになったといいます。こうしたパンには小麦粉と水を発酵させて作るサワードー種が使われ、それにビールが加わったバーム酵母も使われました。

十六世紀末にスコットランドを旅したイングランドの貴族、ファインズ・モリソンは旅行記に「パンはオーツ麦を焼いたオーツケーキが一般的だが、地主階級が白パンを食べる」と書いています。パンの代わりに庶民が食べることができたのが、そのオーツケーキであり、バノック、スコーンなどであったのです。

庶民の家では、オーツ麦、大麦と塩、湯のみで生地を作り、オーブンはありませんから、

イギリス中部にあるダービシャー州ベイクウェルで撮影したオーツケーキ

ガードル（girdle）、グリドル（griddle）と呼ばれる厚手の平らな鉄板を用いて、生地の両面を焼きます。燃料も薪ではなく、荒涼とした土地に生えるヒースが堆積してできる泥炭です。グリドルはオーブンのない時代には、平たいパンを焼くために欠かせない道具でした。オーツケーキ、ファットラスカル、ウエルッシュケーキなどはその平たいパンの流れを汲むものです。ノーサンバーランド州で作られている「singin'hinnie」もそのひとつといえるでしょう。

singin'hinnieのhinnieとは愛しい女性や小さな子供に向けて使う呼び名で、singinは天板の上で生地が焼けるときに出す音を「歌うような」とたとえています。焼けるのを待っている家族が、「どれくらいで焼けるの？」と聞いたら「soon（すぐに）」という代わりに「singin'hinnie（まだ歌ってるよ、いい子ちゃん）」と答えることから名づけられたのだとか。家族のほほましい情景が浮かんでくる、家庭ならではのお菓子であることを物語っているようです。

スコーンの一種である、ドロップスコーンと呼ばれる、やわらかい種で作るパンケーキ風のスコーンは、いまでも鉄板、フライパンなどで焼かれます。

その後、十九世紀半ばに生まれたベーキング・パウダーがスコーンの普及に大いに貢献します。ベーキング・パウダーは、炭酸水素ナトリウム（重曹）に酸性剤や分散剤（遮断剤）を加えたもので、一八三七年にイギリスで初めてベーキング・パウダーの特許が登録されました。

一八五〇年代にはアメリカで数種類のベーキング・パウダーの開発が始まり、工業化が押し進められるようになります。それとともにオーブンの普及によって、スコーンは現在の形に近づいていきました。

ウェールズ・スウォンジーのマーケットで撮影したウェルッシュケーキ

アフタヌーン・ティーとスコーン

一八四〇年ごろ、第七代ベッドフォード公爵夫人アンナが午後の四時ごろの、昼食から夕食までの空腹を紛らわすために始めたと伝えられるのがアフタヌーン・ティーという習慣です。当時は、いまのようなテーブルに置く三段重ねのスタンドではなく、床に置くマホガニーやオークで作られた木製の三段重ねが使われていました。

また、この時代には定番のスコーンもメニューには入っていないようです。たとえばジェイン・オースティンやディケンズの描く小説に、お茶の時間は描かれていてもスコーンは登場していないのは、そのためかもしれません。

お茶の時間にスコーンを楽しむようになったのはエドワード時代になってからのことのようで、アフタヌーン・ティーにスコーンを楽しんだ人物には、たとえばビクトリア女王のあとに王位についたエドワード七世（一九〇一〜一〇）が挙げられます。皇太子時代から茶会を好んだ王は、どこにいても午後のティータイムを欠かさずスコーンを楽しんだそうです。

スコーンには、定番として赤いイチゴジャムとともにクロテッドクリームが添えられます。クロテッドは「clotted（凝固した）」という意味です。イギリスの酪農地帯であるデヴォンシャー、コーンウォール地方の特産品で、乳脂肪の高い牛乳に低温の熱を加えて冷まし、上に固まって層になっているクリームをすくいとったものです。

濃厚なのに口のなかで溶けやすく、意外とさわやかな味わいです。主にスコーンやマフィンにつけて食べますが、ケーキ作りでバターのように使ったりします。

スコーンの食べ方では、クリームを先にのせるのがデヴォン流、ジャムを先にのせるのがコーンウォール流で、それぞれの地方が食べ方にこだわりを持ち、どちらがおいしい食べ方かということで論争が起きるほどです。

スコーンの作り方

スコーン作りはまずはベーキング・パウダーを加えた粉にバターなどの油脂を加えて、サラサラのパン粉状になるようにすり合わせ、砂糖を少量加えます。そして、まとめるために水分を加えるのですが、イギリスではバターミルク（生乳からバターを取った後にできる液体）を使うことが多いです。手に入らない場合は牛乳にレモン汁を加えて代用します。私が初めてイギリスでスコーンの作り方を習ったときも、牛乳にレモン汁を加えていました。

また、卵と牛乳を合わせたものを加えて作るレシピもあります。卵を入れずに作る場合は、あっさりとした味わいになります。デヴォン州のティールームでスコーンの作り方を教わったことがありますが、そこでは「濃厚なクロテッドクリームをあとでのせて食べるので、スコーンはシンプルでよい」という考えのもと、牛乳すら使わずに水だけを加えて作るレシピでした。プレーンな生地にレーズンやチョコレートチップ、リンゴやルバーブなどの果物を加えて、いろいろアレンジするのも楽しいものです。

日本ではあまりお目にかかりませんが、チーズやハーブを加えたセイボリー・スコーンと呼ばれる塩味系のスコーンもあります。こちらはお茶の時間だけでなく、軽食用にパンの代わりにもなるものです。

ジェイン・オースティン、ディケンズ、H・G・ウェルズ、コナン・ドイルなど19世紀の作家の作品にはマフィンは描かれるがスコーンは登場しない

ベッドフォード侯爵夫人アンナ・マリア・ラッセルがアフタヌーン・ティーを始めたウォバーン・アビー。ロンドンの北に位置する

trecherとmanchetが両方描かれた中世のパン屋の絵（作者不明）。ジャーベイス・マーカム著『The English Hus-wife』（1615年刊）にはmanchetのレシピが掲載されている

クリスティーの別荘、グリーンウェイにあったクリーム用ピッチャー。クロテッドクリームをミルクで割って飲むのが好きだったと自伝に書いている

ウィルトシャー・レイコック村のティールーム、キング・ジョンズ・ハンティング・ロッジのスコーン

キュー・ガーデンそばの老舗ティールーム、ニューエンズのスコーン

スコーン

ナイフで半分に切っていただく。
レシピは20ページへ

Recipe

スコーン

Scone

材料（直径5cm　7、8個分）

中力粉……100g
スペルト小麦（または全粒粉）……100g
ベーキング・パウダー……小さじ1
重曹……小さじ1/4
塩……ひとつまみ
グラニュー糖（微粒子）……大さじ1
無塩バター……50g
牛乳……100～110cc
レモンのしぼり汁……小さじ1

作り方

1. オーブンは220℃に熱しておく。バターは1cm角に切って冷蔵庫で冷やしておく。牛乳にレモン汁を混ぜ合わせておく。
2. ボウルに中力粉、ベーキング・パウダー、重曹、塩を合わせてふるい入れる。
3. 冷蔵庫で冷やしておいた1cm角に切ったバターを2に加え、粉類をまぶしながらナイフでさらにあずき粒大に切り込み、さらに手のひらをすり合わせるようにして粉とバターをなじませ、サラサラのパン粉状にする。グラニュー糖を加えて混ぜる。
4. あらかじめレモン汁を加えておいた牛乳を、2のボウルに加えて、ゴムベラで切るように混ぜ、ひとまとめにする（ここまでをフードプロセッサーで作ってもよい）。
5. 台に取り出し、軽くこねた生地を手のひらで2cmほどの厚さに伸し、菊型（強力粉をまぶすとよい）で抜く。ベーキングシートにのせ、上面に牛乳（分量外）を側面に垂れないように（垂れるとふくらみが悪くなる）刷毛で塗る。あらかじめ220℃のオーブンで熱した天板に、ベーキングシートにのせたスコーンを移し、8～9分焼く。温かいうちにクロテッドクリーム、ジャムをのせていただく。

＊バターミルクとはクリームからバターを作ったときにできる発酵乳製品で、牛乳より酸味があることが特徴。酸によって活性化する重曹を使うレシピ、スコーンなどに多く使われてきた。市販のバターミルクの粉末を使ってもよいが、牛乳にレモン汁を加えて代用できる

＊古くからのスコーンをイメージし、古代から存在したというスペルト小麦の全粒粉を使用。中力粉のみを使う、スペルト小麦の代わりに全粒粉を使う、など粉は好みで。ここでは素朴さを出すために卵を使っていない

クリスティーとスコーン

クリスティーのクロテッドクリーム好きは自伝においても明らかです。クリスティーが生まれ育ったデヴォン州とお隣のコーンウォール州がクロテッドクリームの本場で、ジャージー牛の牛乳から製造される乳脂肪の高いクリームが生産されています。

クロテッドクリーム好きのクリスティーらしく、スコーンは『三幕の殺人』『葬儀を終えて』『死者のあやまち』『パディントン発4時50分』『ポアロのクリスマス』『動く指』『予告殺人』『スリーピング・マーダー』『親指のうずき』など多くの作品に登場します。

『三幕の殺人』ではエッグとチャールズはランチにスコーンとゆで卵を食べていましたが、その二つが一緒に並ぶテーブルに、イギリスでも私はお目にかかったことはありません。

フィリッパ・ピアス著『トムは真夜中の庭で』（一九七五年）では、はしかにかかった弟から隔離するためにおじ、おばの家に預けられたトムのブルーな気持ちをお茶の時間が明るくする場面があります。そのテーブルに用意されていたのは「ゆで卵、手づくりのイチゴジャムや泡立てクリームののっている手づくりのスコーン」でした。まさにゆで卵とスコーンの組み合わせは、育ち盛りの少年であるトムのために、栄養を考えた食事のようにも思えます。

卵は命の再生として、イースター（復活祭）ではキリストの生命の復活となぞらえて、その象徴となってきました。『三幕の殺人』の五十歳を過ぎた俳優チャーリーが、その名もエッグという三十歳近く年の離れた若い女性に魅了されることが、彼にとっては再生を意味することだと読み取ったら、それは深読み過ぎるでしょうか。

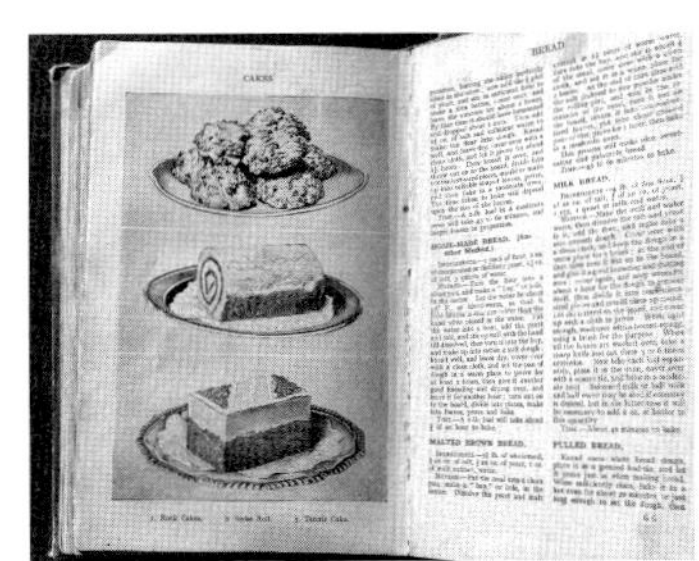

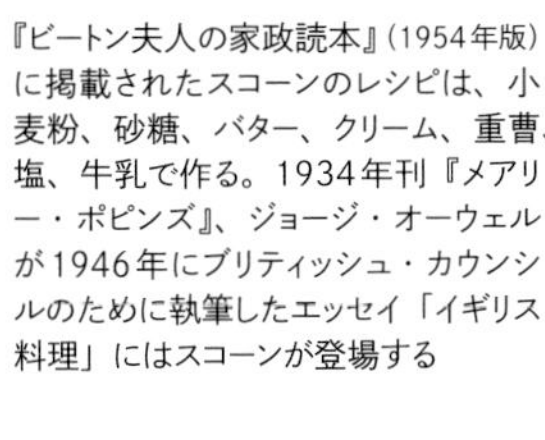

『ビートン夫人の家政読本』（1954年版）に掲載されたスコーンのレシピは、小麦粉、砂糖、バター、クリーム、重曹、塩、牛乳で作る。1934年刊『メアリー・ポピンズ』、ジョージ・オーウェルが1946年にブリティッシュ・カウンシルのために執筆したエッセイ「イギリス料理」にはスコーンが登場する

スコーンの元祖のような「バノック」。
平らな鉄板の上で平たい丸い形で焼く

バノックを切ったもの。昔はこれを「スコーン」と呼んだといわれている

オーブンのない庶民が生地を焼くために使った「グリドル」で、
ドロップスコーンを焼いている様子

Five Little Pigs

『五匹の子豚』

英国のビールはぬるい

この物語には「薬草や、薬をつくることに興味のある——ちょっと化学者ぶった」と表現される薬草研究家、メレディスが登場し、薬を作ります。その薬とは「ドクニンジン」から作られるコニインと呼ばれるもので、人体を麻痺させて感覚をなくす効能があり、少量であればぜん息や咳の薬になるものの、多量に摂取すれば死に至る、という恐ろしい特徴を秘めたものでした。「薬草研究家」は、原書では「ハーバリスト (herbalist)」となっています。

ハーバリストの意味は広く、医師であったり、薬剤師であったり、植物学者としての知識を兼ね備えた人物であったりします。現代のように化学薬品が存在しない昔には、薬といえば薬草、つまりハーブしかなかったため、その知識が豊富なハーバリストと呼ばれる人たちが活躍しました。ハーバリストは、ハーバル (herbal) と呼ばれる、ハーブの種類、その薬効を集成した書物を著し、その知識を伝える役割も果たしたのです。

古くは、古代ギリシアで医師であるディオスコリデスが、『デ・マテリア・メディカ』と題する六百種あまりの植物の薬効を説明したハーバルを著しています。

イギリスで印刷された初めてのハーバルは、リチャード・バンクスが一五二五年に出版し

『五匹の子豚』
一九四二年

ポアロに手紙をよこした若い女性カーラの依頼は、画家の父を殺した母の事件の再捜査であった。結婚をひかえ16年前の「真実」を知りたいと願うカーラに感銘を受けたポアロは、五人の関係者に会いにいく。

夫人が冷蔵庫からビール瓶を出して、庭で絵を描いていた夫のところへ運んだのだ。グラスについで夫に渡し、夫が飲むのを見守った。ほかの者はみんな、昼食をとるため家に戻り、クレイルだけがあとに残った。

訳：山本やよい『五匹の子豚』（早川書房）より

た『ハーバル（Herball）』です。写本の時代から木版による印刷の時代へと移り、印刷機が一五〇〇年ごろにドイツで発明されると、ハーバルの黄金時代を迎えます。

一五五一年には「イギリスの植物学の父」とされるウィリアム・ターナーが『ニュー・ハーバル』を出版し、エリザベス一世に捧げられました。その後、主要なハーバリストとしてジョン・ジェラード、ジョン・パーキンソン、ニコラス・カルペパーが登場します。

この三人が活躍する十六〜十七世紀のイギリスはヘンリー八世の統治による修道院解散が行われ、治療などに使うハーブを育てていたハーブガーデンが消失します。その代わりに権力の象徴として庭園が造られ、数多くのハーブや花が育てられるようになっていくのです。

その一方、衛生設備はまだ充分でなく、疫病が蔓延し、害虫も多く、それらの予防のために、殺菌・防虫効果にすぐれたハーブを床にまく（ストローイング）習慣もありました。

家事における必需品として、病気のための薬品として、ハーブは欠かせない時代であったので、ハーバルが広く読まれたのです。さらに魔除(よ)けや雷除けといったハーブもあり、当時の超自然的なものへの依存的思考がうかがえるのもおもしろいところです。

なかでもジェラードのハーバル『The herbal or the General History of Plants』（一五九七年）は、一八〇〇種のハーブの解説と木版の挿し絵で構成された一四〇〇ページの大著で、科学的というより、文学的な解説が広く親しまれたようです。

その内容はオランダ人の植物研究家ドドエンスのハーバルを英訳したものだと批判を受けましたが、一六三三年にはロンドンに住む薬剤師であり、植物学者のトーマス・ジョンソンが改訂版を刊行、いまもなおファクシミリ版やダイジェスト版などで復刻され続けています。

シェイクスピアは、ハーブの知識を作品のなかで使い、まるで小道具のように生かしていますが、その陰にはジェラードの存在があったようです。ロンドンにおいて二人は隣同士に住み、シェイクスピアは一〇〇〇種以上の植物を栽培していたという彼の庭にも訪れ、著書である彼のハーバルに親しんでいたと伝えられます。

また、『ピーター・ラビットのおはなし』の作者として有名なビアトリクス・ポターも作品にハーブを生かしていますが、ジェラードのハーバルを愛読していたことは、湖水地方のヒルトップにある自宅兼アトリエにジェラードのハーバル（一六三三年の改訂版）が保存、展示してあることからも明らかです。実は私もポターと同じ、ジェラードの一六三三年版（アメリカで出されたファクシミリ版）を持っていて、拙著『ハーブの事典』ではそれぞれのハーブにジェラードの木版画の絵を使っています。ハーブの伝説、歴史を主に紹介したいと思って書いた本であるので、写真ではなく、古いハーバルの絵がふさわしいと思ったのでした。

クリスティーは一九一七年に調剤師の資格試験を受けるため「調剤技術」と呼ばれる本にも親しんでいました。かつての薬剤師が愛用した本草書であるハーバルについても興味を持っていたことは想像できます。

「わたしは薬草に夢中になっていました」

そんなメレディスの言葉は、そのままクリスティーのものなのかもしれません。

恐ろしいハーブ「ヘムロック」

『五匹の子豚』のなかで「ドクニンジン」と訳されているのは、英名でスポッテド・ヘムロ

『五匹の子豚』の砲台庭園のモデルになった、クリスティーの夏の別荘・グリーンウェイの砲台庭園

ックまたはヘムロックと呼ばれるハーブです。イギリスでは野生に見られ、カウスリップなど同じセリ科の野草と子供が間違えて遊ばないよう注意が促されます。

ヘムロックに含まれる数種の有毒アルカロイドのうち、最も研究されているのがコニインで、クリスティーはこの化合物を作中で使っています。クリスティーの作品でヘムロックを使ったのは『五匹の子豚』だけです。ヘムロックはセリ科の多年草で、学名は「Conium maculatum」。Conium（コニウム）とは「独楽のように回る」という意味があり、このハーブを摂取したあとに出る症状を表しているとのこと。マクトゥム（Maclatum）は「斑点のある」を意味するラテン語に由来し、この植物の茎にある赤茶色の斑点を表しています。

ギリシアの哲学者、ソクラテスが死刑を宣告されたときに飲まされたのはドクニンジンであり、またアレキサンダー大王の死にもこの植物が関与しているといわれています。

コニインは神経毒で、体のなかに入ると下肢の麻痺と歩行困難が起き、呼吸器官の筋肉の麻痺へと広がり、窒息死となるわけですが、死に至るまで意識ははっきりとしたまま保たれ、まさに読んでいるだけでも恐ろしくなる、生き地獄のような苦しみがもたらされるようです。『五匹の子豚』におけるコニイン中毒からくる麻痺の描写にも、調剤師の資格を持っていたクリスティーならではの知識が生かされているのかもしれません。

イギリスのぬるいビール

砲台庭園でエルサをモデルに絵を描く画家のエイミアス。彼は飲んでいたビールがぬるいといって、新たに瓶入りの冷たいビールを妻のキャロラインに持ってこさせます。それが運

パブで飲んださまざまなビールやエール。エミリー・ブロンテ『嵐が丘』（1847年）の冒頭では、テーブルに泡立つエールのマグを置いている姿は夕食後の家でどこでも見られる、と記されている

命を変える結果につながるとも知らずに……。

物語の舞台となった砲台庭園はクリスティーの別荘だったグリーンウェイに実際にある場所、ダート川に突き出るようにあるひときわ眺めのよいところです。夏に訪れるとベンチに座って、川からの心地よい風に吹かれてビールでも飲みたい気分になります。

ただし、エイミアスと違って、暑い夏でもイギリスのビールはキンキンに冷えたものより、人肌程度をよしとするようです。たいていのパブには、バーカウンターにビールの銘柄が記されたタップがあり、注文するとそこからビールを注いでくれます。パブで使われるグラスには現在もイギリス式の液量単位が使われているので、最初はちょっととまどうかもしれません。パイント（イギリスの一パイントは五六八ミリリットル）やその半分のハーフパイントグラスで量を指定してから、自分の好みのビールを注文するのです。

そのビールは概して冷えているとはいえません。冷えたビールをまずはグーッと一杯というよりは、グラス片手にちびちびと会話を楽しむ、そんな姿が一般的なようですから、ビールも人肌が適当ということなのかもしれません。

ビールをガラス瓶に詰めた記録は一六三九年の家事の本に書かれたのが最初といわれ、酒場で瓶詰めのビールを飲んだ記録は、一六六〇年、政治家で作家のサミュエル・ピープスがロンドンで「数本の、ハルのエールの瓶詰を飲んだ」と日記に書いているとのこと。ガラス器の大量生産は産業革命とともに始まったといいます。十七世紀の終わりになると、製瓶業は目覚ましい発展を遂げ、インド、西インド向けに送るビールの瓶詰に使われるようになり、それが、I.P.A.（インディアン・ペール・エール）と呼ばれて一般名となったのでした。

ヒルトップのビアトリクス・ポターのアトリエに展示されていたジェラードのハーバル

イギリスでは麦芽を使って作る麦酒が「エール」と呼ばれ、ビールよりも先に作られました。中世のイギリスでは、教会でも、裕福な農家でも領主の荘園でも自家醸造のエールを作っていたそうです。十五、六世紀にオランダからホップが持ち込まれると、ホップを使ったものをビール、使わないものをエールと呼んで区別するようになりました。エールに風味をつける工夫は古代からなされていましたが、ホップを加えることにより、快い風味と防腐剤としての効果がもたらされたのでした。

現在ではその意味合いも移り変わり、ビールは「麦芽を使用した飲料」全般を表し、エールは「焙煎していない麦芽を使用した色の薄いビール」であると定義されているようです。

いまのイギリスのパブではさらに「ビター」と「ラガー」が加わり、「ビター」は「常温の上面発酵で醸造されるエール」で、「ラガー」は「低温の底部発酵で醸造され冷やして飲むビール」のことを指します。ビターは常温で作られるものであるので、あえて冷やすことはなく、会話を楽しみ、ちびちびと飲むイギリス人の国民性もあってそうした飲み方が生まれたのかもしれません。

いまもケント州を車で走ると一面に広がるホップ畑やオーストハウス（ビール製造のためにホップを乾燥させるための建物）のとんがり帽子のような屋根がまるで一幅の絵画のように広がっています。その光景は、ビールの歴史にも重なって感慨深いものがあります。

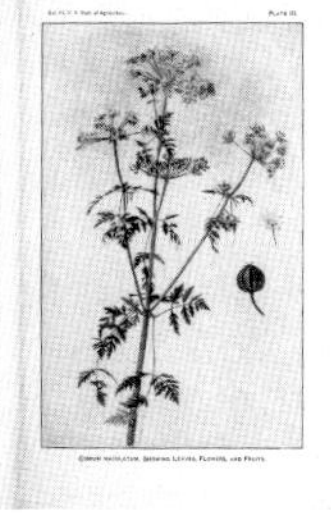

ヘムロックの毒についてまとめられた1920年の出版物

Third Girl

『第三の女』

百年愛されるバースバン

若いカップルの尾行を続けるオリヴァ夫人が、カップルが入ったカフェ「陽気なつめくさ」で、こっそりと注文するのがこのパンです。古い日本語訳は「バス・パン」となっていますが、原書ではバースバン（Bath Buns）です。

その名の通り、このパンはバースの町で生まれました。バースは、ロンドンから西へ一九〇キロメートルに位置し、ジョージア朝時代の優美な建築が立ち並び、地名の由来でもある古代ローマ時代の温泉「ローマンバース」があることでも有名です。バースは湯治客でにぎわい、十八世紀になると、社交の場として「パンプルーム」が作られ、そこでは毎日いまも湧き出る温泉を飲みながら、バースバンが楽しまれてきました。

バースバンの起源は定かではないようですが、バースでは一八六六年にJames Cobbが十七世紀の作り方を参考にして、オリジナルのバースバンを売り始めたのが最初とのこと。以来百年以上にわたり変わらぬその味を焼き続けていたのですが、最近ではその店Cobb'sもなくなってしまったようです。私が初めてバースを訪ねた一九八〇年代には、ウエストゲートにあったこの店は、バースバンを買う人たちの長い列ができていたおかげで、遠くからでも見

『第三の女』
一九六六年

自分が犯した殺人についてご相談したい——そういって、朝食の時間に突然、若い娘がポアロを訪ねてくるが、ポアロの姿を見て、彼女は何もいわずに立ち去ってしまう。その午後、その娘を差し向けたのが、実は友人の小説家のオリヴァ夫人であることを知ったポアロは、夫人の協力のもと調査を始める。しかし、娘のアパートメント、実家を訪ねても殺人事件はどこにも起きておらず……。

つけられるほどに人気のパン屋さんでした。古きものを大切にするイギリスでも、店主の引退や、後継ぎがいないことで、なくなってしまうことがあるのはしかたのないことです。

かつてはこのバースの街に住み、この街を愛した作家、ジェイン・オースティンもこのバースバンについて手紙に書いているというのに……。

イギリスではケーキにドライフルーツ類を入れるとき以外には、ほぼすべてのケーキにさまざまな種子を入れていました。この習慣は十九世紀半ばまで続いていましたが、バースバンの古いレシピにキャラウェイシードを加えるのもその流れと思われます。Cobb'sのバースバンのレシピにはキャラウェイシードは消え、代わりにレモンやオレンジのピール類、ミックススパイスなどが生地に加わり、砂糖の粒がバンの中央に入り、白い砂糖の粒とカレンズが上にのるようになりました。かつてはこの砂糖の粒もキャラウェイシードに溶かした砂糖を何度もからめた、キャラウェイ・コンフィと呼ばれるものが使われていました。このコンフィはチューダー朝にまでさかのぼるもので、食後にモールドワインとともに消化剤としてたしなまれることもありました。

ちなみに甘党のポアロは朝食で、チョコレート（ココア）を飲みながら、ブリオッシュを楽しんでいます。ブリオッシュはパン生地にバターや卵、砂糖がたっぷりと加えられたリッチな味わいのパン。クロワッサン同様、フランスの香りがします。

バースバンも実はそのパン生地はバターや卵がたっぷり入った、ブリオッシュに近いリッチなものです。イギリスの食をあまり好まないポアロも、このバースバンならブリオッシュと同じように、目を細めて朝食に楽しんだに違いありません。片手には紅茶ではなく、チョ

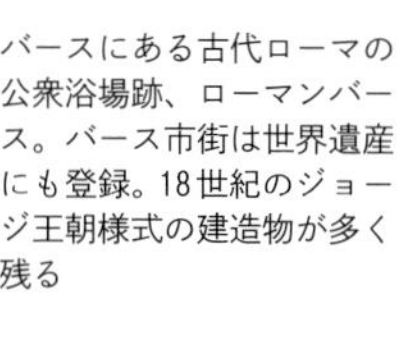

バースにある古代ローマの公衆浴場跡、ローマンバース。バース市街は世界遺産にも登録。18世紀のジョージ王朝様式の建造物が多く残る

ウェイトレスが近づいてきた。オリヴァ夫人はコーヒーとバスバンを注文し、目だたぬように縮こまっていた。
訳：小尾扶佐『第三の女』（早川書房）より

コレートのカップを持ちながら……。

一八五一年にロンドンで開かれた世界初の万国博覧会では、鉄道網の発達の効果もあり、会期中の入場者数はのべ約六〇四万人。そして会場でバースバンが軽食として売られた、その総数たるやなんと九四万三千六九一個！　その数を手仕事で焼くには仕事も雑にならざるをえず、キャラウェイシードのコンフィなどは入れずにカレンズ（小粒のレーズン）やオレンジピールなどが代わりに生地に加えられて焼かれたとのこと。こちらは「ロンドンバン」と呼んで、バースバンとは区別されたようです。

クリスティーは、『葬儀を終えて』では喪服の女性がスインドン駅の食堂で紅茶とともにほおばるパンとして、また『杉の柩（ひつぎ）』ではポアロが訪ねたときに扉を開けた家政婦が口いっぱいに詰め込んだパンとして、このバースバンを登場させています。クリスティーの時代にはいまのようにバンの種類も多くはなく、バースバンがもっと身近な存在だったのかもしれません。

ところで、「bun」「buns」と呼ばれるものは、イギリスでは小型の丸パンのことを指しますが、クリスティーのミステリーのなかでも朝食というよりは、お茶の時間に食べるものとして登場しています。

イギリスではお茶の時間に楽しむパンの種類がいろいろあります。

たとえばこのバースバンをはじめ、チェルシーバンズ、サリーラン、コーニッシュ・サフランケーキ、ティーケーキなどがそれに当たります。

これらは、現代のケーキと呼ばれるもののルーツがパンだと知ると、なるほどお茶の時間に食べるのも当然と思えてきます。実際、パンとケーキの歴史は重なり合っていて、それを分けることは難しいとされているのです。粉にイーストと水を加えて練る日常のパン作りに、ハチミツや牛乳、バターなどの脂肪といったぜいたくな材料が加えられ、結果的にケーキの類が焼きあがっていた、ということのようです。

「ケーキ（cake）」は一三〇〇年代から文献に見られ、パンのなかでもケーキと呼ばれるときは、ぜいたくな材料を使った平たいパンを指すとのこと。焼いている途中で返して両面を平らに焼くということがパンとケーキを区別するための大切なポイントだったようです。

中世に食べられた香料やレーズンの入った「特製パン」としての小さなケーキは、いまでいうところのバン、バンズであり、一般の家庭で楽しまれていました。

ところが十七世紀なかごろに始まった清教徒革命で、ぜいたく品である香料入りケーキ、バン、ビスケットのほか、あらゆる香料入りパンの製造、販売は禁止されます。

それがさらに十七世紀後半になると、英領西インド諸島での砂糖生産が始まったおかげでその価格が下がり、清教徒革命の規制への反動もあって、香料が多用されるようになります。昔のレシピそのままにケーキとしてのパンが再び作られ、広まっていきました。

いま私たちが楽しむような、ふっくらとしたケーキの誕生には、一八五〇年ごろに発明されたベーキング・パウダーの登場を待たねばなりません。ベーキング・パウダーとは、酒石酸と重曹などを合わせたもので、水分に反応して発生する炭酸ガスによって生地をふくらませます。さらに熱を加えることでもふくらむので、混ぜたらすぐに焼くことが大切です。

ティーケーキ。『杉の柩』にはカフェで話をしながら「バターつきティーケーキ」を食べる場面がある

ティーケーキの正体

イギリスには「バンズ」「ケーキ」のほかに、「ティーケーキ」「ティーブレッド」と名づけられたものがあります。紛らわしいことに、ティーと名前がついていても紅茶を使ったお菓子ではありません。お茶の時間に楽しむ食べ物というところからその名がついたものです。

イギリスで、オリヴァ夫人がバースバンを楽しんだようなカフェやティールームに行けば、ティーケーキは普通にメニューに載っていて、いまも日常的な食べ物です。

このティーケーキこそ、ケーキのもとは平たい丸いパンであったというその事実をいまに伝えるものだといえるでしょう。注文すると、レーズンの入った平たく、丸いパンを横に切って、両面をトーストしたものが、バターやジャムと一緒に運ばれてきます。

一方、ティーブレッドは長方形のいわゆるパウンド型で焼いたケーキです。こちらはイーストではなく、ベーキング・パウダーを使って膨らませたあっさりとしたケーキ。薄くスライスしたものにバターを薄く塗って出されます。ウエールズに伝わるレーズンが入ったバラブリスのようなものや、麦芽を入れたモルトティーブレッド、バナナティーブレッドなどがあります。

粉の文化、しかも家庭でのホームベーキングとともに発展したイギリスのケーキやバンズの類は、なかなかに奥が深い世界です。

ティールームでいただいたティーケーキ。平たく丸いパンを横に切ってトーストされている

バースバンを売りはじめたと伝えられる「Cobb's」で売られていたバースバン（現在は閉業）

ローマンバースのパンプルーム。ジェイン・オースティンの小説『ノーサンガー・アビー』『説得』にも登場。当時の人々の社交場だったことがわかる

パンプルームのレストラン

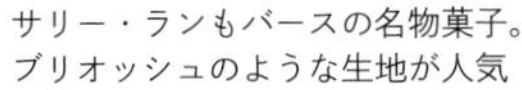

サリー・ランもバースの名物菓子。
ブリオッシュのような生地が人気

Evil under the Sun

『白昼の悪魔』

クリームと草イチゴ

クリスティーの小説には「グーズベリーのような目」という描写がたびたび使われます。『白昼の悪魔』でも、バリー少佐が「熱っぽいグーズベリーのような丸い目玉に好奇心をむきだしにして」振り向いてポアロを見つめる場面があります。

目の玉の形容にグーズベリーを使うとは、なんともイギリスらしいことだと思います。このベリーを知っていれば、その澄んだ、ライムグリーンのような色合いの目を思い浮かべることができるでしょう。

グーズベリーはフランス語のグロゼイユ（groseille）、そもそもはフランク語の固い実を表す語（krusil）に由来するとか、とげがゴース（gorse）＝ハリエニシダに似ているからとか、この実で作ったソースをガチョウ（goose）の肉に使ったからだとか、その語源の由来には諸説存在します。

フランスでは、グロゼイユといえば赤スグリのことを指し、グーズベリーには「サバのグロゼイユ」という名前がついています。この実で作ったソースをサバに添えるということからついた名前です。

『白昼の悪魔』
一九四一年

満潮になると陸地から遮断されてしまうレザーコム湾スマグラーズ島の、ジョリー・ロジャー・ホテル。名探偵ポアロをはじめ、八月の休暇を楽しむ客たちが滞在していた。元女優のアリーナが注目を集め、滞在客のなかに不穏な空気が流れるなか、殺人事件が起きる。ポアロが解き明かした犯人とは……！

ヨーロッパのグーズベリーは、コーカサスの山岳地帯、北アフリカが原産で、いまでは野生のものがヨーロッパ中に自生しています。ちなみにアメリカではグーズベリーは北アメリカやカナダで栽培されています。日本ではあまりお目にかかりませんが、北海道や東北、軽井沢など長野県でも栽培されています。

イギリスで栽培が認められたのはエドワード一世（一二三七―一三〇七年）の治世といわれ、一二七六年と一二九二年にウェストミンスターの庭に植えるためにグーズベリーの木をフランスから取り寄せた出費記録があるといいます。

十六世紀に至るまでにはキッチンガーデンで広く見られるようになったものの、その栽培の目的は装飾のためと薬効のためでした。科学的には実際の効果はないものの、疫病の薬になると信じられていたのです。

『ビートン夫人の家政読本』では、グーズベリーは「便利で、栄養価の高い食べ物」とされ、数々のレシピが紹介されています。焼いたりゆでたりするプディング、トライフル、フールやコンポート、ジャムやゼリーなどです。

実が固く、酸味があるので、砂糖と合わせて煮たものをピューレ状にして使うことが多いベリーですが、カスタードや生クリームと合わせたフールは、簡単に作ることができ、夏の家庭のデザートの定番です。

クック家でも庭に実ったグーズベリーで奥さんのリタさんがフールを作ってくれたものでした。さわやかなその風味が夏のデザートにはぴったりなのです。

ブラット氏は観光ガイドのまねをして、陽気にわめき立てた。
「さアみなさん、こちらですよ、こちら――ダートムア行きはこちらです。ヒースの花に草イチゴ、名物はクリームに監獄だよ。殿方は奥さんご同伴でどうぞ！　奥さんでなくてもかまやしない、どなたでも大歓迎！　景色は保証つき。さアいらっしゃい、いらっしゃい！」

訳：鳴海四郎『白昼の悪魔』（早川書房）より

『白昼の悪魔』の舞台のモデルになった島、バー・アイランド。2023年5月に売りに出されているというニュースが流れた

満潮になると陸から続く道が水没する。海の孤島になることが、バー・アイランドは『そして誰もいなくなった』のミステリーにも利用された

満潮時、陸地から遮断されたバー・アイランドに渡るにはこの特別な乗り物を使う

レザーコム湾スマグラーズ島のジョリー・ロジャー・ホテルのモデルと思われる、バー・アイランド・ホテル

デヴォン州にあるダートムアの風景。『チムニーズ館の秘密』などの舞台でもある。『白昼の悪魔』では、ダートムアにほのかに漂うピートのにおい、ヒースなどの花の色づきが人々の心をなごやかにしている様子が描かれる

ダートムアのヘイトーにあるホテル、ザ・ムーアランドホテル。ここで『スタイルズ荘の怪事件』が執筆された

クリスティーが『スタイルズ荘の怪事件』執筆のために滞在したザ・ムーアランドホテルに飾られている肖像画

ダートムアにあるヘイトー・ロック。ここを目指してクリスティーも散歩したという

著者が親しくしていたイギリスのクック家で食べたグーズベリーフール

フィンランドで撮影したビルベリー。『白昼の悪魔』で「草イチゴ」と訳されているのは、ビルベリー

フィンランドの森に、苔と一緒にビルベリーが一面に広がっていた

デヴォンシャー名物のクリーム。クリスティーの大好物でもある

ミステリーの舞台・ダートムア

クリスティーが初めての作品『スタイルズ荘の怪事件』を書き上げたのが、ダートムアにあるムーアランドホテルでした。

執筆に疲れると、ホテルの前に広がる広大なダートムアにそそり立つヘイトーロックまで散歩していたといいます。その慣れ親しんだダートムアが登場する作品がクリスティーにはいくつかありますが、『白昼の悪魔』もそのひとつです。

ポアロは事件解決のために、登場人物たちをダートムアへのピクニックに誘います。車に乗り込む場面で、メンバーの一人であるブラット氏が陽気に観光ガイドの物真似をするのでした。

「ダートムア行きはこちらです。ヒースの花に草イチゴ、名物はクリームに監獄だよ」

名物として挙げているクリームは原書では「デヴォンシャー・クリーム」となっています。

そして草イチゴと訳されているのは原書ではビルベリー(bilberry)です。ビルベリーはイギリス全土にかけて見られ、特に平坦な荒地や荒野(ムーア)、森などの酸性土壌に四月から六月にかけて花が咲き、七月から九月にかけて実をつけます。

その名前の由来はデンマーク語の黒い実の意味である「bollebar」です。またblaeberry, blueberry, whortberry blackberryとも呼ばれます。

アイルランドでは「fraughan」と呼び、八月一日に一番近い日曜日をFraughan Sundayとして、野生の実のなかで一番早く熟すこの実を、この日曜日に山に出かけて摘みにいくならわしとなっています。スコットランドではこの実は牛乳をかけて食べ、葉はお茶として飲

デヴォンシャー州にあるデヴォンシャー・クリームのアイスの店

み、オークニー諸島では風味の良いワインがこの実から作られます。ビタミンCに富むので、健康にもよいのだそうです。

ヨークシャーではこの実で焼いたパイは色が黒いので「葬式のパイ」と呼ばれました。ビルベリーと砂糖、レモン汁を混ぜ合わせただけのものを上下のパイ皮ではさんで焼いたものですが、社会史家で作家のドロシー・ハートレイはその著書『Food in England』(一九五四年)で、「ビルベリータルトが世界中で一番おいしいパイである」と絶賛しています。

私は作品の舞台であるダートムアにも夏に何度も訪ねたことがありますが、残念ながらビルベリーを見たことがありません。イギリスではいままでお目にかかったことがないのです。けれどもフィンランドに行ったとき、まるでビスコフの絵本に描かれているような森に連れていってもらい、足元一面に苔と一緒に、実をつけたビルベリーを見たことがあります。踏んでしまわないように気をつけながらその実をかごいっぱい摘んだ思い出はいまでも忘れられません。その森の近くに住む人は、どの人もバケツをその実でいっぱいにして、うれしそうに帰っていきました。

フィンランドはコーヒーの消費量が世界一といわれるだけあって、コーヒーを常に飲んでいる印象がありました。そのコーヒーのお供に甘いパンやケーキを楽しむのです。

このビルベリーもさっそくお菓子に焼き込んで、コーヒーとともにごちそうになりました。そのおいしさといったら、まさしく「世界中で一番おいしい」というにふさわしい味わいでした。

Murder in Mesopotamia

『メソポタミヤの殺人』

なつかしいロックバンズ

看護婦のエイミー・レザランの手記として物語が進むことが新鮮な印象を受ける作品です。クリスティーは中近東を舞台にしたミステリーを、この『メソポタミヤの殺人』を皮切りに、いくつも残しています。旅好きなクリスティーは離婚した一九二八年に、考古学発掘を指揮していたウーリー夫妻に招かれてイギリスからはるばるイラク南部にやってきました。一九三〇年、二度目に訪れたときに、十三歳年下のオリエント専門の考古学者マローワンと出会い、同年に四十歳で再婚します。マローワンはその後三十年にわたって発掘の仕事に携わるわけですが、彼に伴ってクリスティーも一年の半分以上、発掘現場に滞在しました。彼女はその暮らしぶりを砂漠のなかのほうが執筆もはかどると喜んでいたそうです。

その二人の生活は『さあ、あなたの暮らしぶりを話して』（一九四六年）と題したクリスティー最初のノンフィクション作品である発掘旅行記に描かれています。

『メソポタミヤの殺人』に登場するレイドナー夫人は戦争中に結婚していましたが、その後に離婚、そして考古学者の妻となってイラクの地にやってくるという設定です。それがまさしくクリスティー自身と重なると見る読者もいるようです。

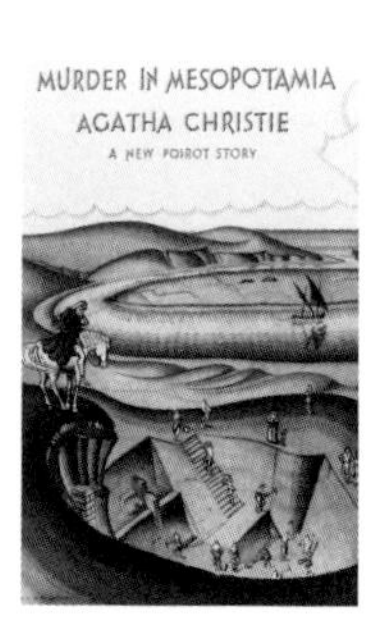

『メソポタミヤの殺人』
一九三六年

イラクにやってきたレザラン看護師は、ドクター・ライリーから、レイドナー夫人の世話を依頼される。遺跡調査団の夫に同行し宿舎で暮らす夫人は、多くの男性をとりこにする魅惑的な人物だが、ある恐怖にとりつかれているという。夫人の恐怖の正体を初めて告白された日の翌日、宿舎で事件が起き、偶然バグダッドにやってきたポアロが調査に乗り出すことになる。

クリスティーの好物・ロックバンズ

イギリスを離れ、遠いイラクの地でありながら、この作品には実によくお茶の時間が描かれます。紅茶に角砂糖を五個も入れるポアロの様子もほほえましいです。

この作品の語り手であるレザラン看護婦が古代アッシリアの遺跡調査隊の宿舎に着いて、初めて味わうお茶のお菓子「乾ぶどう入りのクッキー」は、原書ではロックバンズ(rock buns)。ロックケーキ(rock cake)なら、いまもティールームに並ぶおなじみの焼き菓子ですが、ロックバンズとはさて何だろう、と思いました。バンズは「小さなパン」の意味です。

そこで、イギリスでブラムリーを生かしたアップルパイ作りを教わって以来、親しくしている、お菓子作りの得意なジョアンさんに尋ねました。ジョアンさんによると、ロックバンズはロックケーキと同じものであり、イギリスの南部ではロックケーキ、北部ではロックバンズと呼ぶ傾向があるそうです。「日本でも地方によって違う呼び名になる食べ物があるでしょう?」とのことでした。

ロックケーキの名は、たとえば『ハリーポッターと賢者の石』において、初めてハリーたちが魔法学校の番人であるハグリットをその家に訪ねたときに、お茶とともにごちそうになるお菓子として登場しています。ハグリッドの焼いたロックケーキは、石のように固く、その固さは、ハリーが歯を折りそうになったというほど。そのケーキと格闘して、苦労する様子がなんともほほえましく描かれています。

また、アーサー・ランサム著『ツバメ号とアマゾン号』(一九三一年)でもシードケーキとともにロックケーキは日常の子供のおやつとして登場しています。

ロンドン南西部郊外にあるウィズリー・ガーデンはエリザベス女王も愛した庭園。併設されているカフェでロックケーキもいただける。クリスティーは自伝で、実家にいた料理人のジェーンが作るロックケーキを「かりかりしていて乾ブドウがいっぱい、熱いうちに食べれば最高」と絶賛している

Recipe

ロックバンズ

Rock Buns

材料（12個分）

中力粉（薄力粉でも可）
……200g
ベーキングパウダー
……小さじ1
塩……ひとつまみ
ミックススパイス
（またはシナモン）
……小さじ1/4
無塩バター……110g

カレンズ……50g
グラニュー糖（微粒子）
……50g
ミックスピール
（オレンジピールとレモンピールを合わせて）
……30g
卵……1個
牛乳……大さじ2

作り方

1. オーブンは180℃に余熱をしておく。天板にベーキングシートを敷いておく。

2. ボウルに中力粉、ベーキングパウダー、スパイス、塩を合わせてふるい入れる。

3. 冷蔵庫で冷やしておいた、1cm角に切ったバターを2に加え、粉類をまぶしながらナイフでさらにあづき粒大に切り込み、さらに手のひらをすり合わせるようにして粉とバターをなじませ、サラサラのパン粉状にする。グラニュー糖、カレンズ、ミックスピールも加える。

4. 別の小さめのボウルに卵を割り入れて溶き、そこに牛乳を加えてよく混ぜわせる。これを2のボウルの粉類の中央をくぼませたところに加えて、ゴムベラで切るように全体を混ぜる。

5. スプーンですくって12等分にした種を、天板のベーキングシートの上にのせ、あらかじめ180℃に温めたオーブンに入れて、12～15分、きつね色になる程度に焼く。

昔もいまも身近な家庭のお菓子であることが、児童文学作品からも想像できます。

ビクトリア時代に出版された『ビートン夫人の家政読本』にもロックケーキのレシピが二種載っています。ひとつは粉、バター、モイストシュガー、レモン、牛乳にベーキング・パウダーを加えたもの。もうひとつはショートブレッドに似たクッキータイプのもので、粉、バター、カレンズが入り、ベーキング・パウダーなどは入りません。

ロックケーキはスコーンとケーキの中間のようなお菓子で、お茶の時間にはそのまま、あるいは半分に割って、バターやジャムをその断面にのせて食べます。作り方はスコーン同様にまずバターと粉をなじませるようにしてサラサラのパン粉状にしたところにドライフルーツ、卵、牛乳を加えて混ぜ合わせるだけです。混ぜ合わせたものをそのままスプーンで落とすように天板にのせて焼くので、そのゴツゴツした焼き上がりがまるで石のように見えるのでしょう。簡単なので、イギリスでは子供が作れるお菓子としても人気があるようです。

いまでもウィズリーなどの植物園に併設されるティールームにも焼き立てが並ぶ、定番のお菓子ではありますが、六十代以上のイギリス人にとっては子供時代にお母さんが焼いてくれたおやつというイメージが強く、なつかしく郷愁を誘う味として心に残っているようです。

紅茶は濃くて、おいしかった。ミセス・ケルシーがいつも飲んでいる中国の薄いお茶には、どうしても馴染めなかったのだ。

テーブルの上には、トーストとジャム、干しブドウ入りのクッキー、それにケーキが並んでいた。わたしのお皿が空になると、いつもミスター・エモットが何かを取ってくれた。相変わらず口数は少ないが、とても気がきく親切なひとだ。

訳：田村義道『メソポタミヤの殺人』（早川書房）より

ロックバンズ

ゴツゴツした焼き上がりの素朴なお菓子。
レシピは45ページへ

レザラン看護師は物語の後半、形見分けとして、ある女性の宝石箱のなかから好きなものを選ぶようにいわれます。真珠やダイヤモンドのネックレスや指輪があるなか、彼女は琥珀の珠を連ねたネックレスと化粧セットとの二つに絞り、結局、化粧セットを選ぶのでした。「私はもちろん真珠やダイヤモンドをもらおうとは思わなかった」と語りながら。

レザランは選びませんでしたが、実際のところ、イギリスでは琥珀のネックレスを身に着けている人を多く見かけるような気がします。若い女性というより、落ち着いた年齢の女性が身に着けるアクセサリーとして、定番のようです。

琥珀の英名はamber（アンバー）。樹木の樹脂が土砂などに埋もれ、化石化したものです。実際に琥珀のもとになった樹木は、広葉樹から針葉樹までさまざまで、時代によっても、土地によってもいろいろだそうです。人類が琥珀を利用した歴史は旧石器時代にまでさかのぼり、「人類が最初に使用した宝石」と呼ばれるとのこと。長い年月を経て自分が手にすることのロマンを感じずにはいられません。

そんなあこがれもあって、私もイギリスのエンジェル駅近くで琥珀のアクセサリーを専門としたアンティーク店の前を通りかかり、ガラス越しに店内の様子に惹かれて、思わずそのドアを押したことがありました。琥珀とひと口にいっても、透明な澄んだ飴色のもの、石のようにも見える茶色のもの、黄色のような明るい色合いのものなどいろいろです。

私が選んだのは落ち着いた茶色の、小ぶりの珠が連なったものでした。珠をつなげた糸を変えてもらい、私の手元にやってきたそのネックレス。はてしない年月を経て私の手元にやってきた琥珀。それが似合う女性になりたいという願いはいつも心に秘めています。

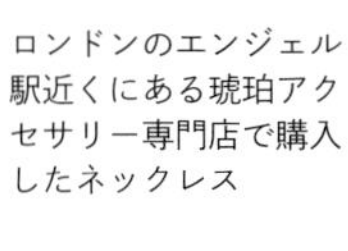

ロンドンのエンジェル駅近くにある琥珀アクセサリー専門店で購入したネックレス

The Blue Geranium

死を告げるゼラニウム

「青いゼラニウム」（『火曜クラブ』より）

題名となっている「青い」ゼラニウムは、近年でこそバイオテクノロジーの進化で、青いバラやカーネーションを見ることもありますが、クリスティーの時代では考えられなかったことでしょう。ありえなかったその「青さ」こそが、このミステリーの重要なカギとなっています。

この作品には占い好きなプリチャード夫人を訪れた〝心霊透視家〟が、コップにさしてあったスミレを見て、青い花は命にかかわるので、捨てるようにと命じる場面があります。古来、イギリスには青い花に不吉な意味があるのだろうか？　読みながら素朴な疑問を感じていました。

随筆家の春山行夫氏が著した『花ことば　花の象徴とフォークロア』には、花言葉には花の色が思いがけない役目を果たしているとのことで、毒草以外に不吉な意味があるのは黄色の花が多いとありました。黄色が不吉な色となると、青はどうなのか。

青は空の色で、純粋、希望を表し、不吉というより、むしろ良い意味を示します。

聖母マリアの衣の色になったマドンナブルーは信仰、誠実な心を表すというので、ルネサ

「青いゼラニウム」
一九三二年

ミス・マープルの住む村のはずれにあるバントリー大佐の家で、自分だけが知っている迷宮入りの事件を順番に披露し、その真相を推理し合う「火曜クラブ」が開催されていた。バントリー大佐が話すプリチャード夫人の事件は、占い師に不吉な予言を告げられたあと、夫人のもとに奇妙な手紙が届き、青い色の花々が夫人を追いつめ……というものだった。この作品のなかでミス・マープルはリトマス紙の知識があること、看護の経験があることを自ら語る。ただ者ではないその博識ぶりの背景を知ることができる。

ンスの画家たちは好んで使ったという歴史がありました。

「青いゼラニウム」で、青を不吉な色としたのは、リトマス試験紙の色が青へと変化することが事件の鍵となることがわかっていた人物が、プリチャード夫人を恐怖に陥れるための言葉だったといえそうです。それにしても「青い桜草は警戒、青いタチアオイは危険、青いゼラニウムは死を意味する」などという手紙をもらってしまったら、植物が好きな人ならばいっそう胸中穏やかではいられないはずです。

一方、ゼラニウムはというと、真っ赤、ピンク、白など園芸店では必ず売られているおなじみの植物です。欧米では窓辺を飾る植物としてもよく見られます。

植物学的にはゼラニウムは間違った呼び方で、「ペラルゴニューム」が正しい名前です。種子がコウノトリ（ギリシャ語のペラルゴス）のくちばしに似ていることを表してその名がつけられました。植物学上のゼラニウムはフウロソウ（風露草）の和名をもち、葉に悪臭があるので、かつては動物のノミよけに使われたといいます。ゼラニウムもペラルゴニュームも同じフウロソウ科に属しています。

園芸上のゼラニウムにも実は「魚が腐った臭い」といわれる独特の異臭がありますが、ハーブとして扱われるゼラニウムは一般的に「匂いゼラニウム」と呼ばれ、フウロソウ科テンジクアオイ属で、芳香があり、その種類は二百種にも及ぶといわれています。

アップル、パイナップル、ナツメグというように香りによって、花、果実、スパイスなどの名前がつけられていて楽しいものですが、代表的なのはローズ・ゼラニウムでしょうか。

ウィリアム・モリスの終の住処となった「ケルムスコット・マナー」の
庭先で撮影したゼラニウム

ゼラニウムの葉を敷いて焼くローズ・ゼラニウム・ケーキ

バラと同じゲラニオールという芳香成分を含み、その精油は香水作りの材料にも使われてきました。ケーキ型の底に敷きこんでケーキを焼いたり、カスタードクリームを作るときにはバニラ棒の代わりに香りづけに葉を加えるなど、お菓子作りに生かせるのも魅力です。

また、私がホームステイしたハーブ園の家では浴室にローズゼラニウムの鉢植えが置かれ、グリーンインテリアとしてもなじんでいました。

「青いゼラニウム」には食べ物は登場しない代わりに、植物の名前が多く登場し、物語を彩っています。そんな物語の世界を象徴するように、プリチャード夫人の部屋の壁紙にはいかにもイギリスらしい、草花が描かれています。それは「つりがね草と水仙とのぼりふじとたちあおいとゆうぜん菊(Bluebells and daffodils and lupins and hollyhocks and Michaelmas daisies)がいっしよになって咲いているなんて」とバントリー夫人が憤慨するような取り合わせでした。

春に咲く花、夏に咲く花が一緒に描かれているのがバントリー夫人の気に障ったようです。つりがね草と訳されている植物の英名はブルーベル。ロンドンでは五月にこの花が魔法のように森一面に咲く光景が見られますが、南北に長い国土を持つイギリスでは場所によって花の咲く時期も異なりますし、温暖化によってもその季節が変わってきているようです。

一般的にはまず春の訪れを告げる真っ黄色な水仙が咲き、そのあとを受け継ぐようにブルーベルが咲きはじめます。その青さでじゅうたんを敷き詰めたように森一面に咲き乱れるブルーベルの光景は一度見たら、この花のとりこになってしまうほどの不思議さ、美しさです。

のぼりふじとたちあおいは夏に咲き、ミカエルマス・デイジーは九月二十九日の聖ミカエルマス祭のころに咲くのでこの名がついたといいますから、秋の花ということになります。

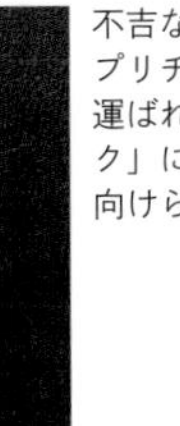

不吉な予言を恐れるプリチャード夫人に運ばれた「熱いミルク」にも疑惑の目が向けられる

Death in the Clouds

『雲をつかむ死』

二本のスプーンとビスケット

パリからロンドンへ向かう飛行機のなかで事件が起きます。ある乗客のコーヒーの受け皿にのっていた二本のスプーンを見て、客室乗務員のデイヴィスは迷信を口にします。「被害者のコーヒーの受け皿には、スプーンが二本載っていたんです。配膳を急いだりすると、ときどきそういうことがあるんです。気になったのは、迷信があるせいなんですが。受け皿にスプーンが二本あるのは、結婚を意味するんですよ」

実際のところ、本来一本だけのスプーンがなぜか二本のっていることが、ポアロに犯人を気づかせるきっかけとなるのです。

デイヴィスのみならず無骨なジャップ警部も「それは結婚を意味するものですな」と知っている迷信とは、いっそう興味をひかれます。ポアロはといえば、殺された被害者の場合は結婚ではなく、葬式を意味するものだったと独り言をつぶやくのですが……。

紅茶やコーヒーを飲むという習慣は、イギリスの暮らしに欠かすことができない身近なことであるだけにさまざまな迷信を生んできました。『雲をつかむ死』の場合はコーヒーですが、紅茶に使われたスプーンも同様に考えられています。

『雲をつかむ死』
一九三五年

パリからロンドンに向かう飛行機のなかで、変死体が見つかる。その首には蜂の針で刺されたような跡が……。はたして機内を飛びまわっていた蜂の毒なのか？　乗客として事件にいあわせたポアロが謎を追求する。

たとえばソーサーに置かれた二本のスプーンは、「もうすぐ結婚する」ことを意味するほかに、「二度結婚することになる」「双子に恵まれる」といった迷信もあるようです。

ちなみに玄関のドアの前に紅茶の茶葉をまき散らしておけば、悪疫を遠ざけ、よいことが起きるとか。もしも床に紅茶の葉をこぼしてしまっても、それは幸運をもたらす、というのだそうです。あるいはポットに紅茶の茶葉を入れずに湯を注いでしまったら悪いことが起きるとか、とても薄い紅茶をいれてしまったら、それは親友を失う前兆だとか、そんな迷信もあると聞きました。茶柱に関する迷信もあって、カップに注いだ紅茶に茶柱が立ったら、その数は結婚するまでの月数や年数を表すとか。

そもそも迷信にまでなるスプーンがいつごろから紅茶やコーヒーに使われるようになったのでしょうか。茶が中国から十七世紀に入ってきた当時は、中国渡来の茶碗で供されていました。その安い代替え品がティーボウルで、ティーボウルは直接口に運ぶものではなく、そこから受け皿に注がれて、いわゆる現在のソーサーというべきものからすすられて飲むものでした。スプーンを置くソーサーは、当初は存在しなかったのです。小さいスプーンというものは十三世紀からヨーロッパに存在していたとのことですが、ティースプーンは紅茶がイギリスに入ってきて以降、十七世紀半ばに生まれたものでした。その後、十八世紀には使ったティースプーンを置いておくためのスプーンボートという器がティーセットに誕生したほど普及したことがわかります。

普及にともなって、スプーンは重要なエチケットの道具となっていきます。スプーンをカップの上に斜めに置けば、十分に紅茶をいただいたことを表す無言のサインです。そうでな

乗客のうち、眠っている人はふたり――口ひげの小男と、端のほうの年配の女性客だ。女性のほうはチップをはずんでくれる客で――いままでにも、何度も英仏海峡を横断する飛行機に乗っていたのを、ミッチェルはおぼえていた。だから、起こすのを遠慮していたのだ。

口ひげの男は目をさまして、ミネラル・ウォーターと薄焼きビスケットの代金をはらった。

訳：田中一江『雲をつかむ死』（早川書房）より

ければホステスはお代わりの紅茶をいつまでも注ぎ、それを断るのは無礼なことになります。

ティースプーンの誕生は「紅茶に砂糖を入れて飲む」という慣習を始めたのもイギリスであるということと結びついているのかもしれません。貴族のステイタス・シンボルとして始まった、高価な茶に高価な砂糖を入れるというイギリス独特の飲み方は、十七世紀末、高価であった茶も砂糖も両方とも安価に手に入れられる地位をイギリスが築いていたことによって一般に広まります。スプーンは紅茶に入れた砂糖を混ぜるために必要だったのです。

それを裏づけるような絵画が「Two ladies and an officer seated at tea」で、一七一五年ごろの作品といわれていますが、テーブルの上にはティーカップとそのなかに入れられたティースプーンも描かれています。女性の一人はティースプーンをテーブルに置き、ソーサーにのせたカップを手に持っています。カップは中国からの茶碗を真似て作られていた、取っ手がないものです。画家は不明ですが、十八世紀初期イギリスの家庭が描かれた絵として有名です。現在はロンドンのビクトリア&アルバート博物館に所蔵されています。

ポアロが食べるビスケット

列車が好きだったクリスティーは一九三四年に刊行した『オリエント急行の殺人』をはじめ、『青列車の秘密』（一九二八年）、『パディントン発4時50分』（一九五七年）といった列車という密室を舞台にした作品を数々出版し、成功を収めています。一方、『雲をつかむ死』のミステリーを特徴づけるのは、乗り物といっても列車ではなく、パリから飛び立ちロンドンの南にあるクロイドンに到着する飛行機が殺人の舞台となるところです。

「Two ladies and an officer seated at tea」。1715年ごろにイギリスで描かれた。以前はオランダ人の画家ニコラス・ヴェルコリェが描いたといわれていたが、現在はイギリス人が描いた可能性が高いとされる。作者不明
Bridgeman Images/アフロ

アガサ・クリスティーの夏の別荘グリーウェイにあるティーセットの一部。マイセンや
ロイヤル・ウースター、クラウン・ダービーのものなどを使用していたことがわかる

ポアロは飛行機のなかでキャプテンズ・ビスケットとミネラル・ウォーターを注文する。『オリエント急行殺人』ではポアロはタウルス急行の車内でペリエ（フランスのスパークリング・ウォーター）を頼んでいた

クリスティーの乗り物好きは列車にとどまることはありませんでした。

そしてクロイドンにかつて飛行場があったことを、私はこの作品で初めて知りました。

第一次世界大戦の終末から第二次世界大戦の開戦まで（一九一八〜三九年）、クロイドンがイギリスにおいて唯一の国際空港でした。一九五九年に閉鎖され、ヒースロー空港やガトウィック空港にその役割を譲ることになったものの、フランスからもたらされた新古典主義の建築様式で建てられたターミナルビルとゲートロッジは歴史的価値のある建物としてヒストリック・イングランド（イングランド歴史的建造物・記念物委員会）により、グレード２に指定され保存されています。

実際、イギリスにかつて存在したインペリアル航空会社が一九二七年に初めて、ロンドン−パリ間の定期便で空のお茶を乗客にふるまったそうです。

『雲をつかむ死』のパリ−ロンドン間という短い飛行時間に、ポアロは「ミネラルウォーターと薄焼きビスケット」を注文していますが、サービスとして提供されるものではなかったらしく、その代金を払っています。

日本版で「薄焼きビスケット」と訳されている食べ物は、原書では「captain's biscuit（キャプテンズ・ビスケット）」です。キャプテンズ・ビスケットとは、『The Oxford Companion to Food』によると次のように解説されています。

「オールドファッションのイギリスのビスケットで、かつては商業的に作られ、チーズとともに食べるプレーンなビスケットとして知られていた。いまでは見ることもない」

このビスケットには、ポアロが食べた薄いものと、厚いものとの二種類があり、材料は小麦粉と水、少量のバターと卵だけで、これらをよく練って焼くだけでできあがり。焼いてからは日持ちをよくするために、暖かい場所に広げて乾燥させ、保存していた、とありました。

この種類のビスケットをイギリスでは総称してhardtack（ハードタック）と呼んでいたようです。船乗りのスラングでは、「tack」にはfood（食べ物）の意味があり、hardtackで、「硬い食べ物」を意味します。日本で言うと、乾パンのようなイメージでしょうか。キャプテンズ・ビスケットのほかにも「ship's biscuit」「sea biscuit」「cabin bread」「sea bread」といった呼び名があるのは、船の航海中に食べる保存食であることに由来しています。キャプテンズ・ビスケットは長い航海でも保存が効き、いつでも食べることができる重宝な栄養源となったことでしょう。

美食家のポアロがコーヒーでもなく、ミネラルウォーターと一緒に食べるものとしてはいかにもそっけないものというべきところですが、当時の飛行機ではこの程度のものしか機内で販売していなかったということでしょうか。小腹がすいていたのかもしれないポアロですが、これらの食べ物を実費を払ってまで食していることにも驚きます。ちなみにこのキャプテンズ・ビスケットは、ジェローム・K・ジェロームのユーモア小説『ボートの三人男』（一八八八年）にも登場しています。

いまやロンドン・パリ間はユーロスターができたことで、ロンドンのセント・パンクラス・インターナショナル駅から三時間余り、飛行機を使わずとも行き来できる時代になりました。列車好きのクリスティーがいまの世に生きていたら、飛行機ではなくこちらを選ぶでしょうか？


それから四日間、彼は簡素にして廉潔なる生活を送った。口にしたのは、薄っぺらな船長印のビスケット（薄っぺらなのはビスケットのほうであって、船長ではない）とソーダ水だけである。土曜日にはいささか生意気になって薄い紅茶と何も塗らないトーストに手を出し、日曜日にはチキンスープをたらふく飲んだ。

ジェローム・K・ジェローム／訳：小山太一『ボートの三人男　もちろん犬も』（光文社古典新訳文庫）より

The Sittaford Mystery

『シタフォードの秘密』

コーヒーケーキのレシピ

ダートムアという実在の場所を舞台に殺人事件が起き、親子や婚約者、さまざまな人間関係が織りなされて物語は展開していきます。

そして、デヴォンの入口といわれるエクセター、ダートムアへの最寄り駅かつ異教徒たちが新天地を目指してアメリカへ渡ったという港町プリマス、荒涼としたダートムア周辺の実在の村や町の名前、長い歴史を秘めたプリンスタウンにあるダートムア刑務所まで登場し、トーキーで生まれ育ち、ダートムアに親しみのあるクリスティーならではの土地勘を生かした舞台設定が興味深いです。私のようにこの土地を訪ねたことがあれば、具体的に登場する地名からその風土を感じ、この作品がいっそう楽しめるでしょうし、知らなければ、ぜひとも一度訪れてみたいという興味を駆り立てられるに違いありません。

ダートムアはイギリスに十五ヶ所ある国立公園のひとつで、イギリス南西部・デヴォン州にあり、その広さは九五三平方キロメートルにも及びます。野生の馬や羊があちらこちらでのんびりと草を食み、一面にハリエニシダやヒースが自生する広大な荒地です。

『シタフォードの秘密』
一九三一年

雪深いデヴォン州ダートムアに四人の男性が招待された。彼らが集まったのは、資産家のトリヴェリアン大佐が建てたシタフォード荘で、南アフリカからやってきたウィリット夫人と娘のヴァイオレットが冬の間だけ借りて住んでいた。お茶のあとテーブル・ターニング（降霊術）を行った六人に、「トリヴェリアンが殺された」というメッセージが霊から伝えられる。心配になったバーナビー少佐が大佐をたずねると、書斎のドアが開いており……。大佐の甥の婚約者エミリーが事件の謎を追ううちに、シタフォードに集まった人々の秘密が明らかになっていく。

コーヒー&ウォルナッツ・ケーキ

昔ながらのバタークリームのケーキ。
レシピは60ページへ

Recipe

コーヒー&ウォルナッツケーキ

Coffee & Walnut Cake

材料（直径15㎝の型1個分　※2個の型で2枚焼いてもよい）

中力粉（薄力粉でも可）
……120g
ベーキングパウダー
……小さじ1
無塩バター……120g
グラニュー糖（微粒子）
……120g
卵……2個
インスタントコーヒー
……小さじ2
牛乳……大さじ3
くるみ……20g

クリーム
無塩バター……100g
粉糖……80g
インスタントコーヒー
…小さじ2
牛乳……小さじ1
ラム酒……小さじ1

飾り用
くるみ……適宜

作り方

1. 材料はすべて室温に戻しておく。型にベーキングシートを敷いておく。オーブンは180℃にあらかじめ温めておく。
2. ケーキ用のくるみは粗く刻んでおく。ケーキ用、クリーム用のインスタントコーヒーと牛乳をよく混ぜておく。
3. ボウルに無塩バターを入れ、やわらかくなったらグラニュー糖を2、3回に分けて加えながら、泡だて器またはハンドミキサーですり混ぜる。卵をよく溶いたものを2、3回に分けて加えて、よく混ぜる。
4. 中力粉とベーキングパウダーを合わせてふるい入れ、ゴムベラで切るように混ぜ合わせる。途中で刻んだくるみとインスタントコーヒーを加えて、さらによく混ぜる。1の型に流し入れ、ゴムベラで表面を平らにしたら、180℃に温めたオーブンで40分ほど竹串を刺してみて何もつかなくなるまで焼く。焼けたら金網にのせて冷ます。
5. クリームを作る。ボウルに室温に戻した無塩バターを入れ、泡だて器でクリーム状にする。粉糖を加えて白っぽくなるまですり混ぜる。インスタントコーヒーを牛乳に溶かしたものを加えてよく混ぜ、最後にラム酒を香りづけに加える。
6. 4のケーキを横に2枚にスライスする。下になる1枚の上に5のクリームの半量を塗る。その上にもう1枚のケーキをのせ、残りの半量のクリームを表面に塗る。上にくるみを飾ってできあがり。

この作品に描かれる冬のダートムアで新年を過ごしたことがありますが、夏に訪れたときとは違う、静かで、研ぎ澄まされたような自然の美しさに魅せられました。

作品のなかではどうしてこんな冬の季節にダートムアで家を借りるのかと、この土地に住む人からはいぶかしがられる母娘ですが、その理由は後になって明らかにされます。ただ、単に旅行者としてでも一度冬のダートムアを経験すると、またそこに身を置いてみたいという欲求にかられるほど、惹きつけられる神秘がそこにあります。

事件について調べるエイミーに協力するため、シタフォード村に住むキャサリンはコーヒーケーキの作り方を聞きたいという口実を作って、ウィリットの奥さんに手紙を書いていました。実はこれに似た手はクリスティーが一九四三年に執筆した『スリーピング・マーダー』でも使われています。昔の家政婦の居場所を聞き出すために、ミス・マープルは買い物に立ち寄った店で、かつて教えてもらったジンジャー・ブレッドのレシピを聞くために、どうしても彼女に連絡を取りたいといってその住所を聞きだすというものでした。

自分が作ったもので、おいしいからそのレシピが知りたいと請われたら、うれしくなって心を許すものなのかもしれません。私の経験でもイギリスの家庭でごちそうになったスコーンやケーキなど、おいしいからぜひそのレシピを教えてほしいと頼んで、断られたことがありません。レシピを聞くというのは、その作り手にとっては、最高のほめ言葉なのですから。

今回、作戦に使われているのはコーヒーケーキ。スポンジの間にコーヒー味のバタークリームを挟み、上面を同じくコーヒー味のバタークリームで仕上げた丸形のケーキは、イギリスならティールームでも、家庭でもおなじみのケーキです。

昨日の午後は、大変おいしいコーヒーケーキをロニーがご馳走になったとのこと、ほんとうにありがとうございました。つきましては、そのケーキの作り方を教えていただけないでしょうか？　病気ですと、ほんとに食べることだけにしか変化がございませんので、どうかよろしくお願いいたします。今朝はロニーが忙しいので、そのかわりにトレファシスさんがこの手紙をもって行ってくださるそうです。

訳：田村隆一『シタフォードの秘密』（早川書房）より

クルミが上に飾られることも多く、そのため「コーヒー&ウォルナッツケーキ」の名で親しまれているケーキです。ナショナル・トラストの会報においての興味深い記事でも、いまも変わらぬその人気の高さを知ることができました（248ページ参照）。

コーヒーケーキに使う〝キャンプコーヒー〟

イギリス人でも個人でこれほど広く、手をかけた庭を持つ人は珍しいだろう、そう思う友人がスーさんご夫妻です。コルドンブルーで料理やお菓子の腕を磨いたスーさんには、その庭で手作りのお菓子をごちそうになるという至福の時間を過ごし、彼女からご自慢のお菓子も習ってきました。

コーヒー・ウォルナッツケーキを作るために、スーさんが使ったのは「camp coffee（キャンプコーヒー）」というものでした。私には見慣れないものでしたが、チコリとコーヒーのエッセンスと書かれ、瓶のラベルにはターバンを巻いたインド人とキルト姿のスコットランドの兵士が片手にカップを持って野営のテント前に座る姿が描かれています。この絵が物語るように、これは軍隊で飲むためのインスタントコーヒーとして作られたものとのこと。このシロップをカップに注ぎ、湯で薄めれば、たちまちコーヒーができあがるというわけです。絵に描かれた二人のカップにはその飲み物が入っているのでしょう。

オリジナルのラベルでは、このキャンプコーヒーの瓶をトレーにのせた使用人も描かれていたそうですが、二〇〇六年に現在のラベルになったそうです。コーヒー&ウォルナッツケーキやコーヒー風味のバタークリームを作るときなど、ホームベーキングには欠かせない材

現在も販売されているキャンプコーヒー（右）。2つのサンドイッチ・ティンにコーヒー&ウォルナッツ・ケーキの生地を入れるスーさん

料として、いまでもスーパーマーケットで簡単に手に入ります。キャンプコーヒーは、一八七六年にグラスゴーにある会社、Paterson & Sonsによって初めて商品化されました。現在の材料は砂糖、水にチコリエキス二五%、コーヒーエキス四%を加えたもので、濃い茶色の、とろりとしたシロップ状の液体です。

チコリはハーブの一種で、キク科ニガナ属の多年草。和名はキクニガナ。タンポポに似た形の青い花が咲きますが、その葉は古代ローマ時代から野菜としてサラダに使われます。根は乾燥させてローストして粉にひいていれると、コーヒーの味に似た飲み物になるのです。私もイギリスの自然食品の店、「クランクス」のカフェで味わったことがありますが、なかなかおいしいものでした。カフェインも含まず、強壮、消化作用に優れた健康飲料として自然志向の人々に愛されています。

クリスティー作品にもよく登場する「アガ・ストーブ」でスポンジを焼く(左)。平たいスポンジの焼き上がり(下)

Mrs. McGinty's Dead

『マギンティ夫人は死んだ』

骨董道具〝シュガー・カッター〟

おいしそうな食事がなかなか登場しないこの作品。事件の捜査のために滞在したサマーヘイズ家で、ポアロは料理下手な奥さんの食事に辟易します。

「牛の尻尾のひどいシチューに、水っぽいじゃがいも、それにたぶんパンケーキに変わるだろうと楽観的に希望していた代物」

「兎のシチューと、ホウレン草と、コチコチのジャガイモと、なんともいえない奇妙な味のする、プディング」

「黒焦げのプディングやら、ペニシリンみたいな昼食」

お世辞にもおいしそうとはいえない食事が続きます。

裏庭で摘むミントの葉

殺されたマギンティ夫人を発見した、隣家に住むミセス・エリオットは、殺される前日に裏庭でミントの葉を摘もうとしていたマギンティ夫人を見たと証言します。

マギンティ夫人はミントの葉を何に使ったのでしょうか。イギリスでのミントの日常使い

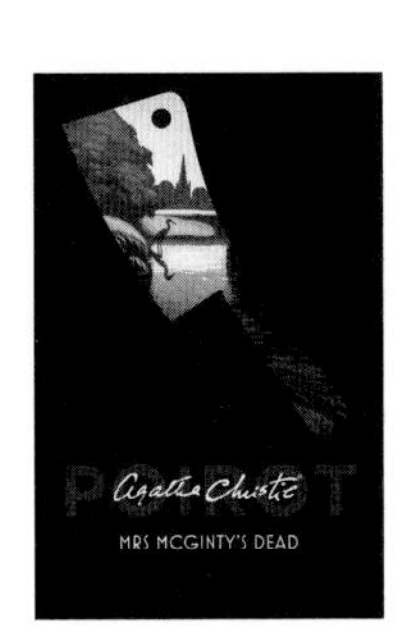

『マギンティ夫人は死んだ』
一九五二年

ロンドン近郊の村ブローディニーで、マギンティという女性が殺害される。彼女は夫を亡くし、あちこちの家庭で雑用を請け負って暮らしていた。殺人事件の容疑者として、マギンティ夫人の借家の間借り人ベントリーが逮捕されるが、スペンス警視は長年の経験から判決に疑問を感じる。「彼がもし無実だったら……」そんな思いから、スペンスはポアロのもとに再調査の依頼にやってくる……！

「なるほど、なるほど、そうでしょうとも。ところでお気の毒なマギンティ夫人に、あなたが最後にお目にかかられたのはいつのことです？」

「たしか、その前日だったと思います、あの方が裏庭にミントの葉を少しばかり摘もうと、お

としては、ラム肉のローストのミントソースを作る、またはジャガイモかグリーンピースをゆでようとしていたのではないかと想像できます。

イギリスの家庭ではラム肉を焼いたらミントを摘みにいきます。私がハーブ留学と称してイギリスのクック家で過ごした初日、庭に育つミントの葉を摘んでくるようにいわれました。ミントソースと呼ばれるものはローマ人によってイギリスに伝えられたといわれるほど、歴史の古いものですが、作り方はとても簡単。刻んだミントの葉に砂糖を混ぜ、熱湯を少量加えて溶かしたところに酢を加えればできあがり。まるで「蓼酢（たでず）」のような、緑色のさらさらとした状態のものになります。ただし、フランス人は酢が効いたこのソースをワインの味をだいなしにするとして、イギリス人の味覚を大いに軽蔑しているようですが……。

また新じゃがいもやグリーンピースをゆでるときにも鍋にひと枝ミントを入れるのが定番。さわやかなミントの風味が、すっきりとした味わいにするための隠し味になるのです。スーパーではグリーンピースのパックにミントの枝が添えられて売られているのを見かけることもありますが、そこにはこうした家庭の知恵が隠されているのです。

数多く品種のあるミントのなかでも料理によく使われるのがスペアミントです。「ガーデンミント」とも呼ばれ、庭に植えて生活に広く使われる品種として知られていますが、「ピーミント」「ラムミント」という別名があるのは、グリーンピースをゆでるとき、ラム肉のローストのソースに使われる品種であることを物語っています。マギンティ夫人が裏庭に育てていたのもこの品種のミントであったかもしれません。地下茎で、困るほどにどんどん増えるミントはキッチンガーデンや裏庭などで栽培されることが多く見られます。

「出になったところでございました。あたくし、ちょうど鶏に餌をやっていたものですから」

訳：田村隆一『マギンティ夫人は死んだ』（早川書房）より

「まあ、砂糖打ち（シュガー・カッター）でなにをなさっていますの？」
「なんですって、シュガー・カッター？」
「ええ、シュガー・ハンマーともいいますけど、どっちが正しい名前か、あたし、よく知りません。おもしろいかっこうですわね、頭のところに小鳥の飾り物なんかついて、子供っぽい」

訳・田村隆一『マギンティ夫人は死んだ』（早川書房）より

事件について相談するためポアロを訪ねたスペンス警視に、ポアロが勧めるドリンクにも、ミントが使われています。ほかのポアロ作品にもたびたび登場する「クレーム・ド・マント」は、ペパーミント入りのリキュールです。

百三十種のハーブで香りをつけたシャルトリューズ、そしてベネディクティンも、ミント、特にペパーミントが主成分になっているリキュールです。いずれも消化を促し、気分をよくするために飲まれた時代があり、古くから盛んに作られてきました。

ペパーミントは、ウォーターミントとスペアミントとの交配種であり、薬効に富む品種として知られ、ピリッとした清涼感が特徴です。

砂糖を砕くシュガー・カッター

事件解決の鍵がアンティークの道具とはいかにもイギリスらしいです。「シュガー・カッター」「シュガー・ハンマー」とは聞きなれないものですが、かつては生活の必需品でした。それもそのはず、砂糖はいまのように粉末の状態ではなく、大きな円錐形をしたものをそのまま、あるいはそれを大きく砕いたものを目方で買うのが普通でしたから、そのかたまりを砕く道具が必要だったのです。この道具が生まれる前にはノミとハンマーが使われました。

砂糖を砕く作業は台所で主に行われ、重労働でした。ダイニングルームやお茶のテーブルでは、砂糖のかたまりはより小さな粒にする必要があります。紅茶が高価なものとして鍵のかかるティーキャディーに保管されていたように、砂糖も鍵のついた箱に保存されていました。そのため十八世紀以前は、砂糖を砕く作業は女主人の仕事でした。シュガー・ハンマー

『マギンティ夫人は死んだ』では、ポアロの友人のオリヴァ夫人も活躍。リンゴ好きというキャラクターだけあって、坂道を転がるコックス種のリンゴとともに登場する

というより、はさみのような形をしたシュガー・ニッパーと呼ばれる道具が使われたようです。

粉末状の砂糖が必要なときは、料理人は乳鉢のようなもので、細かくすりつぶさねばなりませんでした。砂糖専用の箱は、粉末の砂糖を入れるところと小さな塊の砂糖をいれるところに分かれていました。富裕層ではこうした砂糖のための道具や入れ物は純銀製で作られましたが、鉄製の質素なものや木製の箱も作られました。

『ビートン夫人の家政読本』にも「砂糖の塊はよくつぶして、目の細かいふるいを使って細かい粉末にしなければいけません」と書かれています。

ゲーム歌「マギンティ夫人は死んだ」

この作品のなかで繰り返し登場する歌「マギンティ夫人は死んだ」は、ピクニック時に楽しむゲームの歌としてイギリスではよく知られていました。

マギンティ夫人は死んだ
どんなふうに死んだ？
あたしのようにひざついて
マギンティ夫人は死んだ
どんなふうに死んだ？
あたしのように手をのばして

殺された夫人と同名の夫人が登場するこの歌は、周囲の人々に重宝がられて働いていたというのに、報われない無残な死に方をする、そんな哀れな夫人への悲しみを誘います。

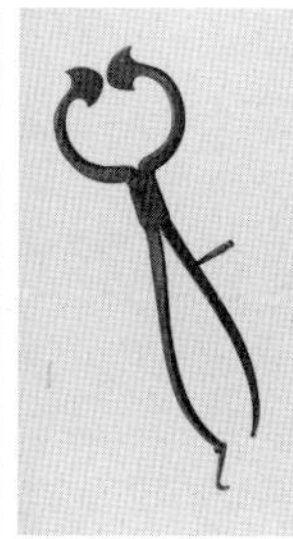

フランドルのヤン・ファン・デル・ストラートによる「Nova reperta（新しい発明）」（1590年）の1枚。男たちがサトウキビから砂糖のかたまり（シュガーローフ）を作っている（左）。事件の鍵を握るシュガー・カッター（右）

Endless Night

『終わりなき夜に生まれつく』

青空レストランの食事

土地の迷信という、どの国でもあるいい伝え、それを守らないと何か悪いことが起きる——そのなんともいえない暗い不安な雰囲気が漂うこの作品のなかで、「屋外のレストラン」とは、そこだけお日様が照らしているような、明るい響きがうれしく感じられます。

原書では「open-air restaurant」となっているこの言葉が、古い日本版では「青空レストラン」と訳されていましたが、私としてはそちらのほうがすがすがしい青空と緑の木々が浮かんできて、公園のレストランにはぴったりのいい回しのような気がしていました。

主人公のマイケルとエリーが初めてのデートの場所に公園を選ぶところなど、いかにもイギリス人らしい選択といえます。デートの若いカップル、子供連れの家族、老夫婦、人生のいかなる年代にあっても、公園はイギリス人の暮らしとともにあり、なくてはならないものです。公園を歩くだけで日曜日の午後いっぱいを過ごす人も多いのが現実ですから。

公園というと、日本語の響きでは小さな子供が遊ぶような滑り台があり、ブランコがあり、というようなそれほど広くない場所をイメージするかもしれません。ところがイギリスの公園は、マイケルとエリーがデートするリージェント・パークのようにとにかく広いのです。

『終わりなき夜に生まれつく』
一九六七年

キングス・ビショップ村の通りを歩いていたマイケルは、塔屋敷という物件が売り出されているのが目に留まる。塔屋敷はいまではジプシーが丘といわれ、「買った人間には必ず災いが降りかかる」不吉な場所だった。この土地を手に入れ、愛する女性と、天才建築家サントニックスが設計した家に住むことを夢想するマイケルは、丘の木立のなかでエリーと運命的に出会う。クリスティーが自身のベスト10のひとつに選んだ作品。

ボール遊びができるような芝生あり、野外劇場あり、池あり、花壇あり、たくさんのベンチに、レストランもありと、多くの用途で使われます。

十七世紀半ばまで、このリージェント・パークのある土地はメリルボーン・パークとして知られる国王の狩猟林でしたが、清教徒革命でイングランド共和国の指導者となったクロムウェルが資金確保目的で木材を得るために樹木を伐採したため、荒廃してしまいます。その後、王政復古を経て王家に返還されることになりますが、さまざまな人物の手に渡り紆余曲折した後、十九世紀初めに当時の摂政プリンス・リージェント（後のジョージ四世）が宮廷建築家ジョン・ナッシュに設計を依頼し、現在のような美しい公園に造り変えられたという長い歴史を秘めています。「リージェント」という公園の名前は、ジョージ四世の皇太子時代の名前からつけられたものです。

ロンドンではほかにも一五三二年にヘンリー八世が狩猟場として開拓したのが始まりというセント・ジェームズ・パーク、そのセント・ジェームズ・パークからハイド・パークまでを王家の領地だけを通って行き来できるようにしたいと考えたチャールズ二世によって一六六〇年に造られたグリーンパーク（かつてはアッパー・セント・ジェームズ・パークと呼んだ）、ハイド・パークとつながるようにあるケンジントン・ガーデンズなど、私たちにとってはうらやましいほどに街のなかに緑が美しい広々とした公園が点在しています。これらは「ロンドンの肺」と呼ばれて、空気の浄化に大きく貢献しているのです。

リージェント・パーク内のメアリー女王庭園は、ジョージ五世の妃でエリザベス女王の祖母にあたるメアリー女王に由来して名づけられたバラの庭園です。

三日おいて、リージェンツ・パークで会う約束をした。よく晴れた日だった。屋外レストランで食事してから、クイーン・メアリーズ・ガーデンを歩き、デッキチェアに座って話をした。

訳：矢沢聖子『終わりなき夜に生まれつく』（早川書房）より

一九三二年に一般に公開され、園内には一万二千本ものバラが植えられているといいます。私も「エリーとぼく」のデートのように、そのバラ園近くにある、カフェの屋外のテーブルで、サンドイッチと紅茶という軽いお昼を食べたことがあります。バラの生け垣で囲われた一角にベンチとテーブルが置かれ、中央に建つ売店からサンドイッチや飲み物などを自分でトレーにのせ、セルフ・サービスで気軽にいこいのひとときを楽しみました。

散歩したり、花を見たり、公園に来る目的はいろいろですが、食事に行くというのも立派な目的になることは、イギリスで暮らしてみて初めてわかったことのひとつです。日本の公園にあるような売店ではなく、サンドイッチやスコーン、ケーキなどが楽しめるカフェが備わっていることがイギリスの公園の魅力です。

ロイヤルパークはジェフリー・アーチャーの『ロマノフスキ家の娘』にも登場します。

「公園は緑一色で、花壇にはバラが咲き乱れていた。その美しさをセントラル・パークと比べられずにいられなかったが、ロンドンにはこの規模のロイヤルパークがほかにまだ五つもあることを思いだした」（訳：永井淳訳　新潮文庫）

ロマノフスキ家の仇敵(きゅうてき)だったボストンの名門銀行家の息子がハイド・パークをぶらつく場面です。確かにロンドンの初夏、公園の緑のなかにひときわ映える、色鮮やかに咲き誇るバラの花に魅せられる人は多いでしょう。

ここではロイヤルパークがほかに五つあるとなっていますが、実際ロンドンにあるロイヤルパークは全部で八つ。英語でパークとは本来個人の私有地で、勝手に外部の者が入れない場所を意味していました。ロンドンにあるパークもそもそもは、ほとんどが王室の領地であって、それが一般市民に開放され、いまではパークといえば、誰でも入れる公共の場所となっています。昔とはまるで反対の意味になっているのです。

ハイド・パークといえば、『シャーロック・ホームズの回想』の「黄色い顔」のなかで、ホームズ自身が早春のハイド・パークを散歩する場面があります。

バラの季節にはホームズもきっとその香りに癒されたことでしょう。

ロンドンの中心部から外れてあるロイヤルパークが、ハンプトンコート・パレスの北側に位置するブッシーパークとロンドン南西のリッチモンド・アポン・テムズ区にあるリッチモンドパークです。ここは私が住んでいたウィンブルドンからほど近く、身近な公園のひとつでした。周囲を壁で囲われ、ロイヤルパーク一番の広さを誇る、広大な緑のなかに野生の鹿がのんびりと草を食み、なかを通る車道も完備されるという雄大な光景が広がっています。

娘の一歳の誕生日を、産前教室で知り合ったイギリス人一家十組と、このリッチモンドパークで祝ったなつかしい思い出もありました。何しろ広大ですから、風船が目印。持ち寄った食べ物やケーキでピクニック気分の誕生生パーティーでした。

自分の庭をきれいに手入れして、バーベキューをしたり、お茶を楽しんだり、庭を自分の家の延長として楽しむイギリスの人たち。そういう人たちだからこそ公園にも自分の庭に求めるような楽しみを見出すことが上手であるように思えます。それにしても「エリーとぼく」はどんな食事をとったのでしょうか、気になります。

The Pale Horse

『蒼ざめた馬』

栗のお菓子とプラムケーキ

「蒼ざめた馬」と名づけられた、十六世紀ごろには古い宿屋だったという建物に住む三人の女性。彼女たちは黒魔術を操る魔女といわれています。「死神は蒼ざめた馬に乗っている」という暗示的な聖書の言葉も紹介されて、本作を読んでいるうちにオカルト的な怖さがひたひたと押し寄せてきます。物語にはポアロやミス・マープルは登場せず、ポアロの友人であり、ミステリー作家のオリヴァ夫人が花を添えています。

主人公である学者、マーク・イースターブルックがロンドンの高級住宅地であり、おしゃれな店が並ぶチェルシーに住んでいるため、ロンドンらしいおしゃれな食べ物が登場するのも楽しいところです。

カフェでは「バナナ・ベーコン・サンドイッチ」などというとても一般のイギリス人が食べそうもない組み合わせのサンドイッチが出てきますし、田舎のティールームではお目にかかれないような、最新式のエスプレッソ・マシーンでいれるコーヒー、高級なスモークサーモンで作るサンドイッチも登場します。この地区にある、誰もが知る高級デパート「ハロッズ」の名前も出てきます。

『蒼ざめた馬』
一九六一年

インド建築史の研究者であるマークは、チェルシーのカフェで若い女性二人の喧嘩を目撃する。それからしばらくして新聞でそのうちのひとりが亡くなったことを知る。同じころ殺人事件が起き、検死したコリガン医師が遺品のなかから九人の名が記されたリストを入手する。旧友のマークとコリガンが再会したことで、リストの人物の多くが最近亡くなっていることが判明。マークは謎の解明のため「蒼ざめた馬」という名前の館に行くことになるのだが……。

観劇を終えたマークと恋人が夕食に向かうのは、ウォータールー駅の周囲を回り、ウェストミンスター橋を渡ったところにあるファンタジーという店。その満席の店内で偶然に歴史学者の友人、デヴィッドに会います。デヴィッドの同伴者で、メイフェアの花屋で働く女性が「あたし、チェルシーなんて大嫌い。〈ファンタジー〉のほうがずーっと好きだわ！　お料理がとってもおいしいんだもの」というのは、高級で流行の最先端の人々が集うチェルシーの独特な空気を表わしているのでしょうか。

「デザートにおいしいクープ・ネッセルローデでも食べようか」

デヴィッドがそう提案するのですが、「クープ・ネッセルローデ」はバナナ・ベーコン・サンドイッチに比べると古風な、昔ながらのお菓子なのかもしれません。

しかしクープ・ネッセルローデというデザートは、私は一度も聞いたことのないものです。いったいどんなデザートなのか？　おおいに興味がわきました。

料理界ではネッセルローデ(Nesselrode)というと、栗を使ったものを指し、ネッセルローデ・パイやネッセルローデ・プディングと呼ばれるものはすべて栗を使ったものなのだそうです。その名前の由来とされているカール・ロベルト・ネッセルローデ伯爵は、バルト・ドイツ人の貴族で、生涯を帝政ロシアの外交官、政治家として働き、外務省長官や首相を務めた人物です。十九世紀ヨーロッパの保守派政治家の代表格であり、神聖同盟締結に寄与、ウィーン会議ではロシア全権代表団の首席となりました。

ネッセルローデ伯爵は栗が好物で、彼のおかかえシェフであったJean Mouyによって作られたのがこのデザートと伝えられています。ペーシュ・メルバと歌手のネリー・メルバとエ

ぼくはこのお茶という名の軽食がじつはあまり好きではないのだが、いぶしたような味の中国茶や、そのお茶がはいっていた繊細なカップはなかなかのものだった。バターを塗った温かいアンチョヴィ・トーストと、昔ながらの甘ったるいプラムケーキもあった。そのケーキは、幼いころ祖母の家で呼ばれたお茶の時間を思いださせた。

「自家製ですね」ぼくは感心して言った。

「当然だよ！　店で買ったケーキなんかこの家に持ちこまれては困る」

訳：高橋恭美子『蒼ざめた馬』
（早川書房）より

スコフィエ、クープ・ロマノフとロシア皇帝アレクサンドル一世とカレームの関係と同様に、歴史的な背景を持ったお菓子であるところが興味深いです。

「クープ」はフランス語で「短い脚のついた、広口の皿や鉢、また、その器にアイスクリームや果物、生クリームなどを盛ったデザート」という意味があります。その定義通り、このクープ・ネッセルローデはアイスクリームにメレンゲ、その上にモンブランのケーキのように栗のペーストを細く絞りだして盛りつけるのが特徴です。

イギリスでの栗といえば、肌寒くなった秋のある日、大英博物館の前の屋台で売られていた焼き栗を思い出します。小さな白い紙袋に入った焼き栗の温かさがうれしく、ちょっと焦げて鬼皮がはじけたその小さな栗を手でむきながらほおばりました。甘いわけでも、おいしいわけでもない味わいが、イギリス独特の冷たい空気にふさわしいような気がしたものです。

手作りのプラムケーキ

「蒼ざめた馬」の近くに住んでいる謎めいた人物、車椅子に乗ったヴェルナブルズを訪ねたマイクはお茶の誘いを受けます。お茶と一緒にいただいたのは、バターを塗った温かいアンチョヴィ・トーストと、昔ならの甘ったるいプラムケーキです。イギリス人でありながら「僕はこのお茶という軽食があまり好きでないのだが……」とマークは思っていましたが、プラムケーキは彼に幼いころの祖母の家でのお茶の時間を思い出させるのでした。

味わっただけで、手作りであることがわかる、そのプラムケーキのおいしさをほめるマークに、ヴェナブルズはいい返します。

クックさん手作りの
プラムケーキ

「店で買ったケーキなんかこの家に持ち込まれては困る」

この価値観は多くのイギリス人が持っている共通のものだと感じます。特別な技術を必要としないイギリスの家庭菓子においては、材料もシンプルだからこそ、家庭で作るものこそ混ざり気のない、最高のものが作れると信じられているからです。

プラムケーキとは、クリスマスに欠かせないプラム・プディングと同様、プラムが入っているケーキという意味ではありません。プラムはドライフルーツの総称で、プラムケーキはフルーツケーキのことを指します。いまでこそ、レーズンなどのドライフルーツは一般に手に入りますが、ブドウも育たなかったイギリスでは、ドライフルーツは異国からもたらされる高級品でした。プラムケーキを結婚式、イースター、クリスマスなど特別な晴れの日に食べるしきたりがイギリスに受け継がれているのはそのためです。

今田美奈子著『お菓子の手作り事典』には、ある史実が紹介されています。プラムケーキは、イギリス・サリー州のギルフォードで最初に作られ、名産品となりました。一六七四年には後にジェームス二世となるヨーク公がこの町で二つのプラムケーキを買い、一七〇二年にはその王女であるアン王女夫妻にこの町で作られたプラムケーキが贈られたとのことです。

ギルフォードはロンドンからは南西に約四四キロ、テムズ川の支流ウェー川が流れる美しい土地で、アングロ・サクソン時代には王室の荘園となっていた古い町です。この町の最古の勅許状は一二五七年に出されたといい、歴史的な建造物が多数現存していることからも古く王室の訪問があったこともうなずけます。

1957年6月、エリザベス2世がギルフォードを訪れた際、歴史が再現され、オンスロー伯爵から伝統的なプラムケーキが贈られた　REX/アフロ

Lord Edgware Dies

『エッジウェア卿の死』

ソーホーのババ・オ・ラム

題名にもなっているエッジウェア卿は変わり者で知られる裕福な男爵。その妻ジェーンは美貌で人気のアメリカの女優で、美しい城を持つ若き公爵に熱を上げます。彼らの周りをハンサムな映画俳優や舞台女優が彩る、きわめて華やかな世界が繰り広げられる作品です。

この作品の舞台は、ロンドンの町が中心となっています。それゆえにイギリスの田舎はまったくといっていいほど登場せず、代わりにパリが捜査の場所として頻繁に登場します。

芝居がはねてからヘイスティングズ大尉とともにポアロが夕食に出かけるのは、サヴォイホテルでした。リッツホテルと並ぶ、五つ星ホテルです。また、頭を整理するためにポアロが歩く場所に選んだのはテムズ川沿いのエンバンクメントといったように、ロンドンの実在の場所がちりばめられて作品にリアリティを添えています。

この作品のなかで、美食家として知られるポアロが通うなじみのレストランがソーホーにあるという話は、ちょっと意外に思えました。なぜならソーホーとは、劇場が立ち並ぶことで有名なウエスト・エンドの一角をなし、十九世紀は風俗店や映画館などが並ぶ歓楽街として栄えた歴史を持つからです。高級志向のポアロが行くような店があるまじき場所であるの

『エッジウェア卿の死』
一九三三年

元女優のジェーンは、夫であるエッジウェア男爵との離婚を望んでいた。マーティン侯爵との再婚を計画していた彼女は、エッジウェア卿に離婚を勧めるようポアロに依頼する。しかしポアロが面会に訪れると、既に離婚承諾の手紙を妻に送ったと告げられる。不審に思ったポアロのもとに後日、事件の報が届く。嘘をついているのは誰なのか？　そしてまた新たな事件が起き……。

ですから。

クリスティーの戯曲「ねずみとり」は、一九五二年の初演以来、現在までロングランを続けており、世界で最も長い連続上演記録を更新中です。その上演六十年記念である二〇一二年には、クリスティーの彫像が添えられた本の形の記念碑が作られました。その場所もソーホーで、レスター・スクエア駅のすぐ東側、モンマス・ストリートとセント・マーティン・レーンがぶつかる六差路です。「ねずみとり」を上演している劇場、セント・マーティンズ・シアターはそのすぐ近くにあります。

いまでは想像さえできませんが、一五三六年までソーホー地区一帯は放牧農場でした。ヘンリー八世によって王立公園として整備されたことで、いまの地区ができあがったとのこと。ソーホーの名前が文献に登場するのは十七世紀になってからといわれ、古い歴史があります。その名の由来は昔の狩りの叫び声とか……。

一九八〇年初頭以降になって、ソーホー地区に高級レストランなどが立ち並び、洗練された街へと変貌を果たしたといわれているので、ポアロの行きつけの店もそうした店の先駆けだったのかもしれません。特にポアロの大好物というババ・オ・ラムをデザートに出せる店というだけで、その店の品格がわかるような気がします。ちなみにポアロの好物がチョコレートやホットチョコレート、ティザーンのほかにこのババ・オ・ラムであったことをこの作品で知ることができました。

ババ・オ・ラムとはフランス語で「ラム酒風味のババ」の意。ババはレーズンの入ったイースト菓子で、一般にコルク栓に似た型（ダリオール型）に入れて焼いたものにラム酒風味の

われわれはポアロの名のよく知れわたっているソーホーのある小さなレストランへ行き、そこで、すばらしくうまいオムレツと舌平目、チキン、それにポアロの大の好物の〝ババ・オ・ラム〟に舌鼓を打った。

訳：福島正実『エッジウェア卿の死』（早川書房）より

シロップをたっぷり染み込ませたものです。

「ババ」という言葉はスラブ語で「老婦人」「祖母」を意味し、老女が身につけるスカートの形に似ていることからこの名がつきました。このケーキの登場は中世にさかのぼり、ラム酒が使われるようになったのは十九世紀になってからで、パリよりもナポリで人気のデザートになったとのことです。

一九世紀の終わりごろ、ジュリアンというパリのパティシエが、人気のあったババと同じ生地でレーズンを入れずに形を変え、ラム酒だけでなくキルッシュ酒を使った秘密のシロップを使いました。有名な美食作家ブリア・サヴァランに敬意を表し、その新しい彼の菓子に「サヴァラン」と名前をつけたと伝えられています。現在では、基本的にサヴァランは、リング型で生地を焼き、中央の穴にフルーツやクリームを詰めたものとなっています。

そもそもイギリスの菓子とフランスの菓子では、成り立ちが異なります。

イギリスはエリザベス朝の時代から家庭で作るお菓子、ホームベーキングの黄金期が始まりました。イギリスの菓子は家族のために主婦が作るもの、田舎にあるマナーハウスでもロンドンの宮殿でも作る菓子の内容は同じです。この傾向はコーヒーが日常に欠かせない北欧のお菓子でも見られることです。

一方、フランスではもちろん家庭菓子はあるものの、有名な菓子はどれもパリの宮廷菓子から始まり、専門職のパティシエというプロが作るものでした。家庭で作る菓子とは大きな違いがあります。イギリスではババ・オ・ラムのような菓子は家庭では作らないゆえに、ポアロのようにレストランで食べるデザート以外にはお目にかかれない存在になったようです。

朝食の時間にやってきたジャップ警部が、卵の大きさが違うことにいつも不平をいうポアロに、「まだ雌鶏は四角な卵を生んでくれませんか？」とからかう場面がある。イギリスの朝ごはんに卵料理は定番

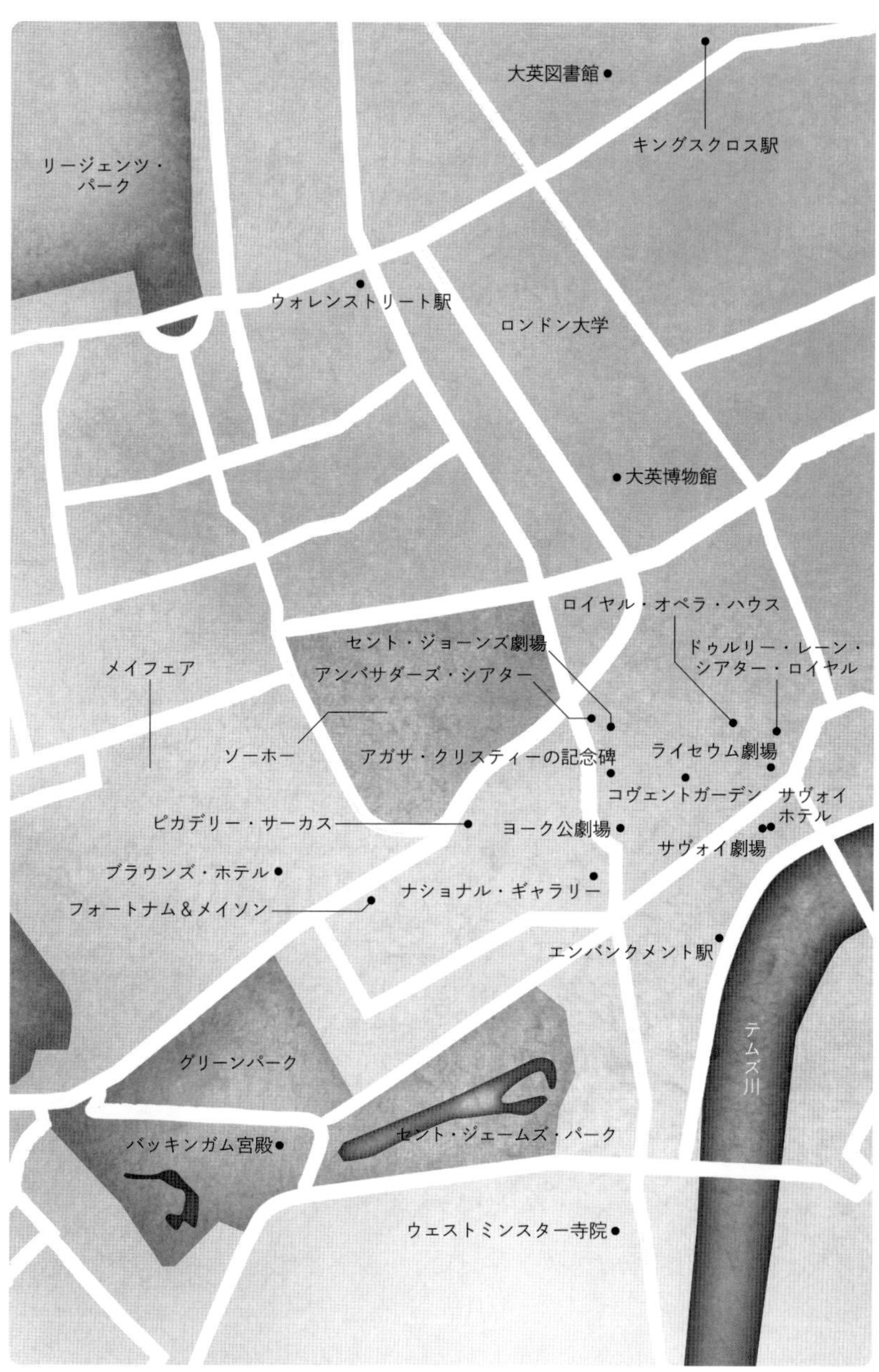

ポアロが歩くソーホー地区周辺

The Labours of Hercules

『ヘラクレスの冒険』

カボチャと焼きリンゴ

ポアロのファーストネームはエルキュール、英語ではハーキュリーズ、つまりギリシア神話の英雄「ヘラクレス」と同じ名前です。

ギリシアの最高神ゼウスと人間の女性アルクメネの間に生まれたヘラクレスは、ゼウスの正妻のヘラから敵意を抱かれ、ヘラによって妬みを吹き込まれたエウリュステウス王から命がけの冒険を命じられます。それが「ヘラクレスの十二の難行」と呼ばれる物語です。ポアロは自分と同じ名を持つヘラクレスにかけて、引退前の自分への挑戦としてこの「ヘラクレスの十二の難行」のように十二の事件を解決したのでした。

この作品では「ことの起こり」と題した最初の章に、「ヘラクレスの十二の難行」を無事に終えてめでたく引退することになったら何をするつもりか尋ねられたポアロが、「カボチャの栽培に精を出すつもりだ」と答える会話が書かれています。その宣言通り、『アクロイド殺し』では引退してカボチャを育てる夢を実現したポアロが描かれていました。

ポアロが栽培している野菜は「ペポカボチャ」と訳されています。原書ではmarrow（マロウ）とあり、ウリ科Cucurbita属のつる性一年草で、南米山地原産のsquash（スクオッシュ）の仲間

『ヘラクレスの冒険』
一九四七年

オックスフォード大学のバートン博士に、引退したらカボチャの栽培に精を出すというポアロ。引退などできっこない、「きみの仕事はヘラクレスの離業ではない」という博士の言葉を聞き、ポアロは、十二件の依頼を受けたら引退しよう、しかもその十二件はヘラクレスの離業を参考にして選ばなければならないと決心する。

「しかし、要するにそこなんだ。カボチャは、水っぽくない味にしなくちゃならない」
「はっ！　そんなことか――チーズをまぶすか、タマネギのみじん切りかホワイトソースをかけりゃいいだろうが」
訳：田中一江『ヘラクレスの冒険』（早川書房）より

です。イギリスの家庭の菜園では、細長く大きく実ったマロウを夏によく見かけます。作品のなかで「バカでかくふくれた緑色のやつ」と表されているように、緑色の皮は確かにカボチャを思い浮かべますが、中身はまったく異なり、果肉はウリのように白いものです。冬瓜にも似たその果肉は淡泊な味わいなので、肉詰めしてグラタンにしたり、バートン博士がいうようにチーズ焼きにしたり、家庭料理の定番になっています。

ちなみにズッキーニはbaby marrow（ベイビーマロウ）とも呼ばれるように、マロウと同じ仲間です。日本をはじめ北アメリカ、オーストラリア、イタリアでは「ズッキーニ」と呼ばれていますが、イギリス、フランス、ニュージーランドなどの国々では「クルジェット」と呼ばれています。

『Reader's Digest farmhouse cookery』によると、マロウは十九世紀にイギリスへもたらされ、その当時はマンゴーの代用品として、チャツネ、ピクルス、レリッシュの材料に使われたそうです。後に野菜としてみなされ、焼いたり、蒸したり、つぶしたり、ホワイトソースと合わせたり、種を取ったところにハーブを加えた牛ひき肉を詰めたスタッフド・マロウのレシピなどが紹介されています。

ビアトリクス・ポターのカボチャ

マロウは『ピーターラビットのおはなし』の作者であるビアトリクス・ポターも湖水地方での自宅兼アトリエのヒルトップの庭で栽培していました。実際、絵本にもマロウを描いています。ピーターのいとこであるベンジャミン・バニーが結婚したのがピーターの妹である

クリスティーは自伝のなかで、最初に読んだディケンズは『ニコラス・ニクルビー』、大好きな登場人物はニクルビー夫人に求愛し塀越しにカボチャを放り込む老紳士で、ポアロを引退させてカボチャを作らせた理由はそのせいか？　と書いている。ちなみに一番好きなディケンズ作品は『荒涼館』とのこと

フロプシー。その二人の間に誕生した子ウサギが主人公となる絵本が『フロプシーのこどもたち』です。

ここでもまたマグレガーさんが登場し、大切な子ウサギを捕まえて袋に入れてしまうのですが、その子ウサギたちを袋から救出した際にマグレガーさんに気づかれないように子ウサギの代わりに入れる野菜として使われるのがマロウです。細長いカボチャのような形をしたマロウをベンジャミン・バニーが袋に入れるところが絵にも描かれています。

ポターは庭で栽培したマロウをどのように料理して食べていたのでしょうか。

イギリスのカボチャでいまも思い出すのは、ハロウィン前に出かけた王立園芸協会の庭園、ウィズリーでのこと。そこには庭園で栽培・収穫したオレンジ色の皮のカボチャが、大きさもいろいろに、ずらっと並んで展示されていました。

一番大きいサイズのものは「SUMOU」。相撲取りのように大きいということで名づけられたものでしょうが、笑いを誘いました。

実際のところ「パンプキン」といえば、このオレンジ色をした西洋カボチャのことを指すようです。ハロウィンでは中身をくり抜き、目や鼻をくり抜いたところにろうそくを灯すランタンを作ったり、マッシュにした実でパイを作ったりと大活躍します。パンプキンの名には愛らしい響きがありますが、実の形がメロン（フランス語のpompon）に似ていることに由来しているとのこと。

日本に伝来したカボチャにも五種類あるとか。ポアロをきっかけに「カボチャ」の奥深さを知ることになりました。

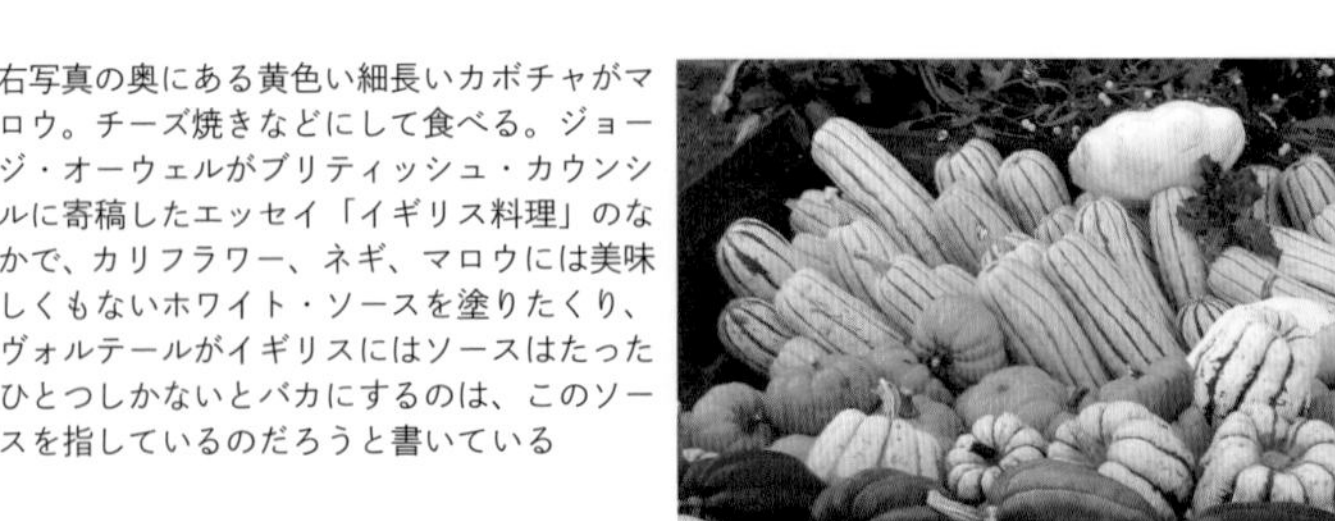

右写真の奥にある黄色い細長いカボチャがマロウ。チーズ焼きなどにして食べる。ジョージ・オーウェルがブリティッシュ・カウンシルに寄稿したエッセイ「イギリス料理」のなかで、カリフラワー、ネギ、マロウには美味しくもないホワイト・ソースを塗りたくり、ヴォルテールがイギリスにはソースはたったひとつしかないとバカにするのは、このソースを指しているのだろうと書いている

焼きリンゴとカスタード

カスタードをたっぷりかけていただく。
レシピは84ページへ

Recipe

焼きリンゴ

Baked Apples

材料

リンゴ（ブラムリーまたは紅玉など）……3個
デーツ……50g
洗双糖（ブラウンシュガー）……25g
レーズン……25g
シナモン……小さじ1/2
ラム酒（好みで）……小さじ2
サイダー（シードル）……大さじ4

飾り用

シナモン棒……適宜

作り方

1. リンゴは爪楊枝で全体に穴をあけ、真ん中あたりに浅く切れ目を入れる。底の皮をやぶらないように注意しながらスプーンなどを使って芯をくりぬく。
2. ボウルに粗く刻んだデーツ、レーズン、洗双糖、シナモン、お好みでラム酒を加えてよく混ぜておく。これを1のリンゴの芯をくり抜いたところに詰める。
3. 耐熱容器に移し、上からシードルをかけて、容器の上にアルミホイルをかぶせる。あらかじめ180℃に温めておいたオーブンに入れる。リンゴの大きさにもよるが、50分ほどリンゴのなかまでやわらかくなるまで焼く。飾り用のシナモン棒を添える。温かいうちにカスタードをかけていただく。

＊カスタードソースは卵黄2個分、グラニュー糖70g、牛乳200ccで作る。ボウルに卵黄とグラニュー糖を加えて泡だて器で白っぽくなるまですり混ぜる。鍋に牛乳を入れて、沸騰直前まで温めたものをボウルに加えて混ぜる。牛乳を温めた鍋に移し替えて、中火にかけ、かき混ぜながらとろみがつくまで火を通す。好みでバニラ棒、バニラエッセンスを加えてもよい

焼きリンゴとカスタード

第三の事件「アルカディアの鹿」のなかでポアロは、イギリスの田舎道の雪のなかで車が故障してしまい困り果てます。ブラック・スワン館という宿屋にようやくたどり着いたのはよかったのですが、お客が来るなど予想もしていなかった宿屋の主人は、ポアロが食事を頼んだことで、慌てておかみさんと相談する始末。その結果ようやく出てきたのはポアロの満足いくものではありませんでした。メインのステーキは固く、つけ合わせの芽キャベツは大きすぎて水っぽく、ジャガイモは石のように芯があるといった具合。

デザートとして出てきた焼きリンゴとカスタードが、これまたひどいものだった様子。きっと台所にあったリンゴをとっさに思いついて、焼きリンゴにしたのでしょう。じっくり火を通さなければ、おいしくならないところを大急ぎで作ったものだから、火が通っていなかったのかもしれません。

エリナー・ファージョン作『リンゴ畑のマーティンピピン』は、イギリス・サセックス州に広がるリンゴ畑を舞台にした物語です。そのなかで「リンゴに飽きる人はいない、焼きリンゴにしてクリームをかけたい」と語られる場面があります。ここでいうクリームはきっとカスタードクリームではないでしょうか。イギリス人のカスタード好きは、バードのカスタードパウダー（Bird's custard powder）という、インスタントの粉で牛乳を加えればすぐにカスタードソースが作れるものがあるほどですから。

1892年刊行の書籍に掲載されていたバードのカスタードパウダーの広告（左）。現在も売られているバードのカスタードパウダー（右）

The Big Four

『もの言えぬ証人』

変わり者のグーズベリーパイ

ある日、ポアロのもとに届いた手紙は老婦人ミス・アランデルからの依頼でした。「殺されるかもしれない」と老婦人の不安がしたためられたその手紙は、書かれた日付より二か月も遅くポアロのもとに届きました。手紙を不審に思い、ポアロの調査が始まります。ミス・アランデルの同居人の一人が甥のチャールズで、彼について彼女は「チャールズはたしかに人好きする人間だが、また全然信用するに足りない人間だ……」と語っています。

庭師は面白い人物と評し、グーズベリーパイとともに語っています。実際のところ、庭師が使う除草剤に含まれるヒ素に興味がある人物としても描かれ、なかなか本性が表れません。

『もの言えぬ証人』
一九三九年

バークシア州マーケット・ベイシングにある小緑荘の老女主人、ミス・アランデルが亡くなった。彼女の財産はどう分配されるのか、意外な遺言状の内容に町の人々は騒然となる。それから二ヶ月後、ミス・アランデルが心配事を訴える手紙がポアロのもとに届いた。なぜ二ヶ月も手紙が投函されなかったのかを不審に思ったポアロは、ヘイスティングズをともなって小緑荘に駆けつける。ミス・アランデルの愛犬・ボブとポアロのやりとりもほほえましい。

❦ 日本ではスグリでおなじみ ❦

グーズベリーは日本では聞きなれないと思いますが、和名はセイヨウスグリで、長野県などでは古くから栽培されていたようです。長野に幼いころから住んでいた方にとっては、スグリといえば「幼いころに摘んで食べた」と思い出すなつかしい味のようです。「スグリは子供のころ登下校の際に自然のものを採って食べていました。グミといわれる実や桑の実、アケビなども食べていました。幼いころの思い出です」と語ってくれました。

さわやかな緑色に、提灯のようなぷっくりとした形が特徴のグーズベリーはヨーロッパのなかでも、とりわけイギリスで好まれて栽培されてきました。フランスなどはサバのソースに使うベリーということで、「グロゼイユ・オ・マックレル」と呼ばれ、このベリー特定の名前すら持っていません。

涼しい土地で育つグーズベリーはロシアでも栽培されているようです。チェーホフは一八九八年に「グーズベリーズ」と題された短編小説を発表しています。主人公は子供のころに暮らしていた郊外に土地を買うことを夢見ている男です。その家の幸せの象徴が、グーズベリーが実る茂みでした。定年を迎えた男は夢を叶え、グーズベリーが実る郊外の邸宅に引っ越しますが、彼を訪ねた兄には彼がまったく幸せに見えなかったというほろ苦い物語です。

グーズベリーパイ。『もの言えぬ証人』でポアロは、台所でメイドと料理人と会話することで事件解決の糸口をつかむ

❦英国の家庭で作られるグーズベリーの定番菓子❦

イギリスの家庭では、庭に実るグーズベリーを使って作る定番のデザート、「フール」と呼ばれるものがあります。六、七月にたわわに実るグーズベリーはまず砂糖を加えてやわらかく煮ます。それをミキサーでペースト状にします。次に、カスタードと泡立てた生クリームを合わせて器に入れて冷やします。とても簡単ですが、グーズベリーの何ともいえない独特の酸味とさわやかな風味がクリームと合っておいしいのです。

古くからグーズベリーはイギリス料理に使われてきた長い歴史があります。

グーズベリーという名前は、フランス語のグロゼイユ（grozeille）に由来し、フランク語のkusil（パリッとした実）が起源という説があります。また、木にあるトゲgorse（ハリエニシダ）に似ていることからgorseberryと呼ばれ、それが訛ってgooseberryになったという説もあります。さらに、この実で作ったソースが脂ののったガチョウの肉に使われることからgoose-berry（ガチョウの実）となったという説などがあります。

グーズベリーがイギリスで最初に栽培された記録は十三世紀、エドワード一世の庭園に植えられた苗代が記されているのが初めてとのこと。十六世紀までにはキッチンガーデンでの栽培が広まり、一六〇〇年代に活躍したハーバリスト、ニコラス・カルペッパーもグーズベリーについて「生のまま、あるいは煮て食べる」と取り上げています。

一六六五年の「ロンドン大疫病（ペストの大流行）」では、実際の効果はなかったものの菌に対抗する食べ物とみなされていました。英語名のひとつであるfeaberrieは、グーズベリーの汁が熱（fever）を下げる効用があると信じられていたことから生まれています。

彼が、今日チャールズに会った、と話すと、庭師はたちまち相好を崩していろいろとおしゃべりをはじめた。

「変わり者でさあ、チャールズさまは。台所から大きなグーズベリー・パイを半分くらい持ち出して、ここにやって来ましたがね。そうするとコックがかんかんになってパイを探しまわるんでさあ。チャールズさまは子供みたいな無邪気な顔をして帰っていくんで、結局、猫がとってったんだろうってことになっちまう。猫がグーズベリー・パイを食ったなんて聞いたことありますかね。実際、面白い人ですよ！」

訳：加島祥造『もの言えぬ証人』（早川書房）より

十八世紀中期以降はグーズベリークラブなるものが北、中イングランドを中心に生まれ、より大きな実の栽培が試みられました。最盛期では三〇〇〇もの品種が生まれたそうです。『ビートン夫人の家政読本』(一八六一年)のなかで、ビートン夫人は「とても役に立つ、健康に良い」とグーズベリーを讃え、「イギリスの東方では小粒で劣った野生のグーズベリーが見られ、この国で立派なグーズベリーが手に入るのは、英国人の庭師たちの技術のおかげ」と書いていています。そしてプディングをはじめ、トライフル、フール、コンポート、ゼリー、ジャムなど数々のレシピを紹介しました。

グーズベリーパイに関しては、『ビートン夫人の家政読本』に「ディッシュパイ」と呼ばれるレシピを載せています。深めのパイディッシュに生のグーズベリーを入れ、砂糖をふりかけて、パイ皮をふたにして焼いたものです。食べるときには火の通ったグーズベリーと焼けたパイ皮を一皿に盛りつけ、クリームやカスタードソースをかけて楽しみます。『もの言えぬ証人』のチャールズが半分を失敬したというパイはどのような味わいのものだったのでしょうか?

The Market Basing Mystery

イギリスのキッチンリネン

「教会で死んだ男」（『教会で死んだ男』より）

本作では、チッピング・クレグホーンという小さな村に住む牧師夫人、バンチ（実際はダイアナという名前があるのですが）とミス・マープル、そして、ミス・マープルのメイドだったグラディスの三人の活躍が生き生きと描かれます。バンチは『予告殺人』（一九五〇年）にも登場する人物で、彼女の洗礼式にマープルが立ち会い、名づけ親になったという関係です。

このミステリーでミス・マープルは、アメリカに出かけた甥のレイモンドの留守をあずかり、そのロンドンの住まいに滞在しています。バンチはロンドンのバーゲンセールを口実に、自宅で起きた事件について相談するためマープルを訪ねるのでした。

バーゲンセールの帰りに、マープルがバンチとともに食事を楽しむ場面があります。その名もapple bough（リンゴの枝）なる食堂で、食後のデザートとしてアップルタルトにカスタードソース（apple tart and custard）をたっぷりとかけたものを楽しみ、買い物の疲れを癒す二人。メインはステーキ&キドニー・プディングとかなりしっかりとした食事です。

日本語版では二人が楽しむのはアップルパイですが、原書ではアップルタルトでした。ではパイとタルトの違いは何でしょうか？

「教会で死んだ男」
一九五四年

花を活けた花びんを教会内に持ってきたハーモン牧師の妻バンチは、瀕死の男性を発見する。男は謎のひと言を残したあと息を引き取り自殺と判断されるが、不審を抱いたバンチはロンドン滞在中のミス・マープルに相談する。事件解決のためミス・マープルが考えた作戦が遂行される……。

クリスティーの夏の別荘グリーンウェイのキッチン。クリスティー作品によく登場するアガ・ストーブもある

イギリスの家庭で活躍するティータオル。鍋つかみのように使ったり、皿をサーブするために使ったり、さまざまな用途に使われる

イギリスでは、底面と同じパイ皮でふたがあるものがパイ、パイ皮ではなく、ビスケットのような生地で底と周りだけがあるオープンなものがタルトとされています。

イギリスのキッチンリネン

二人が出かけたバーゲンセールは、原書ではバローズ・アンド・ポートマン商店（Burrows and Portman's）の「ホワイトセール（white sale）」と書かれています。ホワイトセールとは、シーツ、テーブルクロス、タオル、グラスクロスといった白物のリネン類のセールのことです（現在は白地に限らず、色物も含む布地製品のセールを指すようです）。

イギリスでは年二回、夏と冬に大きなセールがあります。そのセールを待って台所で使うリネン類をはじめ、浴室で使うタオル類をまとめて買う習慣があるのです。

バンチがセールで買いたかったのは、原書ではglass-cloths、「ガラス器の布巾」です。台所周りで使う布類にはほかに、ディッシュクロス、ティータオルなどがあります。

そこで、イギリス・デヴォン在住の八十代であるセリアさんにその使いみちを聞いてみました。まずグラスクロスはやわらかい布地で、洗って乾かした後のグラスを水滴の跡や曇りがないように磨くためのもの、グラスのなかもふけるようにティータオルよりはやや小ぶりのサイズです。上流階級の正式なディナーテーブルのテーブルセットではグラス類はきらきらと輝くように磨かれていなくてはなりません。ディッシュクロスは、皿洗い、流しやコンロ回りをふき上げるためのもので、頑丈な粗目の布地で作られた小ぶりのサイズのものです。

ティータオルは、ビクトリア時代の女性たちが「紅茶をいれたポットが冷めないように」

それから約一時間半後、ミス・マープルとバンチは、路地の奥にある〈アップル・バウ〉という名の小さな食堂にはいって、スタミナを回復すべく、ステーキとキドニー・プディングを食べ、そのあとから、さらに、アップル・パイとプリンを注文した。ふたりとも、身なりはいかにも貧相で、やりくり算段して買ってきたような家庭用綿製品の包みをもっていた。

訳：宇野輝雄『教会で死んだ男』（『教会で死んだ男』早川書房）より

と、ポットを包んだりお菓子の下に敷いたりして使っていたものといいます。リネンや厚手の木綿でできているので、いまやイギリス家庭のキッチンではこれがかかっていない家はないのではないか、というくらいに毎日の食器ふきにはかかせないのはもちろんのこと、ちょっとした使いみちの幅も広いのです。ティータオルの大きさは、七五×四八センチ程度で、いろいろな図案や色合いがあり、その土地の建物やお菓子などがデザインされたものなどもあり、お土産として買う、というのもよくあることです。この大きめなサイズのティータオルが必要である理由がイギリスの食器洗いの方法にあるように思います。流しに置いた食器洗い用の桶に洗剤を入れ、ぶくぶく泡立ったところに使った食器を入れます。ブラシなどでその汚れを取って、もう一度洗剤液につけたら、ティータオルで皿などを包むようにして持ち、洗剤液を拭うようにふき取るのです。そのために、大きなサイズの布が必要なのです。

初めてこの洗い方を見たときには目を疑いました。ところが、私がお世話になったどの家庭でも同じなのです。唯一、親しくしていたクック家は、シンクに洗剤用とすすぎ用の水が入った桶を二つ用意して流水ではないまでも、水に浸すことで洗剤を拭っていました。クック家には大きな食洗器があったのですが、人を食事に招いたり、パーティーをしたときでなければ、ほとんど使うことがありませんでした。

グロースターの小高い家にあるハーブ園を営む家にホームステイしたときには、食器洗いの洗剤を流水ですすいでいたら、「下水道をあふれさせるつもりか！」と怒られたことがありました。田舎では特に下水道の設備と水の大切さから、流水を使わない食器の洗い方が必須ということなのかもしれません。

『ビートン夫人の家政読本』に掲載されていたアップルタルト（写真中央）

The Body in the Library

『書斎の死体』

ふさわしい服装

セント・メアリ・ミード村がかつてない興奮に包まれます。ミス・マープルの親友であるバントリー夫妻の家の書斎で死体が発見されたのですから無理もありません。その死体は女性で、金属片をちりばめた白いイヴニング・ドレスを着て銀色のサンダルを履いたまま発見されたのです。そこでミス・マープルの登場。この女性の服装から持ち前の推理力で殺人事件の解明に乗り出します。

「育ちのいい令嬢はつねに、時と場所に合った正しい服装を心がけているものです」

ボーイフレンドと出かける服装として、ズボンとセーターかツイード服を着るのが淑女の常識である、と語るのがいかにもイギリス人らしいと、ミス・マープルの言葉を読みながらいろいろなことを思い出してしまいました。

バントリー夫人も「田舎じゃ何を着たって構うもんかという人もいるけど、そんなばかな話はないと思うわ。田舎だからこそ、みんなに見られるのですからね」と語るように、私もセント・メアリ・ミード村ならぬアスコット村で、この言葉を実感したことかあります。

『書斎の死体』
一九四二年

セント・メアリー・ミード村のバントリー大佐が住むゴシントン館の書斎で、若い女性の死体が発見される。バントリー夫人はさっそく友人のミス・マープルに事件の謎解きを依頼する。失踪届のリストから死体の女性は、海沿いの観光地デーンマスのホテルで働くダンサーであることがわかるが

死体が見つかった日のバントリー大佐の朝食はベーコンと、ママレードを塗ったトースト。イギリスならではの朝食。写真は著者がイギリスのB&Bで撮影した朝食のママレード

トーキーの近くにあるコッキントン・コート。若いころのクリスティーはこの館でアマチュア演劇を楽しんだ。『なぜ、エヴァンスに頼まなかったのか？』『死との約束』には、コッキントン・コートの主人、マロック家の人々への献辞がある

作品の舞台のひとつ「デーンマスのマジェスティック・ホテル」はトーキーのインペリアル・ホテルがモデルといわれている

海辺の観光地であるトーキーはクリスティーの故郷。トーキーにはクリスティーの胸像やクリスティーコーナーが設けられた博物館などがある

アスコット村・クック家での村人を招いたホームパーティー。近所の人々だが、きちんとした服装で会話を楽しんでいる

アスコットの競馬場ではイギリス王室主催の競馬が行われる。アスコット競馬場は厳格なドレスコードでも有名

イギリスでの両親ともいうべきクック夫妻に連れられて、日曜日の午前中に開かれるガーデン・パーティに出かけたときのことでした。ほんのご近所に住む人々ばかりの集まりであるにもかかわらず、女性はブラウススーツやジャケット姿、アクセサリーは真珠のイヤリングとネックレス、足もともパンプスとお揃いの色のストッキングでまとめています。若い女性もブラウスの襟もとに上から短めの真珠のネックレスをしていました。日曜日の雰囲気とはいっても、きりっとスマートな服装を誰もが心がけているのにびっくりしたものです。

アスコットは、オックスフォード郊外にあり、周りは羊が草をはむのどかなところですが、ロンドンで働くハイクラスの人たちが週末を過ごす別荘を持っているところでもあり、裕福な階級の住人が多い村です。それがパーティの服装にも表れ、その場にふさわしい服装が心地よい雰囲気を醸し出すための大切な条件となっているのです。真珠といえばフォーマルな正装のときのみ身につけるものとばかり思っていましたが、イギリスでは教養を表すために身につける、女性のステイタス・シンボルのひとつのように思えました。

内面が豊かな女性なら装飾の多いアクセサリーはかえって品を落とすというもの。ストッキングの色を靴の色と合わせるのも、多くの色を使わずに全体をシンプルにまとめるという同じ概念に基づいているようです。

ウィンブルドンに住んでいたころに英語を習っていたエリザベス先生のお母様は、お会いしたときにすでに白髪のきれいな老婦人でした。ウィンブルドンの通りで、普段の買い物に出かけるところに偶然会うこともたびたびありましたが、白いブラウスに真っ赤なカーディガン、スカートは紺色のプリーツスカートで、ストッキングも靴も同じ紺色でそろえられて

1832年刊行『The panorama of Torquay』に掲載されたトーキーの絵。『書斎の死体』の舞台はアガサ・クリスティーの故郷、トーキー周辺をモデルにしているといわれている

いて、その姿が素敵でした。もちろんブラウスの上には真珠のネックレス、赤いカーディガンが白髪を引き立てて、赤色がいっそうきれいに見えました。

ちょっとそこまでの買い物でも、きちんとした姿で出かけることに刺激を受けるとともに、年を取っても、周りの人がその姿を見て心地よい気分になることはいいものだと、それが年を取ったときのマナーのようにも感じたものです。

興味深いことに世界で最初に絹で編んだ靴下をはいたのはエリザベス一世だったとのこと。女王が即位した翌年の一五五九年、宮廷内の絹物係をしていたモンタギュー夫人が、新年の贈り物に手編みの黒い絹の靴下を献上し、これを女王が大変気に入ったというのです。それまでは布を縫ったものを使っていたようですが「美しく、デリケートなので、大変気に入りました。今後は布の靴下は使いたくありません」と女王ははっきりとモンタギュー夫人に告げたとのことです。

イギリスで暮らしていたころに私はバレエ観劇にはまり、ロイヤルオペラハウスにもよく出かけていました。そのときに驚いたのは、黒のドレスを着た女性がほとんど、というほどに多いことでした。イギリスでは昼間の服装には紺色が圧倒的に多いのですが、夜になるとドレッシーという意味合いで黒を着ることが好まれるのでしょう。光輝くシャンデリアの華やかな明かりの下では、黒という色が女性の美しさを引き立てるように思えます。

私もいつのまにか黒の服に目が行くようになり、イギリスに住んでいる間に黒の服が増えました。このようなこともイギリスでは「ふさわしい服装」という言葉だけではわからない、暗黙の了解のようなものなのではないかと思うのです。

イギリスでは野生のブラックベリーをよく見かけ、摘んで食べられている。『書斎の死体』で新たな死体が見つかった石切場は「この小道を通るのはブラックベリーを摘みにくる連中だけ」と説明される。クリスティーも自伝に幼少期のブラックベリーの思い出を書いていた。ポアロシリーズ「24羽の黒つぐみ」にはブラックベリーのパイが登場

The Mysterious Affair at Styles

ヨモギギクのお茶

「死のひそむ家」（『おしどり探偵』より）

ある悩みを持った美しい女性ロイス・ハーグリーヴスがトミーとタペンス夫妻の事務所を訪ねてきます。彼女は遺産問題を抱え、そしてヒ素の入ったチョコレートが送られてきたことから身の危険を感じていたのでした。

ロイスの訪問の翌日、さっそく事件が起き、トミーとタペンスは彼女の農場を訪れ、調査を開始します。そこでタペンスが目を留めたのは『医学全書』でした。彼女はその持ち主である老婦人ミス・ローガンに話を聞きます。

「メアリに貸してあげたんだわ。あの人は薬草にたいへん興味を持ちましてね。（中略）あのルーシーは、レディ・ラドクリフのことですけれど、わたしのヨモギギクのお茶を信奉していたものよ――鼻かぜにはすごく効くんです。気の毒にルーシーはよく風邪をひく人でしたからね」

ヨモギギクと訳されているハーブは原書ではタンジー（tansy）で、キク科ヨモギギク属の多年草です。日本語訳の通り和名はヨモギギク。シダのように深い緑の葉は樟脳（しょうのう）に似た香りを持ち、かつては死体の防腐剤としても利用されました。そのことからタンジーという名は

「死のひそむ家」
一九二九年

トミーとタペンスのもとに若く美しい女性ロイスが捜査の依頼にやってくる。彼女はサーンリー農場と呼ばれる田舎の古い屋敷に住んでいるが、ヒ素入りのチョコレートが送られてくる事件が起きたという。しかも近所の屋敷でも同様の事件が起きており、ロイスは犯人に心当たりがあるようにほのめかす……。トミーとタペンスがA・E・W・メースンの推理小説の主人公・名探偵アノーに見立てて捜査を開始する。

ギリシア語のAthanasia（不死）に由来しています。丸く平たいボタンのような黄色い花を夏に咲かせることから、「ボタンズ」「ゴールデン・ボタンズ」などと呼ばれることもあります。ミス・ローガンはこのハーブでいれるハーブティーを「鼻かぜにはすごく効く」といっています。実際、この葉に熱湯を注いだ、いわゆるハーブティーは、「タンジーティー」と呼ばれて風邪やリューマチの薬とされました。

クリスティーは薬剤師としての資格を持っていたのですから、薬草であるハーブの効用にも詳しかったことを考えると、ここでタンジーが使われるのもうなずけます。

タンジーは古くはtanesieとつづられ、この葉で風味をつけたケーキやプディングはタンジーズ（Tansies）と呼ばれ、イースターに食べる習慣がありました。

このようにかつては人々の暮らしのなかで役立ってきたハーブですが、現在ではある種の有毒成分が含まれることから、食用にされることはほとんどありません。

いまは使われなくなった、効用さえしらない、なじみのないハーブを、クリスティーの作品で知るということも興味深いことです。

ちなみに本作には四時のお茶の時間にイチジク・ペーストのサンドイッチも登場します。クリスティーならでは、食が事件の謎を解く重要な鍵となる、そして登場人物のキャラクターを印象づけるアイテムとなっている作品のひとつといえます。

イギリスで撮影したタンジーの花

R・スミス著『COURT COKERY』（1725年）に、「A Good Tansy」というケーキのレシピが掲載されている。卵、小麦、バター、スパイス、タンジーを混ぜて炭の上で焼く

Triangle at Rhodes

ピンク・ジンとねずの木

「砂にかかれた三角形」（『死人の鏡』より）

「ダグラス……ピンク・ジンをおねがい……あたし、あれを飲まずにはおれないの」

ピンク・ジン――なんてロマンティックな響きを持つ飲み物なのでしょう。色合いといい、響きといい、バカンスにはぴったりの華やかさがあります。

物語の舞台はエーゲ海に浮かぶロードス島。緑に輝くエーゲ海を眺めながら、潮風に吹かれてピンク・ジンを楽しむなんて、想像しただけでもうっとりするではありませんか。

エーゲ海に浮かぶロードス島に事件から離れて休暇を過ごすために一人やってきたポアロは、このピンク・ジンを好む女性、ヴァレンタイン・チャントリーとその夫トニーに出会います。シャネルのモデルも務めた彼女はその美貌で数々の男性たちを魅了し、すでにいまの夫は五人目という経歴の持ち主。

島にはもう一組の夫婦がいあわせますが、夫のダグラス・キャメロン・ゴールドがヴァレンタインに心を奪われてしまいます。その様子にダグラスの妻マージョリーは嫉妬し、ヴァレンタインの夫であるトニーも怒りを露わにするのでした。けれどもこの二組の夫婦にはあっと驚くような、秘密の関係が潜んでいたことが、最後に明らかになるのです。

「砂にかかれた三角形」
一九三七年

ロードス島の砂浜で休暇を楽しむポアロは、著名な美女ヴァレンタインとその夫チャントリー海軍大佐を見かける。そこへさらにゴールド夫妻がやってくる。二組の夫婦の間に不穏な空気を感じたポアロは、砂の上に三角形を描く……。そして案の定、犯罪とは無縁のはずだったロードス島で事件が起きる。

二組の夫婦の間に生じる不安をポアロはいち早く感じ取り、砂の上に三角形を描いて警告しますが、事件は起きてしまいます。

事件はそれぞれが自分の好みのカクテルをバーカウンターで注文することがきっかけとなるのが興味深いです。ヴァレンタインはもちろんピンク・ジンですが、女性二人連れはジン入りのジンジャー・エールとサイドカー。ゴールド夫人はオレンジエード、そのそばでポアロはいつものように黒スグリのシロップ、シロップ・ド・カシスをすすります。

親しくしていたクック家では、バカンスではなくても、夕食の前に必ずドリンクタイムがありました。私がこのときに知ることができたのは、レモンをきゅっと絞ってから楽しむ、ジン&トニックのおいしさです。

亡くなられたエリザベス女王もジン好きで有名だったとのこと。特に一七六九年にアレクサンダー・ゴードンによって作られたブランド「ゴードン」が製造している「ゴードンドライジン」がお好みだったとか。二〇二〇年には王室の庭で採れたハーブ十二種を使い、オリジナルブランドのジンの製造を始めたことが話題になりました。公務に忙しい合間にリラックスする飲み物として、女王のジン好きを物語る出来事です。

劇場の幕間でもバーでドリンクを楽しむお国柄、ジンの出番も多くなるのは当然といえるのかもしれません。

ではピンク・ジンとはどんな飲み物なのでしょうか？

名前の通り、ジンをベースにした古くからあるカクテルで、そのピンクの色はアンゴスチュラ・ビターズ（一八二四年にベネズエラの町アンゴスチュラで、ドイツ人医師ヨハン・ジーゲルト氏が

ポアロはちょっと眉をあげたが、そのときヴァレンタイン・チャントリーがしゃなりしゃなりと出てきたので、何かいいたくてもいう間がなかった。彼女は例の甲高い声で――「ダグラス……ピンク・ジンをおねがい……あたし、あれを飲まずにいられないの」

ダグラスは注文しに行く。ヴァレンタインはポアロのそばの椅子に腰をおろした。けさは晴々とした顔だ。

訳：小倉多加志『砂にかかれた三角形』（『死人の鏡』早川書房）より

考案した薬酒）を数滴加えて作られるものです。

そもそもジンは大麦やライ麦、トウモロコシなどの穀物を原料として作る蒸留酒のグレーン・スピリッツにねずの実（ジュニパー・ベリー）をはじめとした香草・薬草類を加え、再蒸溜して作られるお酒。ジンの起源とされているのは、一六六〇年ごろにオランダの医学教授であるシルヴィウス博士が、アジアなど植民地における熱病対策に開発した利尿剤です。利尿効果がある薬草として知られていたジュニパー・ベリーをアルコールに浸したあとに蒸溜して作られていました。

ジンという酒の名前は、ジュニパー・ベリーのフランス語名「ジュニエーブル」で広まります。オランダで国民的な飲料となったあと、ジュニエーブルはオランダ商人たちによってさらに世界中に広められます。なかでも大流行したのがイギリスで、ジュニエーブルが短縮されて「ジン」と呼ばれるようになりました。

近年のイギリスでは、クラフトジンが流行し、新しい風味のジンが注目されるようになりました。ジンはもともとレシピの幅が広く、元祖であるジュニパー・ベリーが必須とされる以外は、どんな香草・薬草類を加えてもかまいません。そのため、イギリス生まれの料理用のリンゴであるブラムリーを加えたブラムリージン、ルバーブを加えた淡いピンク色のルバーブジンなども作られるようになりました。そのため、大手メーカーだけでなく、世界各地の作り手たちがそれぞれのアイデアを活かし、工夫を凝らした個性豊かなクラフトジンを作り、それぞれの味わいを競い合うことで発展を続けています。一方、新しいジンばかりでなく、ヴィンテージジンという古くからのジンも最近復刻されて人気を博しているようです。

1953年の印刷物に掲載された Gordon’s Gin の広告

ジュニパーはヨーロッパ原産のヒノキ科ビャクシン属の常緑灌木。和名は西洋ネズ・雌雄異株で四～五月に花が咲き、秋に実がなります。その塾した実を乾燥させて保存し、料理や薬用として使われていました。

古くから魔除けの効力を秘めた木とされ、聖書ではエジプトへ逃れる途中、聖母マリアはこの木の後ろにキリストを隠して、追手から守ったといいます。グリム童話には「杜松（ねず）の木」という物語がありますが、それもキリストの伝説が影響しているのかもしれません。グリム童話特有のとても恐ろしい話で、母親の亡骸を埋める場所、殺された息子の骨を埋める場所など、話の全体を通して杜松の木が登場しています。

忘れてはならないジュニパーの薬効は、その殺菌力です。ジュニパー・ベリーは、古代エジプトでは頭痛薬として、アラブ人たちの間では痛み止めとして重宝されていた他、十二世紀頃のイタリアの医学校で薬酒としてジュニパーを使った酒造りが始まると、医師たちの間で欠かせない素材になるなど、もともと薬として重宝されていた素材でした。

十六世紀、ヨーロッパにペストが流行したとき、その恐ろしい感染力に対してジュニパーの高度な殺菌力が期待されています。恐ろしい感染から身を守るために登場した鳥のくちばしのようなペストマスクは、その先端にジュニパーの実を詰めて使っていました。

ハーブではルーもその殺菌力からペスト感染防止に使われ、「四人の泥棒の酢」と呼ばれる、ペスト除けの特効薬として使われてきた歴史があります。化学薬品のない時代、こうした自然の効力に頼るほか道がなかった人々の暮らしが蘇ってきます。

ジンの材料のひとつ、
ジュニパー・ベリー
（ねずの実）

Strange Jest

塩漬け豚とほうれん草

「奇妙な冗談」（『愛の探偵たち』より）

大おじのそのまたおじで、独身を通した人物がなくなり、すべての遺産を相続するはずである若いカップルがミス・マープルに相談にやってきます。銀行に預金もなく、有価証券もなく、遺産として残されているはずのものがどこにもない。いったいどこにあるのか？　途方に暮れてしまった二人は、ミス・マープルを紹介されたのでした。

ミス・マープルが捜査を『ビートン夫人の家政読本』にたとえるところなど、いかにもビクトリア朝の女性らしく気が利いているではありませんか。

「〝まず材料を手に入れよ、料理はそれから――〟とビートン夫人が料理の本の中でいっているようにね――すばらしい本だけれど、お金のかかる料理ばかりなの。レシピはほとんどが出だしからしてこうですものねえ、〝クリーム一クォート、卵一ダース〟」

ミス・マープルがその推理力を発揮して見つけ出したのはベイクド・ハムのレシピでした。

「クローブと赤砂糖をのぞいたら、なにが残るかしら？　塩漬けにした豚の脇腹肉とほうれん草！　塩漬け豚(ガモン)とほうれん草(スピナッツ)！　これは、でたらめという意味ですよ！」

まるで亡くなった老人とのとんち比べのような話です。原書では「塩漬け豚とほうれん

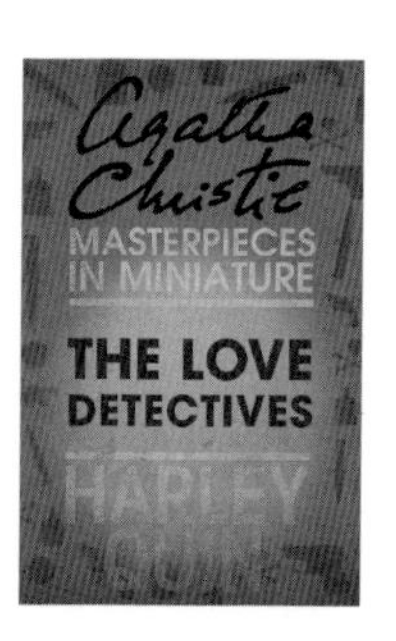

「奇妙な冗談」
一九五〇年

ミス・マープルは女優のジェーンに、若いカップルを紹介される。二人は先日、遠い親戚のマシューおじさんを亡くし、全財産を受け取ることになっていた。しかし敷地を調べても遺産が見つからない。一族の土地と屋敷を売却せねばならない局面に立たされた二人が、ミス・マープルに相談したところ彼女は思わぬところに財宝のヒントを見つけ出す……。

草」はGammon and spinachで、それぞれの単語に「でたらめ」「くだらないもの」という意味があるのです。辞書によると「gammon＝豚のハムまたはもも肉」で、特に燻製や塩漬けにしたものを指します。十五世紀初頭の言葉gambonに由来し、十三世紀から現在も使われている古フランス語のjambonと起源は同じ、古ノルマン語のgambon（ハム）のようです。さらに遡るとラテン語のgamba「動物の脚」から生まれた言葉で、語源に「飛び跳ねる、陽気な、はしゃぐ」という意味があることから、「でたらめな」という意味があるのかもしれません。

英文学における塩漬け豚とほうれん草

『ピーターラビットのおはなし』で有名なビアトリクス・ポターの絵本の一冊、『パイがふたつあったおはなし』にもこの「Gammon and spinach」が登場しています。犬のダッチェスは猫のリビーにお茶に招かれたのですが、リビーはきっとネズミのパイを用意するに違いないと思い、自分が作った子牛とハムのパイをこっそりリビーの家のオーブンに入れに出かけます。実際にはオーブンは二段あって、下でネズミのパイが焼かれていたのを知らずに自分のパイを上の段に入れて帰ってきたダッチェスは、これでひと安心と、改めて花束を持ってリビーの家に出かけました。

ところが、お茶の時間に自分のパイだと思って食べたパイが、後になってネズミのパイだとわかったダッチェスは気分が悪くなってしまいます。ダッチェスのためにリビーはカササギの鳥の医者を呼びました。カササギ先生はひたすらいいます。

「Gammon!」「Gammon & spinach!」

「手紙のサイン、それがすべてを語っているわ。レシピはただの指示にすぎないのよ。クローブと赤砂糖をのぞいたら、なにが残るかしら？　塩漬けにした豚の脇腹肉とほうれん草！　塩漬け豚とほうれん草！　これは、でたらめという意味ですよ！　だから、重要なのが手紙のほうなのはあきらかだわ。次に、おじさんが亡くなる前にやったことを考えてごらんなさい。片目を軽くたたいた、といったでしょう。さあ、ほら――それが手がかりですよ」

訳：宇佐川晶子「奇妙な冗談」（『愛の探偵たち』早川書房）より

石井桃子さんはそれぞれを次のように訳していました。

「ばきゃたれ？」「「ばきゃたれ、うすのろ！」

クリスティーの「奇妙な冗談」においても、遺産をなかなか発見できない二人の若者について、「ばきゃたれ、うすのろ！」と亡き老人が笑っているのかもしれません。

伝承童謡、いわゆるマザーグースにも「Gammon and spinach」が登場します。「カエルが嫁さん探しに行く（A Frog He Would A wooing Go）」に、「with a rowly, powly ,gammon and spinach」というフレーズが何度も繰り返されるのです。

マザーグースの絵本は十九世紀半ばにイギリスで誕生しました。なかでもランドルフ・コールデコットは、マザーグースに潜むナンセンスの唄を絵本で語った作家の第一人者です。マザーグースをコールデコットならではの独自の解釈でユーモラスに描いたりもしています。「カエルが嫁さん探しに行く」もコールデコットは絵本の題材として選び、一八八三年に一冊に仕上げています。ビアトリクス・ポターもそのコールデコットの伝統を受け継ぎ、マザーグースの唄に親しみ、創作に生かしていたことは明らかなことです。『パイがふたつあったおはなし』に見るような用い方のほかにも、『アプリイ・ダプリイのわらべうた』や『セシリ・パセリのわらべうた』など伝承童謡をもとにした絵本も出しています。

「伝承童謡を巧みに作中で使うという点でクリスティーの右に出る者はいないかもしれない」と英文学者の平野敬一氏は『マザー・グースの唄』のなかで書いています。

「奇妙な冗談」も、クリスティーならではのマザーグースが巧みに生かされた作品のひとつともいえるでしょう。

『不思議の国のアリス』生誕150年の2015年に、ロンドンのデパートで購入したアリスグッズのエッグスタンド。ミス・マープルは若いカップルからマシューおじさんの話を聞いて、ヘンリーおじさんのことを思い出す。晩年には使用人が食べ物に細工をしていると思うようになり、しまいにはゆで卵のなかに細工できる者はいないといって、ゆで卵しか食べなくなったヘンリーおじさんのエピソードはクリスティーの祖母の言葉がもとになっている

So off he set with his opera-hat,
Heigho, says Rowley!
And on his way he met with a Rat.
With a rowley-powley, gammon and spinach,
Heigho, says Anthony Rowley!

4

"Pray, Mr. Rat, will you go with me,"
Heigho, says Rowley!
"Pretty Miss Mousey for to see?"
With a rowley-powley, gammon and spinach,
Heigho, says Anthony Rowley!

5

ランドルフ・コールデコットの絵本『カエルが嫁さん探しに行く』（1883年）。「gammon and spinach」が繰り返されている

230 BLEAK HOUSE

faced, crisp-looking gentleman, with a weak voice, white teeth, light hair, and surprised eyes: some years younger, I should say, than Mrs. Bayham Badger. He admired her exceedingly, but principally, and to begin with, on the curious ground (as it seemed to us) of her having had three husbands. We had barely taken our seats, when he said to Mr. Jarndyce quite triumphantly,

'You would hardly suppose that I am Mrs. Bayham Badger's third!'

'Indeed?' said Mr. Jarndyce.

'Her third!' said Mr. Badger. 'Mrs. Bayham Badger has not the appearance, Miss Summerson, of a lady who has had two former husbands?'

I said 'Not at all!'

'And most remarkable men!' said Mr. Badger, in a tone of confidence. 'Captain Swosser of the Royal Navy, who was Mrs. Badger's first husband, was a very distinguished officer indeed. The name of Professor Dingo, my immediate predecessor, is one of European reputation.'

Mrs. Badger overheard him, and smiled.

'Yes, my dear!' Mr. Badger replied to the smile, 'I was observing to Mr. Jarndyce and Miss Summerson, that you had had two former husbands—both very distinguished men. And they found it, as people generally do, difficult to believe.'

'I was barely twenty,' said Mrs. Badger, 'when I married Captain Swosser of the Royal Navy. I was in the Mediterranean with him; I am quite a Sailor. On the twelfth anniversary of my wedding-day, I became the wife of Professor Dingo.'

('Of European reputation,' added Mr. Badger in an undertone.)

'And when Mr. Badger and myself were married,' pursued Mrs. Badger, 'we were married on the same

THE FAMILY PORTRAITS AT MR. BAYHAM BADGER'S.

チャールズ・ディケンズ『荒涼館』（1853年）には「gammon and spinach」が2回出てくる。クリスティーはディケンズの作品のなかで『荒涼館』が一番好きだと自伝に書いている

The Mysterious Affair at Styles

「サニングデールの謎」（『おしどり探偵』より）

ABCショップのチーズケーキ

『おしどり探偵』は、ベレズフォード夫妻、トミーとタペンスという若い夫婦が探偵役として登場する作品。ポアロやミス・マープルと比べると、知られていない二人かもしれません。しかし世に出たのはミス・マープルよりも先でした。この二人は諜報局に勤めていた経歴があり、その仕事の一部として「国際探偵事務所」を開くことから物語は始まります。

二人がランチに出かけるのがＡＢＣショップ（Aerated Bread Company Ltd）で、Ｔ・Ｓエリオットやヴァージニア・ウルフ、ジョージ・オーウェルなども作品に登場させている、二十世紀のロンドンの生活ではそれ抜きにしては語れない、伝説のティールームです。

そもそも茶はオランダから持ち込まれ、イギリスで販売されたのは一六五七年、ロンドンのエクスチェンジアレーにあったコーヒーハウス「ギャラウェイ」が最初でした。

そして、茶は多くの薬効を秘めた未知の飲み物として富裕層の興味をそそったのです。

その値段は茶一ポンドに対して六〜一〇ポンドという、当時としては超高値でした。コーヒーハウスは上流階級や商人の情報クラブのような社交場でしたが、海外貿易にたずさわる商人、文人、役人などが集い、十七世紀後半から十八世紀半ばにかけてはコーヒーハウスが

「サニングデールの謎」
一九二九年

トミーはタペンスを誘って、格安の軽食チェーン店・ＡＢＣショップで昼食をとる。トミーは探偵の商売が思わしくないので、こちらから話題の事件の解決を試みると提案し、新聞に掲載されていた〝サニングデールの謎〟の推理を始める。それはセッスル大尉が早朝のゴルフ場で、女性用の帽子ピンで心臓を突かれて殺されるという事件だった。トミーはバロネス・オルツィ『隅の老人』の主人公のように、ＡＢＣショップの隅に座り、チーズケーキとミルクを味わいながら推理する。

ロンドンに三〇〇〇軒以上あったというほどの人気ぶりでした。海軍士官で、日記を残したことで有名な、かのサミュエル・ピープスも一六六〇年九月二十五日にコーヒーハウスで初めて茶を飲んだと記しています。しかしイギリス東インド会社が中国貿易に成功して紅茶を獲得することができたことに対し、コーヒーは大量に手に入れることが困難だったため、コーヒーハウスは次第に廃れていきました。しかもコーヒーをいれることが家庭では難しいことと思われたのも、茶が広まった背景にあると考えられています。

エアレイテッド・ブレッド・カンパニーは一八六四年に、のちに略してＡＢＣショップの名で知られるようになる初めての店をオープンしました。トミーとタペンスが訪れるＡＢＣショップが実在のティールームであったのは驚きでした。

設立者のジョン・ダグリッシュ博士はエジンバラ大学で医学の博士号を取得しており、当時のスコットランドのパンに満足していなかったため、独自のパンの作り方を研究していました。彼が生み出した新たな発酵方法はイーストを使わず、人の手でこねることを極端に減らすことができるものでした。二酸化炭素を使うその製法はこねずとも、オーブンに入れると瞬く間に大きくふくらむのが特徴です。

エアレイテッド・ブレッド・カンパニーは設立後のわずか二年後、ロンドンに紅茶とスナックをセルフサービスで提供するティールームを開店します。それはパンの売れ行きを伸ばすためでしたが、パンやケーキのかたわら紅茶も販売し、その値段が格安ということもあって、労働者階級にも知られることになりました。人気のおかげで店の数も急増します。

ビクトリア時代にはティールームの出現がそれまで閉ざされていた女性の行動を広げまし

「でも、正解でしょ？　あなたは『隅の老人』のつもりなんでしょ？　いつもの紐はどこなの？」

トミーはもつれた長い紐をポケットから取り出し、それに結び目を作りはじめた。

「細かいところまで完璧にやらないとね」

「でも、肉料理を注文したのはあなたの過失だわ」

「女は杓子定規で困るなあ」トミーはいった。「唯一ぼくが嫌いなのがミルクなんだよ。それにチーズケーキはいつ見てもいやに黄色くてぶよぶよしていて気持ちが悪い」

訳：坂口玲子「サニングデールの謎」（『おしどり探偵』早川書房）より

た。現代では信じられないことですが、男性のエスコートなしでは女性一人、あるいは女性同士で外食をすることが許されていなかったのです。ＡＢＣショップには女性用洗面所も備えられました。バーやパブなどには第二次世界大戦後まで女性用洗面所はなかったのですから、大きな進歩です。一八九九年にロンドンで開かれた女性会議でもＡＢＣショップは代表者たちが安心して立ち寄れる店として推薦されました。女性運動にもひと役買ったわけです。

女性へ門戸を開いたことがＡＢＣショップを成功に導いた大きな要因でした。そのおかげで、一九一三年にはパン製造よりもティーショップとして名をはせることになっていきます。一九二六年までには、ロンドンだけで百五十六店舗にも及びました。主婦が外で働くことがなかった一九二〇〜三〇年代には、ティールームが女性たちが家を出て噂話や情報交換ができる唯一の社交の場でした。

しかし一九六〇〜七〇年代になると持ち帰りのパン屋の登場によって、ティールームは下火となっていくのです。

イギリスのチーズ・ケーキ

ＡＢＣショップでトミーが注文するのがチーズ・ケーキと牛乳です。なんとも不思議な組み合わせですが、トミーが「黄色くて、胆汁みたい」と表現するチーズ・ケーキとはいったいどのようなものだったのでしょう。

チーズ・ケーキというとアメリカのケーキのイメージがありますが、その代表でもあるニューヨークチーズ・ケーキもヨーロッパからの移民が伝えたということですから、その発祥

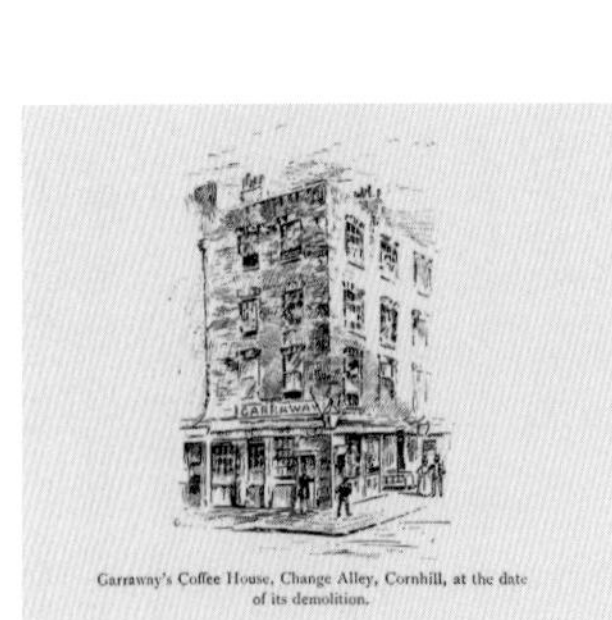

1899年刊行『OLD LONDON TAVERNS』(著：エドワード・キャロウ) に掲載されたコーヒーハウス「ギャラウェイ」のイラスト。かつては6ペンス払ったおいしい食事の値段が1〜2ペンスに下がったというレポートが書かれている

は西欧にあるということになるのでしょう。『The Oxford Companion to food』によると、紀元前二世紀のローマ時代に政治家で軍人、歴史家でもあるカトーが執筆した『DE RE RUSTICA』に、チーズ・ケーキのレシピが記載されているとのこと。

そのほかイギリスの古いレシピとしては『FORME DE CURY』（十四世紀）、ハナ・ウリーの『Queenslike Closet』（一六六四年）などに載っています。これらのレシピではサック（sac）という酒、ローズウォーター、スパイスで風味が加えられていたようです。

材料としてよく使われていたのはカードチーズという、牛乳にレネットまたはレモン汁のような酸を加え、凝固させたものでした。いまでいうところのカッテージチーズと同種のものですが、カードチーズは圧縮しない前の状態のものを指します。

イギリスでチーズカードタルトといえば「Sambocade」というお菓子があり、イギリスでは古いチーズ・ケーキのひとつとして考えられているようです。

残念ながら私はイギリスでも味わったことはありませんが、それもそのはずYsewijn Regulaの『Pride and Pudding』によると、一三九〇年に著されたリチャード二世の料理長であった人の料理本『The Forme of Cury』にそのレシピが初めて登場したという古いお菓子です。もともとは中東、イタリアから帰国した十字軍兵士たちによってイギリスに伝えられたとされています。

Sambocadeは、エルダーフラワーで風味をつけられたことに由来しエルダーの学名sambucusから名づけられています。Sambucusは並行した枝がギリシアのサムブウケという楽器に似ていることが語源という説や、この木でサムブウケという楽器を作ったことが語源だという説などがあります。

エルダーはスイカズラ科Sambucus属の落葉性灌木で、和名は西洋ニワトコ。キリスト教徒にとっては、この木でキリストを裏切ったユダがしばり首となり、キリスト処刑の十字架がこの木で作られたと伝えられています。『ハリー・ポッター』シリーズではハリーたちが使う魔法の杖がこの木で作られているものでした。

六〜七月ごろクリーム色の小さな花が集まって円形の花穂をつける、マスカットを思わせるそのさわやかなエルダーフラワーの飲み物は、いまもイギリスの夏の定番ですが、その風味を昔の人たちも好んでいたとは、うれしい発見です。

チーズ・ケーキといえば、そもそもは小麦粉で作ったパイ皮のなかに焼き込んだタルトの一種と考えるのが一般的であったように、このSambocadeも小麦粉に水だけを加えて練ったパイ皮が器の役目となって作られていたようです。その皮はかまどのなかで調理するために必要な器であり、デリケートな材料を調理するための型の代わりにもなったのでした。調理器具代わりとなった皮そのものは食べないのか、というと、そういうわけでもなく、中身によっては、一緒に食べることもあったのだとか。いまでいうところのタルトと同じようです。

チーズ・ケーキは一八七二年にニューヨーク州チェスターの酪農家ウィリアム・ローレンスによってクリームチーズが発明されたことで、アメリカでさらなる進化を遂げました。ヨーロッパで作られていたチーズ・ケーキはフレッシュチーズ（カード）が主に使われていましたが、いま私たちが家庭で作る際に使うのもほとんどがクリームチーズです。

トミーとタペンスが真似るバロネス・オルツィ『隅の老人』は1901年から雑誌に連載された推理小説。新聞記者として活躍する女性、ポリー・バートンと、エアレイテッド・ブレッド・カンパニーのノーフォーク街支店、略称「ABCショップ」で老紳士が話しながら迷宮入り事件の謎を解く。「フェンチャーチ街の謎」でポリーはABCショップの大理石のテーブルで、コーヒー（3ペンス）、バターつきのロールパン（2ペンス）、タン（6ペンス）の昼食をとっている

Recipe

チーズケーキ

Cheesecake

材料（15㎝丸型1個分）

ビスケット（全粒粉のものなど）……80 g
バター……40 g

クリームチーズ……180 g
生クリーム ……100cc
コンデンスミルク……260 g
（チューブ入り130 gのもの2本）
レモン汁……2個分（約100cc）
レモンの皮……少々

作り方

1. 型の底と周りにベーキングシートを敷いておく。バターは電子レンジで溶かしておく。レモン汁は絞っておく。レモンの皮をすりおろす。

2. まずベース部分を作る。ビスケットをビニール袋に入れて、めん棒などで上から押して細かく砕く。ボウルに移し、溶かしバターを加えて混ぜる。これを用意した型の底にスプーンで平らに敷き詰める。フィリングができるまで冷蔵庫に入れておく。

3. ボウルにやわらかくしたクリームチーズ、コンデンスミルク、生クリームを加えてよく混ぜる。レモンのしぼり汁を加えて混ぜると、全体にとろみがつく。すりおろしたレモンの皮を加えてさらに混ぜる。

4. 冷蔵庫に入れておいた2に3を流し入れ、表面を平らにして冷蔵庫で3～4時間、もしくはひと晩入れて固める。

5. 完全に固まったら、型から出してできあがり。

＊ゼラチンを加えなくても固まるレシピなので、失敗なく手軽に作れるのが魅力

チーズケーキ

イギリスでよく見かける「焼かない」タイプのチーズケーキとミルク。
レシピは113ページへ

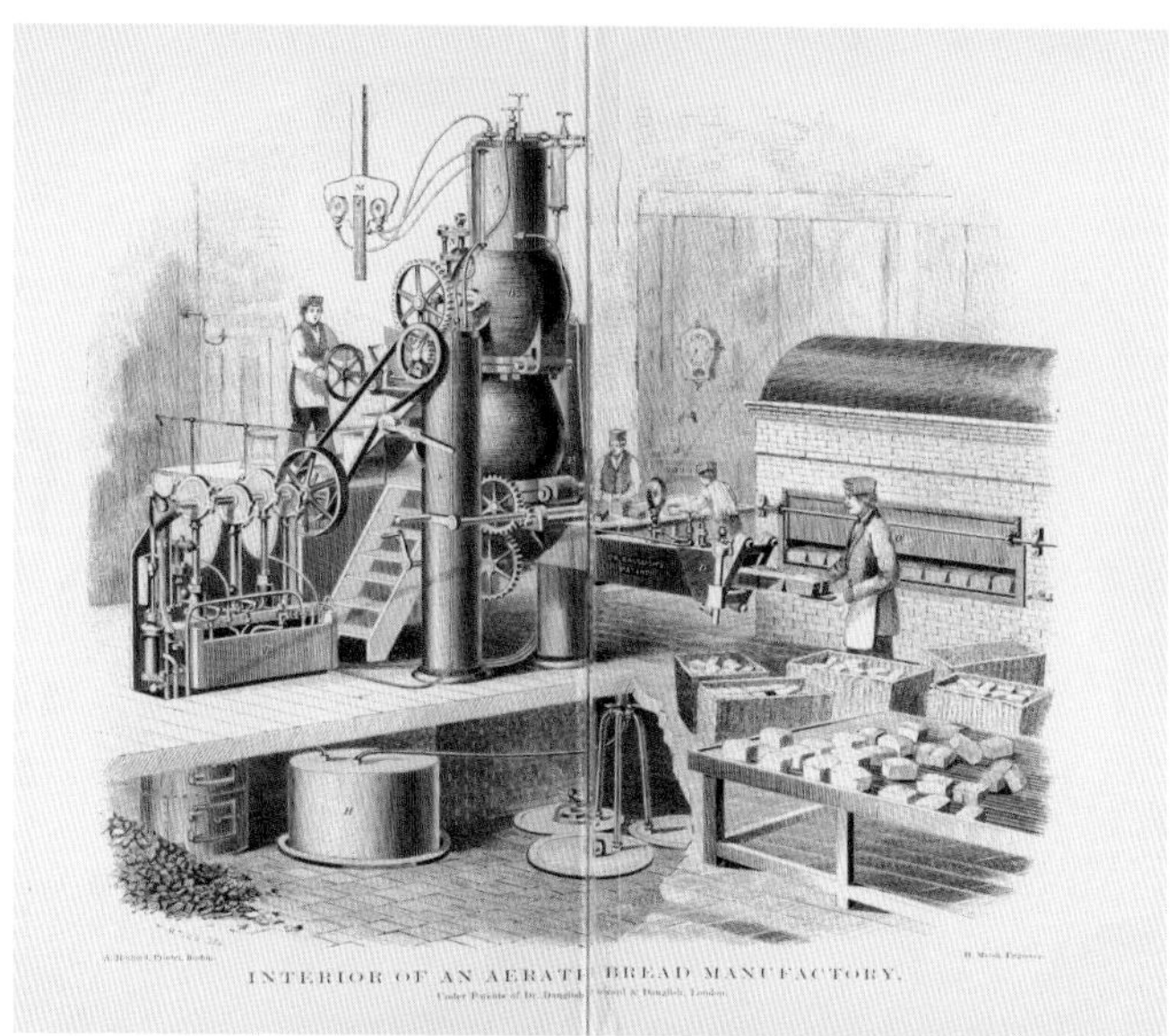

INTERIOR OF AN AERATE BREAD MANUFACTORY.

ジョン・ダグリッシュ博士が開発したパンについて1866年にアメリカのボストンで出版された『IMPROVED AERATED BREAD.　DR.JOHN DAUGLISH'S SYSTEM』。工場のイラストが掲載されている

An Aerated Bread Shop.

1902年刊行『Highways and Byways in London』(著：E.C.クック　イラスト：ヒュー・トムソン) に掲載されたABCショップのイラスト。クリスティーの『秘密機関』(1922年) でもトミーはABCショップで卵とベーコンとコーヒーを注文している

N or M?

『NかMか』

ガラスのアンティーク

作品ごとに年を重ねるトミーとタペンスは、このシリーズ三作目で四十歳半ばになっています。双子の子供たちも大きくなり、のんびりと過ごしていたはずの二人に思ってもみない仕事が持ち込まれ、「ふたりの共同の冒険」が再び始まるのでした。第二次世界大戦開戦の一九四一年に出版されただけに、内容にその時代背景が反映され、ナチのスパイの正体を突き止める様子が繰り広げられます。

トーキーやボーンマスに次ぐ保養地として売り出し中のリーハンプトン。そこにあるゲストハウス、無憂荘（サン・スーシ）に「NかMか」と呼ばれる男女二人のドイツの諜報員が潜伏しているという情報をつかみ、二人は偽名を使って乗り込みます。無憂荘に滞在する客の一人であるオルーアク夫人は、ロンドンに長年住んで、チェルシーでアンティーク店を営み、タペンスの印象では「なんとなく昔読んだおとぎ話に出てくる人食い鬼を思わせるところがある」という人物。その大きな体、太い声、伸ばしっぱなしのあごや鼻の下のひげ、きらきら光る金壺まなこから、幼いころに空想に描いた怪物を想像するのでした。

そのオルーアク夫人がかつてアンティーク店で扱っていたガラス器として挙げたウォータ

『NかMか』
一九四一年

一九四〇年、四十六歳になったトミーは仕事を探すものの戦争のあおりで見つからない。妻のタペンスも看護師や運転手の経験を活かした勤め先を探すが断られる。そこへグラント氏がやってきてトミーに軍需省の秘密の仕事を依頼する。それは要職に就いているナチのスパイを探すことで、手がかりは「NかMか、ソング・スージー」。トミーはさっそく保養地リーハンプトンにあるゲストハウス無憂荘（サン・スーシ）に出発する。

ーフォードは、一七八三年にアイルランドで誕生した高級クリスタルガラスです。確かなクラフトマンシップによる美しいカッティングの製品の美しさは、英国王ジョージ三世の耳にも届き、国王からの特別注文を賜ったとのこと。ヨーロッパの貴族の家にはたいていウォーターフォードのグラスなどが並び、彼らのステータスシンボルになったのでした。グラスなどの食器ばかりでなく、十一世紀に建てられたロンドンのウェストミンスター寺院には、ウォーターフォードのガラスのシャンデリアがいまもきらめいています。

セロリ・バースの変遷

そんなクリスタルとは正反対ともいうべき、庶民のガラスとしてビクトリア時代に大量に作られたのが「プレスドグラス」でした。その代表が「セロリ・バース」です。イギリスで生活した四年間に、アンティーク・フェアや田舎のアンティーク店で気に入ったものを買い集めているうちに、いつのまにか私の手もとに八個のセロリ・バースが集まっていました。

セロリ・バースとは、直訳すれば「セロリの花瓶」です。セロリの花瓶なんて何だか不思議な響きです。けれども冷蔵庫がなかった時代を考えてみてください。セロリの新鮮さを保つための唯一の方法が、水に浸しておくことだったのです。セロリがひと株ごとすっぽり入って倒れない大きさの口まわり、茎の部分が半分ほど水に漬かるくらいの深さ、そんなふうに作られたガラス器がセロリ・バースと呼ばれるものです。

冷蔵庫のおかげで現在は水に浸して保存する必要はないわけですから、いまやセロリ・バースはもっぱら花を活けるものになりました。実際に花を活けてみるとどんな花でもおさま

店ではすてきな骨董を扱っておりました——それはもう、すてきなものばっかり——ほとんどはガラス器ですけどね——ウォーターフォードとか、コークとか——そりゃきれいなものでした。シャンデリアや燭台、パンチボウル、まあそういったものです。外国製のガラス器も扱いましたよ。

訳：深町眞理子『NかMか』（早川書房）より

りがよく、素敵に見えるのです。特にセロリ―バースのなかでも脚のついたものは、高さもあり、エレガントな雰囲気が美しいものです。知人のエリザベス夫人は、ご主人の趣味がアンティーク・コレクションというだけあって、暮らしのなかにごく自然にアンティークを生かしている人でした。ある日、サンデー・ランチに招かれて家にうかがうと、暖炉のあるリビングに大きなピンクのソファーがどっしりと置かれ、そのかたわらのサイド・テーブルにユリの一種、カサブランカの大輪が。それが活けてある器を見るとなんと、セロリ・バースでした。彼女のようにイギリスでは、アンティークはただ大切に飾っておくものではなくて、使ってこそ価値のあるもの。だからこそ、コレクションの意欲も湧いてくるというものです。

セロリそのものについても少し紹介しましょう。野生のセロリはヨーロッパの各地に自生している品種ですが、十六世紀になるまで食用にされることはありませんでした。なぜならセロリに特有の苦みがあったからです。十六世紀になって、あるイタリアの庭師が野生のセロリに覆いをして栽培することで苦みを除く方法を考え出してから、食卓にのぼる野菜のひとつとなったのでした。

イギリスには十七世紀の半ばにもたらされ、すぐにサラダの材料として好まれるようになりました。十八世紀半ばごろのレシピには、生ばかりでなく、セロリをゆで、卵黄とクリームを合わせた濃厚なソースで和える料理法も見られます。一九五四年に出版されたドロシー・ハートレイ著『FOOD IN ENGLAND』には「セロリは生で、フレッシュなうちにチーズとビスケットと共に食べるとおいしい。冷たい水で汚れを落とし、セロリグラスに立てて置くとよい」と書かれています。

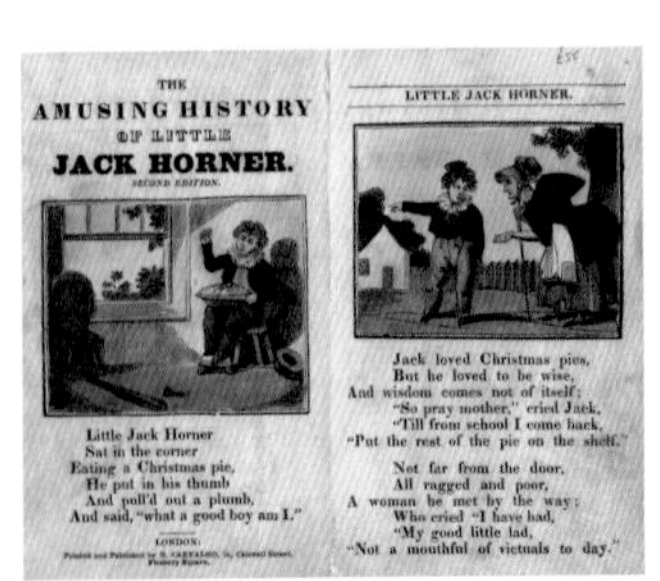

THE
AMUSING HISTORY
OF LITTLE
JACK HORNER.
SECOND EDITION.

Little Jack Horner
Sat in the corner
Eating a Christmas pie,
He put in his thumb
And pull'd out a plumb,
And said, "what a good boy am I."

LONDON:

LITTLE JACK HORNER.

Jack loved Christmas pies,
But he loved to be wise,
And wisdom comes not of itself;
"So pray mother," cried Jack,
"Till from school I come back,
"Put the rest of the pie on the shelf."

Not far from the door,
All ragged and poor,
A woman he met by the way;
Who cried "I have had,
"My good little lad,
"Not a mouthful of victuals to day."

『Little John Honor』。無憂荘の滞在客であるスプロット夫人の小さな娘ベティーが読んでいるのはイギリスに古く伝えられている童謡「Little John Honor」の絵本。童謡はクリスマスのパイが題材になっており、タペンスはベティーに「ジャックが悪い子なの？　パイから干し葡萄（原書ではplum）をひっぱりだしちゃったから？」と話しかける

イギリスで買い集めたセロリ・バース。プレスドグラスで作られ、つなぎ合わせた線が見えるのが特徴（上）。無憂荘の少女が読んでいる絵本はクリスマスのパイの物語。クリスマスのパイといえば、ミンス・パイ（左）。イギリスの田舎にあるアンティーク店（右）

この本が出たときはビクトリア時代が終わってすでに五十年あまりが過ぎているわけですが、なおもセロリの保存にセロリグラス、すなわちセロリ・バースを使っていたことがうかがえます。

イギリスのガラスの歴史

そもそもイギリスでガラス作りが始まったのは一五七二年のこと。イタリアのベニスからやってきたベネチアン・グラスの職人、ベルツェリーニがロンドンに工房を作ったことから始まりました。当時からすでにベネチアン・グラスは貴族の間でビールやワインを飲むためのグラスとして崇められ、いままでは金や銀の器を使っていたものの、何とかグラスの作り方を手に入れなければと考えられていた時代でした。ベルツェリーニはコップ、ボトル、グラスなど彫刻をほどこした豪華なものを作り、成功をおさめていくのです。

ビクトリア時代には産業革命の影響で、ガラスも工場で大量生産されるようになっていきます。それによってコストも抑えられ、価値も落ちていくわけです。機械によるプレスドグラスの技術は一八三〇年代には確立され、ビクトリア時代に全盛期を迎えることになります。

プレスドグラスとは、型のなかに溶けたガラスを流し込み、上からプレスして作る方法で、ガラスの表面の模様を細かく表現できるのが特徴です。この方法で作ったものは中央につなぎ合わせた線が見えるので、すぐにプレスドグラスだとわかります。照明に電気が使われる以前は、オイルランプに筒状のプレスドグラスをかぶせて使っていたので、その需要は大変な数に上りました。

ロンドンから無憂荘にやってきた若い母親、スプロット夫人の目は「茹でたグーズベリーのよう」と表現されている。クリスティー作品では緑色の目はたびたびグーズベリーにたとえられる

プレスドグラスでできたセロリ・バースは値段も手頃なのが特徴です。値段の高いものには、吹きガラスにカットがほどこされたものもありますが、私は重みがあって細かい模様の入ったプレスドグラスのほうが好みです。当時のプレスドグラスとして有名なのはデイビッドソンズのものでした。一八六〇年代、彼は四十五歳で肉屋から転職し、ガラス会社を始めたという変わった経歴の持ち主ですが、美しいプレスドグラスの食器を数多く製造したことで知られています。まるで陶器のように見える色ガラスの作品は、特に彼の名を世に広めました。現代のガラスにはない、時を経たガラスの温かい輝き。それが使う目的を超え、セロリ・バースに惹きつけられる魅力の秘密のように思われます。

The Mysterious Affair at Styles

ハーブとしてのスミレ

「鉄壁のアリバイ」(『おしどり探偵』より)

「すてきな、きれいなフロックをきておられたのをおぼえていますわ。スミレを一面に描いた、いま流行の、花模様の絹モスリンの服でしたわ」

フロックとはドレスよりもあっさりとした仕立てのワンピースのことを指すようです。フロックコートと呼ばれる男性の上着もありますが、こちらは女性用です。

「スミレを一面にあしらった」ドレスとは、なんと美しい響きでしょう。清楚でありながら、華やかさも秘めた、紫がかった色合いを想像して心がふんわりと優しい気持ちになります。

オーストラリアからやってきたその若い女性のエレガントな姿が浮かんできます。

トミーとタペンス夫妻が追う容疑者の女性は、トーキーのカースル・ホテルでの夕食にこの優雅なドレスで現れたのでした。さぞや周囲の人目を引いたことでしょう。

現にレストランでの給仕が彼女のことを覚えていて、タペンスたちの捜査に役立つのです。

スミレと訳されているこの花は、原書ではパンジー(pansy)となっています。

パンジーは和名をサンシキスミレ。スミレ科viola属の草本です。

野生種wild pansy(学名Viola .tricolor)は、紫、黄色、白などの三色の小さな花を咲かせます。

「鉄壁のアリバイ」
一九二九年

トミーとタペンスの事務所に依頼人のモンゴメリー・ジョーンズがやってくる。彼は冒険好きなオーストラリア人女性に恋をし、ある賭けをしたと説明する。恋をかなえるためにジョーンズ氏がトミーとタペンスに告げた風変わりな依頼とは？　F.W・クロフツのフレンチ警部に習ってアリバイ崩しの挑戦が始まる。

鹿児島県霧島でハーブやパンジーを栽培する庭人さんの苗で育てたスミレの野生種、ハーツイーズで作った砂糖漬け

著者がイギリスのハーブ研究者から贈られた花言葉の本
『THE LANGUAGE FLOWERS』(1855年)

スミレの花言葉は「謙虚さ」「田園の幸福」「誠実」「用心深さ」

別名heartsease（ハーツイーズ）とも呼ばれ、その名は木版画とともに十六世紀に出版されたジェラードの本草書にも載っています。一説にはその花が心臓病の薬に使われたことに由来して名づけられたといわれていますが、薬効に加えて、食用できる花としても古くから好まれてきました。鹿児島県霧島でハーブ、パンジー、すみれを栽培している庭人さんから私はこのハーツイーズの苗を分けていただき、サラダやケーキに使い、見て、食べて、と楽しんでいます。古の人が使ったハーブが時を超えて、自分の手のなかにある喜び、それこそがハーブの魅力だと思います。

パンジーは、十九世紀初めごろから温室や庭で多くの種類の栽培種が生まれ、その流れが現代にもつながっています。「ハーツイーズの父」と呼ばれたT・トムソンがパンジーの改良を手がけたのは一八一〇年ごろのことでした。野生種のワイルドパンジーとマウンテンパンジー、イエローパンジーと呼ばれる品種や、クリミア半島、パキスタン地方原産のアルタイスミレとの交配を行ったのでした。今日見られるような丸い顔の、豪華な色のパンジーは彼の作り上げたものなのです。ただし、パンジーの特徴である花の中央に黒い斑点のあるものは一八六〇年代になって、トムソンがようやく完成させたものでした。

シェイクスピア『ハムレット』の、オフェーリアのセリフにもパンジーが登場します。

There's rosemary, that for remembrance ; pray , love, remember: and there is pansies ,that's for thoughts.

「はい、ローズマリーよ、思い出のしるし――ねえ、お願い、忘れないで。それからこれは三色スミレ、もの思うしるし。」（訳：松岡和子『ハムレット』ちくま文庫）

クリスティーの故郷トーキーが「鉄壁のアリバイ」の舞台のひとつ。インペリアル・ホテルがモデルと思われる「キャッスル・ホテル」に滞在し、実在するパビリオンも登場。若き日のクリスティーはこのパビリオンでコンサートを鑑賞したあと最初の夫アーチボルドに求婚される。インペリアル・ホテルは『スリーピング・マーダー』に実名で登場する

パンジーという名前はフランス語の思い（pensee）に由来し、パンジーを見た者は人を思うといわれました。シェイクスピアもその意味を込めてパンジーを作品に登場させているのです。ビクトリア時代の恋人たちが取り交わすカードに、この花が好んで使われているのもその意味合いからでした。

『真夏の世の夢』では、シェイクスピアは野生のパンジーをLove in idlenessの名で、まぶたにこの草の汁を塗っておくと目が覚めて最初に見たものにほれ込んでしまうという、恋薬の原料として登場させています。このパンジーは、小田島雄志による「恋の三色菫」、坪内逍遥による「ぶしょうな恋草」など、昔からいろいろな名称で訳されてきました。

また、妖精の女王タイターニアが好む花の寝床にもスミレ（violet）が登場します。パンジー同様、スミレ科Viola属の野草の総称で、violetの名は、小さいビオラの意で、属名であるviolaの指少辞であることにもとづいています。

代表種はニオイスミレで、ローマ時代から、いまでは属名となっているヴィオラと呼ばれて、バラとともに花冠や葡萄酒の盃に入れて楽しまれたとのこと。そのため、バラとスミレは植物の園芸種として栽培されるようになった、最初の品種とされています。

ワーズワースも「スミレは苔の生えた石の下で半ば人目にかくれて咲いている……」と、ロマンチックにその詩に書きました。クリスティーの作品では『シタフォードの秘密』の登場人物として、ミス・ヴァイオレットという娘が登場します。西洋ではスミレ（誠実）、バラ（美）、ユリ（威厳）の三つの花の性質を兼ね備えた人が理想の女性とされているといいますから、娘にスミレと名づけるのもうなずけます。

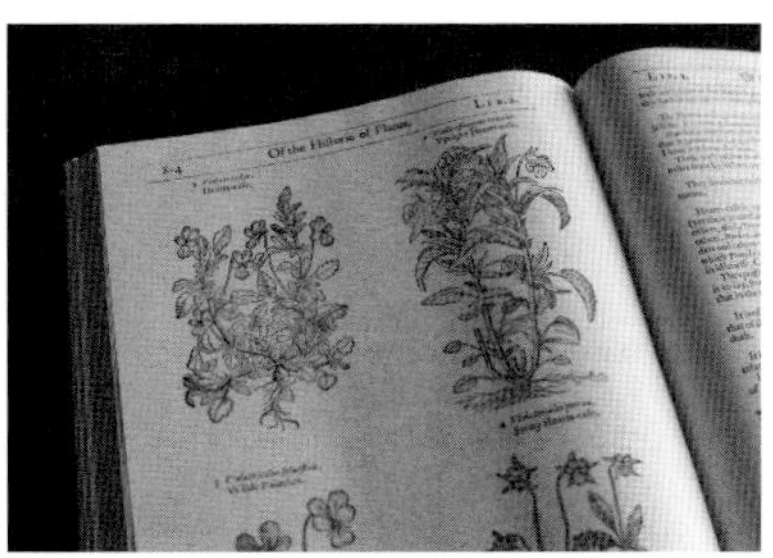
ジェラードの本草書に掲載されているハーツイーズ

The Secret Adversary

『秘密機関』

コールド・パイの楽しみ

トミーとタペンスのカップルが活躍するスパイ小説的なミステリー五作のうち、初めての一作目がこの『秘密機関』です。一九二〇年にポアロが初登場するクリスティーのデビュー作『スタイルズ荘の怪事件』が出版されましたが、その翌年、一九二一年に『秘密機関』が出版されているので、このカップルはミス・マープルよりも早く世に出たことになります。

第一次世界大戦の直後が舞台となり、職探しに駆け回っている復員軍人のトミーと牧師の娘で行動力抜群のタペンスがロンドンの地下鉄で偶然出会うところから物語が始まります。

トミーとタペンスものの五作は、この二人が結婚し、子供を持ち、子供が独立し、老齢になり……と年を重ねながら物語が紡がれ、彼らの老いもしっかり描かれるところに味わいがあります。現在でもこの二人が愛され、繰り返し映像化される理由はそこにあるのかもしれません。

作品の冒頭、トミーとタペンスが偶然再会する場面ではお茶とケーキ、お茶とバターつきトーストを二人が楽しむ様子が描かれます。

「お茶は別々のティーポットに入れてきてね」

『秘密機関』
一九二一年

戦時中の病院で軍人とメイドとして出会ったトミーとタペンスが五年ぶりに地下鉄で再会。戦争が終わり、お互い職を探しているとわかった二人は一緒に仕事をしようと盛り上がる。帰り道、タペンスはさっそく見知らぬ男に声をかけられ、パリの寄宿学校にアメリカ人として入学してほしいと依頼される。しかし名前を聞かれて偽名を答えた途端、男の様子がおかしくなり……。

タペンスが注文にそういい足すところなど、彼女のしっかり者の様子が表れています。そして捜査の途中でトミーと連絡がつかなくなり、不安で疲れきったタペンスを気づかって夜食として運ばれてきたのが、コールド・パイでした。

イギリスはパイの国

コールド・パイといえば、私にも思い出があります。イギリスで親しくなった家族に誘われて、ピクニックに行ったことがありました。夏の晴れた日、ダービシャーにあるハードウィック城の庭を楽しんだあとに、野原のようなところにクロスを広げ、ピクニックが始まりました。バスケットから食べ物やら飲み物やらがクロスの上に並びます。そのなかのひとつが、ナフキンの布に包まれたパイでした。

パイといっても壊れるような繊細な皮で作られたものではなく、まるで石のようにどっしりと焼かれた茶色のパイ。切ると中にはぎっしりと豚肉が詰まっています。

「ポーク・パイよ」

そのひと切れをお皿にのせ、サラダが添えられました。手作りのチャツネも一緒に。

周りの固いパイがパンのような役割になって、そのひと切れだけでボリュームのあるひと品となることを実感しました。タンパク質と炭水化物で栄養のバランスもとれるというわけですが、そのパイの厚さにはびっくりしたものです。

ある意味、日本のおにぎりのようだとも思いました。ご飯のなかに埋もれるように鮭やタラコなどのタンパク質を入れるところなど、共通しているのではないでしょうか。

サウスウェルの肉屋さんで撮影したポークパイ。スティルトンチーズをのせたもの、クランベリージャムののったものなど驚くほど種類が豊富

これが私の「ポーク・パイ」との初めての出会いでした。『秘密機関』で、一緒にある女性を探しているアメリカ人のジュリアスが、食料室からタペンスに持ってきたコールド・パイはおそらくポーク・パイではないか、と想像できます。それだけポーク・パイはイギリスでよく食べられているものです。

パイ皮は中に詰めた肉を調理するための鍋の役割を果たすわけですから、生の肉に火が通る間に出てくる肉汁を吸いこんでしっとりと、外側はきつね色にパリッと焼き上げなければなりません。そのためにホット・ウォータークラスト・ペストリーという、小麦粉にラードまたはバターと熱湯を混ぜて練った、頑丈なパイ皮が必要になるのです。さらに、骨から作ったゼリーをあとから加えて中の肉をしっとりさせます。

イギリスのパイには実に様々な種類が存在します。

パイ皿にシチューのような具を入れて、その上をパイでふたをして焼いたもの。リンゴなどのフルーツを入れて、パイ皿の下と上にパイ皮があるもの。ポーク―パイのように全体をパイで包んでしまうもの。オーブンに入れるときに鍋ごと、あるいはパイ皿のうえにすっぽりとふたのようにパイ皮をかぶせて焼き上げて、パイ皮を中身と一緒にひとつの皿に盛りつけて食べるもの。コテージパイやシェファーズパイ、フィッシュパイのように、パイと呼ばれながらも、パイ皮ではなく、マッシュポテトでふたをして焼くものもあります。

イギリスはパイの国と呼ばれるほどの多種多様なパイにあふれています。どれも家庭で調理しますが、パブ、パン屋、肉屋でも、パイは現在もイギリスでの暮らしのなかで、国民食と思うほどの地位を占めていることは間違いないでしょう。何百年も前から、パイは中の肉

「いずれにせよ、何か食べなくてはいけませんよ。食料室はどこなんです?」タペンスは場所を教えた。するとまもなくジュリアスはコールド・パイと三枚の皿を持って引き返してきた。

訳：嵯峨静江『秘密機関』(早川書房)より

や魚を料理するための器でした。そのためパイ皮は「coffin（柩）」とも呼ばれていました。

メルトン・モーブレーのポーク・パイ

ポーク・パイといったら誰もがその発祥の地として知る有名な町があります。レスターシャー州のメルトン・モーブレーという小さな町です。

「この町の名物は、あん入りまんじゅうだ。ウィンドルミアのあん入りまんじゅうといえば、バンベリのケーキや、メルトン・モーブレイのパイなんかと、同じくらい有名だ」

ドリトル先生シリーズ『キャラバン』のなかでの一節です。サーカスの巡業で立ち寄ったドリトル先生が動物たちに語るのですが、ウィンドルミアは架空の町であるのに対して、バンベリのケーキとメルトン・モーブレイのパイは実在するものです。

そのポーク・パイは、パイ型を深い器のように作るために「ドリー（dolly）」と呼ぶ円筒形の木型を使うのが特徴です。この木型の周りにパイ皮を張りつけるようにして、手作業で高さのある器を作ります。パイの型に生の豚肉を入れ、ハーブなどで味つけをして、パイ皮でふたをしてあとは天板にのせてオーブンで焼くだけ。通常のパイのように金属製や陶器のパイ型を使わないのも特徴です。

メルトン・モーブレーで一八三一年に初めてポーク・パイを作ったのは、エドワード・アドコックでした。さらにその後、メアリー・ディキンソン（一七六八―一八四一年）がドリーを使ったポーク・パイを作ったとされ、その孫にあたるジョン・ディキンソンが現在もある店YE OLDE PORK PIE SHOPPEにつながるベーカリーを一八五一年に開いたそうです。YE

映画『大いなる遺産』（監督：デヴィッド・リーン 1946年）より。チャールズ・ディケンズの『大いなる遺産』もポーク・パイが登場する。主人公のピップは墓場で出会った男に脅され、家からミンスミートやポーク・パイを盗む。それを知らずにクリスマスの夜にピップの家に集まった人々は「スパイス入り（savoury）のポーク・パイならどれだけたくさんご馳走を食べた跡でもお腹に入りますよ」とポーク・パイについて楽しみに語る

OLDE PORK PIE SHOPPEでは、いまも昔ながらのポーク・パイが売られています。

ポーク・パイがメルトン・モーブレーで作られるようになった理由には、この土地の名物として有名なスティルトン・チーズに関わりがあるといわれているのが興味深いところです。

スティルトン・チーズを作るときにできる乳清（ミルクからチーズ成分、凝固成分やカードを採ったあとの水っぽい液体）がタンパク質に富み、豚のエサとして使われるようになったおかげで、メルトン・モーブレーでは豚の飼育が急速に発展しました。そこで名産となった豚肉を使い、保存食になるパイも「メルトン・モーブレーのパイ」として人気となったということです。

コーニッシュ・パスティーのように、持ち運びにも便利なことから、労働者の昼食として重宝され、さらにその人気は、富裕層の狩猟での食事にも好まれるようになっていきました。

二〇〇九年、メルトン・モーブレーのポークパイはＥＵの「保護地理的表示認証」を取得しました。シャンパンがフランスのシャンパーニュ地方で作られたものしかその名を使ってはいけないのと同様、指定された地域と製法で生産されたものだけが販売を許されるという決まりです。

イギリス国内最大規模の食品市場であり、開設から千年以上の歴史を持つロンドンのバラ・マーケットでも、この「メルトン・モーブレイ・ポークパイ」が売られているのを見かけました。その青い看板が目をひきます。

イギリスの料理用リンゴ「ブラムリー」をのせた、ポークパイなども売られていた

ロンドンのバラ・マーケットで見かけた
メルトン・モーブレイのポーク・パイ

ポーク・パイを作るための円筒形の木型、ドリー

The Secret of Chimneys

『チムニーズ館の秘密』

ロリポップと最古の駄菓子屋

旅行案内を仕事にするアンソニーが、友人からスティルプティッチ伯爵の回顧録を託され、アフリカのコンゴからロンドンへと十四年ぶりに戻ってくるところからストーリーは動きはじめます。タイトルになっているように、舞台はロンドン郊外にある「チムニーズ館」です。アンソニーが館に着いた夜、訪ねて来たロロプレッティジル男爵の名前が長すぎて、彼はとっさに思いついた「ロリポップ（棒キャンデー）男爵」と呼ぶことにします。

ロリポップ（Lollipop）とは棒の先に飴がついたキャンディのこと。いろいろな風味のキャンディがブーケのように玉になって売られていたり、クリスマスプレゼントに使う、傘の取っ手のような形の赤と白の縞々のキャンディもおなじみです。

そのほか今作にはアンソニーが笑いながらこんなことを語る場面があります。

「プディングであることを立証するには、食べてみるのが手っ取り早いというわけですか？」

原書ではthe proof of the pudding is in the eatingとなり、the proof is in the puddingと簡略形でよくいわれるようですが、これは日本でいえば、「論より証拠」と同意であるようです。

『チムニーズ館の秘密』
一九二五年

旅行会社で働くアンソニーは、アフリカのジンバブエで旧友のマグラスと再会する。マグラスはアンソニーに仕事を紹介するという。それはバルカン諸国のひとつ、ヘルツォスヴァキア国の首相が残した回顧録をロンドンの出版社に届けるというものだった。さらに、名士が集まるチムニーズ館に滞在する女性に手紙を返却する使命も託されることになり……。王政復古のきざしに揺れるヘルツォスヴァキア国に渦巻く陰謀、宝石泥棒の追跡、石油利権の争いが入り混じる冒険ミステリーが展開される。

こうしたことわざにもプディングが使われているところが、なんともイギリスらしいところです。

イギリス最古の駄菓子屋

ロリポップのような子供が大好きな昔ながらのスイーツを売る店の老舗中の老舗ともいうべき、古い店が北ヨークシャーのパートリー・ブリッジにあります。その名も「最古の駄菓子屋（Oldest Sweet Shop in England）」で、ヨークシャーデールに家族で旅行した時に偶然にも立ち寄ることができました。

外観からもその古さはわかりますが、建物は一六〇〇年代に建てられたもので、当時は薬局が営まれていたとのこと。スイーツショップとしての開業は一八二七年で、低い天井、木のカウンター、オイルランプ、古い秤やレジは開業以来ほとんど変わらずに使われていて、店のなかに一歩入ると、昔にタイムスリップしたような錯覚を覚えるほどです。棚にはガラスの瓶に入った色とりどりのスイーツがずらりと並び、その種類はなんと二百種類以上もあるとのこと。

アニスシードボール、洋ナシドロップ、レモンボンボンといった、いまやほかの店では見つけることすら難しくなったスイーツもここでなら買うことができるのです。ほかにもイギリス人の大好きなスイーツ、砂糖の塊のように甘い、ファッジやチョコレートもいろいろな種類が並んでいます。『ハリー・ポッター』でもしばしば登場する、カラフルなジェリービーンズももちろん売られていました。

アンソニーは笑った。「プディングであることを立証するには、食べてみるのが手っ取り早いというわけですか？　では、まもなくそれを立証してごらんに入れましょう」彼は立ちあがった。「ちょっと失礼して、書斎へ行ってまいります――

訳：高橋 豊『チムニーズ館の秘密』（早川書房）より

イギリス人が小さいころから親しむスイーツのひとつにリコリスがあります。

リコリスはスペインカンゾウというマメ科カンゾウ属のハーブの一種で、漢方では甘草の仲間です。リコリスという名前はギリシア語で「甘い根」に由来し、『薬物誌』（一世紀後半に書かれたと思われる）を著わした古代ギリシアにおける薬理学と薬草学の父・ディオスコリデスがつけたものだといいます。

この根には喉の渇きをいやす効果があったので、古代ローマの軍隊にはリコリスが与えられていたとのこと。強い抗酸化作用や甘みもあり、そのグリチルリチンという甘み成分はアニスやフェンネルに含まれるアネトールにも似た独特の風味があります。「最古の駄菓子屋」ではリコリスの根を乾燥させたもの、リコリスルートがそのままかじって楽しめるように売られているほか、この風味を加えたリコリス菓子も数多く取りそろえていて圧巻です。

ちなみにこの店から一時間ほど車で行ったところにあるヨークシャー・ポンテフラクトという町では、その地名のついたポンテフラクト・ケーキなるものが何世紀にもわたって作られているとのこと。リコリスを材料にして作った、小さい渦巻き状の黒いスイーツです。イギリスで最初にリコリスが栽培されたのがこの町の男子修道院であったこととも関係があるのかもしれません。お菓子の色味としては考えられない、いかにも体に悪そうなその独特の黒色は、実は炭から作った食用着色料を使用し、グミのような弾力はゼラチンによるものなのだそうです。私は個人的にリコリスの風味がどうにも苦手で、おいしいとは思えないのですが、あの独特の風味がイギリスでは小さな子供から楽しまれているのは大きな謎としかいいようがありません。

サウスウェルのスイーツショップで撮影したロリポップ

ヨークシャーのパートリー・ブリッジにある世界一古いスイーツショップOldest Sweet Shop in England

サウスウェルのスイーツショップで売られていたリコリスルート

チムニーズ館の持ち主、ケイタラム卿は「朝食前の時間は神聖にして犯すべからざるもの」と述べる人物。エッグズ・アンド・ベーコン、キードニービーンズ、デビルドチキン、タラ、コールドハム、冷たいキジ肉、ポーチドエッグの豪華な館の朝食が登場。写真は著者がイギリスで食べたポーチドエッグとタラの朝食

さまざまなお菓子がカラフルに並ぶOldest Sweet Shop in Englandの店内

チムニーズ館はロンドンのウェストミンスター寺院から7マイル（約11キロ）と説明されている。ロンドンに戻ったアンソニーがパディントン駅で久々に食べたかったのはランプステーキと肉汁たっぷりのチョップ、大盛りのフライドポテト。写真はコッツウォルズのレストランでで食べたフライドポテト

刑期を終えた大泥棒の引退後の生活について、「西洋カボチャ（marrow）を栽培できるような田舎で暮らすでしょう」とアンソニーは予想する。marrowは引退後のポアロが育てる野菜と同じ

Unfinished Portrait

『未完の肖像』
思い出のジンジャー・プディング

クリスティーがメアリ・ウェストマコット名義で発表した第二作目となる『未来の肖像』は一九三四年に出版されました。主人公のシーリアの経歴はクリスティー自身にとても似ていて、子供時代から結婚・離婚までの彼女の前半生を土台にしているといえる作品です。

一九三〇年にマックス・マローワンとの再婚後、幸せな家庭生活を持つことができたクリスティーは、心の余裕から、それまでの離婚、失踪事件といった自身の人生を振り返り、書き残しておきたい気持ちが生じたのでしょうか。それがこの作品を生み出したのかもしれません。実際、七十五歳で書きはじめたというクリスティーの自伝を読むと、『未完の肖像』と重なる記述が多く見られるのです。

「人生の中で出会うもっとも幸運なことは、幸せな子供時代を持つことである」

そう自伝にも書いている通り、『未完の肖像』でも愛情に満ちた幸せな子供時代のことに多くのページが費やされています。最愛の父親が亡くなる十一歳までの大切な記憶がクリスティーの生涯を通して生き続けたのです。

シーリアの祖母グラニーはウィンブルドンに住んでいます。

『未完の肖像』
一九三四年

スペインの山道で、「私」は旅行中のイギリス人女性シーリアに出会う。絶望に打ちのめされている様子のシーリアを心配し、ホテルの部屋で彼女の話を聞くところから物語が始まる。シーリアは家族に温かく見守られ、幸せな子供時代を過ごした。やがて成長した彼女は、ダーモットに惹かれ、婚約を破棄して彼と結婚する。しかし彼女の幸せな生活に変化がやってくる……。

「シーリアはグラニーと暮らすことをたいへんうれしく思った。真四角な小さな芝生、その周りにはバラの木が植わっていた」

祖母が住んでいた土地としてウィンブルドンが登場するのは、四年間住んでいた私にとってはうれしいことでした。高級住宅地のひとつとして数えられるウィンブルドンには、いまも素敵な庭のある屋敷が存在しています。

クリスティーの実際の祖母はロンドンの西にある町、イーリングに暮らしていました。幼いクリスティーが祖母の家を訪問する楽しみは、貯蔵食品棚からナツメ、干しブドウ、砂糖漬けのサクランボなどを手にいっぱいもらって、バラの花が咲く庭で食べることだったとのこと。そのことを彷彿とさせる場面が『未完の肖像』には次のように描かれています。

「グラニーは戸棚の奥をゆっくりと探し回り、フレンチ・プラムの瓶詰、とかアンジェリカの砂糖づけとか、マルメロの実の瓶詰とか。小さな女の子の喜ぶようなものが、毎度何かあった」

ミス・マープルのモデルともいわれるこの祖母については、クリスティーは自伝のなかでモデル説を否定しつつ次のように書いています。

「ミス・マープルは決してわたしの祖母の生き写しではない。（中略）ミス・マープルには祖母の持つ予言の能力をいくらか与えてみた」

ちなみに「奇妙な冗談」のヘンリーおじさんや、『葬儀を終えて』のミス・ギルクリストの叔母の言葉として、しばしばクリスティー作品に登場する「ゆで卵の中に細工できる者はいない」は、祖母の言葉であり、自伝でも紹介されています。

シーリアの母親がラウンシーに「きょうのお昼は何にしようかしらね？」と相談すると、ラウンシーはいつも同じ答をした。「さいざんすね、おいしい鶏肉料理とジンジャー・プディングってところでいかがでしょう？」鶏のスフレ、肉パイ、クリーム煮でも、葡萄酒煮でも、ありとあらゆる種類の菓子から、凝ったフランス料理まで、それこそ何でも作ることができたが、献立を訊ねられると、判で押したように鶏肉料理とジンジャー・プディングを提案した。

訳：中村妙子『未完の肖像』（早川書房）より

❦思い出の味、ジンジャー・プディング❦

イギリスではパイと同じく、プディングの数はどれだけあるのかわからないほど、甘いプディングと辛いプディング両方合わせて数多くの種類があります。クリスティー作品に登場するクリスマス・プディング、ブレッド＆バタープディング、キャッスル・プディング、ステーキとキドニーのプディング、ライス・プディングなどが代表的なもので、イギリスの暮らしと密接にかかわる伝統的な食の一部であることは間違いありません。

その数多くのプディングのなかで、クリスティーの幼いころの思い出の味のひとつに、このジンジャー・プディングはひときわきらめいているのでしょう。鍋のなかでゆでられて、ほかほかとした湯気が食卓にもたらす、心までも温かくなるような家庭の味わい。それこそ幸せな子供時代の象徴なのかもしれません。優しい両親の愛情、ウィンブルドンに住む祖母との暮らし、そして自宅のコックであるミセス・ラウンスウェルとの交わり。

「シーリアは台所が大好きだった――台所はラウンシー自身と同じように、大きく、たっぷりとして、清潔で、平和そのものだった」

その幸せが食の思い出と深く結びついているのがよくわかります。

『オックスフォード英語辞典』によると、プディングという言葉が使われたのは十三世紀にまでさかのぼり、豚や羊の胃や腸にひき肉、スエット（腎臓と腰の周りの硬い脂肪組織）、オートミール、ハーブなどの調味料を混ぜて詰めたものを指し、「ソーセージのようなもので、通常はゆでて食された」と定義されています。

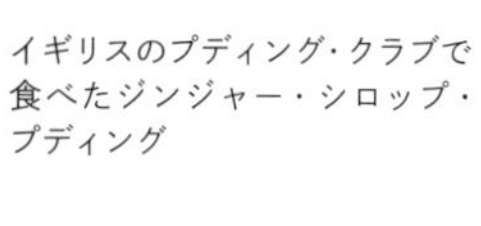

イギリスのプディング・クラブで食べたジンジャー・シロップ・プディング

ジンジャー・プディング

シロップでしっとりしている。
レシピは140ページへ

Recipe

ジンジャー・プディング

Ginger Puddings

材料（900cc入る耐熱容器1個分）

無塩バター……125g
グラニュー糖（微粒子）
……125g
卵……2個
中力粉（薄力粉でも可）
……125g
ベーキングパウダー
……小さじ1/2
ジンジャーパウダー
……小さじ1
クリスタル・ジンジャー
（しょうが糖などで代用可能）
……20g程度
ゴールデンシロップ
（ハチミツで代用可能）
……大さじ2

仕上げ用ソース

ゴールデンシロップ
（ハチミツで代用可能）
……大さじ4
水……大さじ1
ショウガのしぼり汁
……小さじ1（好みで）

作り方

1. 器にクリーム状にしたバター（分量外）を塗り、取り出しやすいように、底にベーキングシートを敷いておく。そこにゴールデンシロップ（またはハチミツ）を入れておく。蒸し器にはたっぷりの水を入れ、火にかけておく。材料はすべて室温に戻しておく。
2. ボウルにやわらかくしたバターを入れ、グラニュー糖を加えて、泡立て器または電動ミキサーで白っぽくなるまですり混ぜる。卵をよく溶いたものを少しずつ加えてさらによくすり混ぜる
3. 2.にふるった中力粉、ベーキングパウダー、ジンジャーパウダーをふるって入れる。刻んだクリスタル・ジンジャーも加えて、ゴムベラで切るようにして混ぜ合わせる。
4. 1.で用意しておいた型に3.を流し入れる。器よりひと回り大きく切ったアルミホイル、またはベーキングシートを、中央をひと折りして上にかぶせ、タコ糸などでしばる。
5. 蒸気の上がった蒸し器に入れ、約1時間蒸す。中央に竹串を刺してみて何もつかなくなったら蒸し上がり。
6. 小鍋にゴールデンシロップ（またはハチミツ）と水を入れて煮立て、好みでショウガのしぼり汁を加えてソースを作り、器から取り出したプディングの上にたっぷりとかける。温かいうちにカスタードソース（作り方は84ページを参照）をかけていただく。

そして「通常は牛乳、卵、小麦粉（あるいはスエットや米、セモリナなどのほかのでんぷん質の食材）などを混ぜたものに、さまざまな甘い、ときには甘くない食材を加えた種、あるいはこうして混ぜ物で作った外皮にさまざまな食材を包んだものを、ゆでたり、蒸したり、焼いたりした料理」と説明されています。

動物の胃や腸は動物の解体後すぐにしか手に入らず、それでプディングを作るには大きな制限がありましたが、それを進歩させたのは十七世紀に作られるようになったプディングクロスの登場でした。クロスが使われるようになったことで、プディングは日常的に作られるようになったのです。四角い布に、防水性を高めるようにバターと粉を塗り、その上に調理する具材をのせて布で包み、上をひもなどで縛ります。それを大きな鍋に渡した棒につりさげて、湯のなかに沈めて数時間ゆでるのです。ゆであがったプディングは、ボールのような丸い形にできあがります。

ディケンズが『クリスマス・キャロル』（一八四三年）のなかでプディングの匂いを洗濯の匂いにたとえているのも、プディングクロスを使っていたことを思えば納得です。

「うわあ！　一気に噴きあがる蒸気！　プディングが銅釜から取り出される。洗濯の日のにおいだ！」

十七世紀、プディングクロスのあとに、陶器製のプディング型（プディング・ベイソン）が登場します。縁が広く、深さのあるこの型に種を入れ、その上にクロスをかけてひもで縛り、鍋の湯のなかに入れてふたをしてプディングを蒸すようになりました。この陶製の型のおかげで、使った布を洗う手間も省け、ますます便利に簡単にプディングが日常的に作れるよう

イギリスには陶器のプディング型がさまざま売られている

になっていったのです。

一七四七年に出版されたハナー・グラスの料理書『The Art of Cookery made Plain and Easy』には七十以上の、『ビートン夫人の家政読本』には九十以上のプディングのレシピが掲載されました。その陰にはプディング王と呼ばれたジョージ一世（一六六〇―一七二七年）の存在も忘れてはなりません。ドイツ人であるこの王様が甘いプディングを好んだことでイギリスに広まったといわれているからです。

時代を考えると、クリスティーのお気に入りのジンジャー・プディングは陶製の型を使って作られたものだったことでしょう。おそらくまだ、バターより身近な材料であったスエットと呼ばれる、子牛の腎臓の周囲にある白い脂肪を使用したかもしれません。一般にスエット・プディングと呼ばれるものですが、イギリスでは十六世紀から甘辛両方のプディングに使われてきました。スエットに小麦粉、水または牛乳、塩を加えて混ぜたやわらかい生地が基本となり、そこに加えるものでバリエーションが生まれます。いまもイギリスのスーパーマーケットでは乾燥した粒状のスエットが菓子材料の棚に並び、手軽に手に入ります。日本では乾燥スエットが手に入りにくいので、私はバターで代用しています。プディングならではの風味というよりは、バターケーキのような味わいになるとは思いますが……。

ジンジャー・プディングの風味づけとなるのがジンジャー、つまりショウガです。イギリスではショウガはジンジャー・ブレッドやジンジャー・ビアなど、さまざまな食に生かされています。ショウガは東南アジアが原産地で、インドから中国にかけて広く栽培されてきました。長い葉をつけ、匍匐性の太った根茎を持ち、その根がハーブ、スパイスとして使われ

チャールズ・ディケンズ
『クリスマス・キャロル』
（1843年）

ます。

ショウガはただの風味づけのためだけではなく、医薬品としての重要な役割も認められていました。特にペストが十四世紀のヨーロッパに流行したときには、その薬としても用いられました。もちろん身体を温め、発汗作用があることも見逃せません。

イギリスでは粉末のショウガをメロンにかけることをご存じでしょうか。それは甘さを引き立てるためとのこと。日本でスイカに塩をかけるのと同じ理由からのようです。実際に食べてみると、確かにショウガが甘みを引き立てます。

『未完の肖像』には、ジンジャー・プディングのほかに、食後のライス・プディングも登場します。日常的な事柄のひとつとして、耳の後ろは念入りに洗わなければいけないということ、「どうぞ」「ありがとうございます。でももうたくさんです」といった言葉と一緒に、食後のライス・プディングを挙げているところが興味深いです。『くまのプーさん』の作者で知られるA・A・ミルンの詩「ライス・プディング」でも、子供たちがあきあきするほどいつも食後に出されるお決まりのデザートとして登場していました。

ライス・プディングとしてレシピが初めて記録に残されたのは、ジョン・マレル著『新しい料理法の本』（一六一五年）とされています。マレルのレシピは米をひと晩、牛乳に浸してから、水気を切って牛ひき肉、スグリ、卵、ナツメグ、シナモン、砂糖、バーベリー（メギの実）を混ぜ、それを牛の腸に詰めてゆでるという現在とはかなり異なるレシピでした。現在の一般的なレシピは、牛乳に砂糖、バニラを加えたなかに米を入れ、火にかけてやわらかく煮て、そこにシナモンをかけたり、フルーツをのせたりして楽しまれることが多いようです。

イギリスのレストランでジンジャー・プディングをサーブしてくれたウェイター

The Big Four

『ビッグ4』

デヴォン名物のサイダー

　先を読まずにはいられないほどにぐいぐい引き込まれ、一気に読み終えてしまうスリル感に満ちているこの作品は、世界的な秘密組織ビッグ4対ポアロとヘイスティングズ大尉との頭脳対決が展開されます。クリスティーが謎の失踪事件を起こした一九二六年十二月の翌月、一九二七年一月にこの作品が発売されました。失踪事件直後にこの新作は世に出たわけですが、心身ともに憔悴しきったクリスティーになぜそのようなことができたのでしょうか？『ビッグ4』のあとがきによると、なんと離婚をした夫の兄、キャンベル・クリスティー氏の手によって、『スケッチ』誌に連載した短編十二本を一冊の長編にしたものがこの作品であることに驚きます。『アガサ・クリスティー自伝』にもそのときの様子が書かれています。

『ビッグ4』
一九二七年

　南米から久々にロンドンに帰ってきたヘイスティングズがポアロを訪ねると、アメリカの大富豪からの依頼で詐欺事件の調査のためリオに出発するところだという。そこへ泥まみれの男がやって来て「4」という数字でポアロたちに何かを伝えようとするが……。天才的犯罪者たちの集団「ビッグ4」の謎にポアロが挑む。

サイダーはデヴォン名物のリンゴ酒

　ビッグ4につながると思われる殺人事件の容疑者を追って、デヴォン地方にやってきたポアロたちがパブで昼食とともに楽しんだサイダーは、日本でいうところの甘い炭酸水とは違います。同じつづりですが、フランスで呼ばれるシードルのほうがピンとくるでしょうか？

いずれにしてもリンゴから作った果実酒で、そのリンゴジュースにも似た見た目からは想像はできませんが、アルコール度数も七℃ほどある、れっきとしたお酒です。

私にもポアロ同様、デヴォンで楽しんだサイダーの思い出があります。

プリマスからも、ダートムアからも近い小さな村、バックランド・モノクラムに数百年にわたって続くパブ「ドレイク・マナー・イン」で、その村に住むセリアさんとともに、サイダーを味わったことがありました。サイダーは瓶入りのものも多く出回っているなかで、このパブではビール同様、樽から直接グラスに注いでふるまわれます。ビールとも違う、アルコールであることを忘れてぐいぐい飲んでしまいそうなほどに軽やかな口当たりでした。

サイダーはどんなリンゴからでも作れますが、本物の味わいは、やはり特別な品種、サイダーアップルから作られます。ブラムリーもその代表的な品種のひとつです。サイダーアップルと呼ばれる品種は発酵を助長する果糖やタンニンが多く、サイダーが完成した際にも風味が強いのが特徴です。サイダーに適するリンゴの栽培地として、イギリス南西部にあたるデヴォン地方が挙げられるわけですが、デヴォンはクリスティーの故郷です。お酒の飲めない彼女でも料理などには使っていたかもしれません。

デヴォン、コーンウォール地方にある、ナショナル・トラスト所有のバックランド・アビーやコテールには、かつてサイダー作りに使われたリンゴの圧搾機が保存されています。コテールでは実際に古い圧搾機を使って、いまも秋になると、敷地内にあるリンゴ園で採れたリンゴを使ってサイダー作りが行われているとのこと。そして小麦の収穫でとれたわらも必要です。リンゴをつぶしたものをわらと重ねるようにして、何層にもしたものをこの圧縮機

警部に一言二言、言いおいて、ポアロとイングルズ氏と私はホワイト・ハート亭に向かい、ベーコン・エッグとデヴォンシャー・サイダーの昼食をとった。

訳：中村妙子『ビッグ４』（早川書房）より

にのせて、上からスクリューで押して、リンゴをしぼります。わらは発酵するための酵母となり、しぼり出したリンゴの果汁は樽に入れて保存して、熟成させるのです。リンゴとわらと樽、そして熟成させる時間が醸し出すイギリスの田舎ならではの素朴な味わい、それがイギリスのサイダーなのです。

イギリスの家庭料理の定番として、大きなハム（塩漬けの豚肉）を塩抜きしたあとにサイダーとマスタードとともにオーブンで調理するひと品があります。豚肉とリンゴの組み合わせは、風味や味わいだけでなく、肉をやわらかくするリンゴの役割も考えてのことでしょう。

デヴォンに出かけたポアロを待っていたのは、羊の股肉がぶら下がった農家で起きた事件でした。その被害者は、サンデーランチのローストになる予定だったその羊肉を食べることなく、命を落としてしまったことになります。そしてこの冷凍の羊肉が、真犯人につながる鍵になっているところが興味深いです。

夏になると、ヒースの花がピンクに染めるデヴォンのダートムア。そこにはポニー、羊、牛などがのどかに放牧されて、人々の暮らしがゆるやかに営まれています。のどかな場所で起きたむごい殺人事件だけに、読む者にはその残虐さが浮き彫りになるのです。

イタリアのチロルでポアロがコーヒーをおいしそうに飲み、「コーヒーがひどい代物なのはイングランドだけですね」「大陸では、上手にいれたコーヒーが消化を助けるということが理解されていますから」といつものようにイギリスの食に辛口なのがおもしろい

かつてサイダーづくりに利用されたリンゴの圧搾機。デヴォン州のバックランド・アビーに保存されている（左）。かつてのサイダー作りの様子を撮影した写真も展示されている（右）

見知らぬ人に塩を回す

「To help a stranger to salt is help them to sorrow」見知らぬ人に塩を回してあげるのは、悲しみを与えることだ＝求めがあるまで手出し口出しをするべからず、という迷信がヘイスティングズの言葉に登場する。「Help me to salt, help me to sorrow」がより一般的。

デヴォンのパブで飲んだ名物のデヴォンシャー・サイダー。ポアロたちはビッグ４に追われている男から手紙をもらい、パディントン駅から鉄道でデヴォン州ダートムアに行く。そこでベーコン・エッグとデヴォンシャー・サイダーの昼食をとる

herb of death

鴨の丸焼きとジギタリス

「毒草」(『火曜クラブ』より)

この短編のタイトルは原書では「herb of death(死のハーブ)」となっています。死のハーブとは何なのか? それはジギタリスの葉でした。

ジギタリスはイングリッシュガーデンに欠かせない、1・5メートルもの高さになるゴマノハグサ科ジギタリス属の二年草。ピンクや白などの色合い、釣り鐘型の花が美しい、その花を逆さにすると、指ぬきに似ていることからドイツ名は「fingerhut(指ぬき)」です。属名のジギタリスは本草学者であるレオンハルト・フックスが十六世紀につけました。その花の形が手袋に似ていることからイギリスでは「フォックス・グローブ(キツネの手袋)」とも呼ばれます。

ジギタリンはジギタリスの葉から抽出される成分で、心臓に作用することからある種の心臓病には特効薬となるものです。その薬がジギタリスの葉とともに、この作品の事件に大きく関わります。

このジギタリンは一七七六年に医師であるウィリアム・ウィズリングが強心剤として使えることを発見するまでは、薬として用いられることはありませんでした。

「毒草」
一九三二年

バントリー大佐の家で、自分だけが知っている迷宮入り事件を順番に話し、それぞれが真相を推理する「火曜クラブ」が開催されていた。バントリー夫人が話したのは、料理がもとで起きた事件だった。招かれたクロッダラム・コートの晩餐で鴨を食べたところ中毒を発症し、招待客の一人が亡くなってしまい……。ミス・マープルが複雑な人間関係を読み解き、犯人を明らかにする。

ちなみにクリスティーの『ポケットにライ麦を』でもママレードが好物の紳士が、心臓病のための薬としてジギタリンを服用しています。

「毒草」で語られる事件を、登場人物のミセス・バントリーは「セージと玉ねぎ事件」と呼んでいます。晩餐の料理の鴨に入れる定番の詰め物「セージ＆オニオン・スタッフィング」が事件の発端だったのでした。セージ＆オニオン・スタッフィングとは、パン粉に炒めた玉ねぎ、セージの葉を混ぜ合わせたものです。

イギリスの料理家のソフィー・グリグソンによる『Sophie Grigson's herbs』では、セージ＆オニオン・スタッフィングは、「イギリス人が誇る料理遺産である」とまでほめたたえられています。最近ではインスタントのもので、すべて乾燥した材料を合わせたセージ＆オニオン・スタッフングのパックをスーパーなどでも見かけるのですが、ソフィー・グリグソンは、ドライのセージでは本当の味わいにはならない、新鮮な生のセージの葉を使うべきと主張しています。確かに乾燥するとセージの葉には強い苦みが際立つように思います。

セージ＆オニオン・スタッフィングといえば、思い出すのはビアトリクス・ポターの描いた絵本『あひるのジマイマのおはなし』。この物語はビアトリクス・ポターが三十七歳で購入した自宅兼アトリエ、湖水地方・ニア・ソーリー村にあるヒルトップ農場が舞台となっています。ポターはこの農場をキャノン一家に任せていましたが、ジマイマはキャノン一家が飼っていたあひるでした。卵を抱くための静かな場所を探しているところ、きつねの紳士に出会います。

「あひるのジマイマはおばかさんでした」と書かれていますが、きつねの紳士があひるのジ

「お話しすることってあんまりありませんのよ。死の薬草——とおっしゃったので、ひょいと思い出したんですけれど。もっともわたし、自分ではセージと玉ねぎ事件と呼んでいましたわ」
「セージと玉ねぎですって？」と、ドクター・ロイドが問いかえした。
ミセス・バントリーはうなずいた。

訳：中村妙子「毒草」（『火曜クラブ』早川書房）より

マイマを丸焼きにして食べようと企み、「セージ＆オニオン・スタッフィング」の材料になると知らないジマイマをだまして、セージや玉ねぎを摘ませる様子が笑いを誘います。このスタッフィングはその起源が中世にまでもさかのぼるという歴史を秘めていて、イギリスの家庭では誰もが知る定番の料理です。

セージはシソ科の多年草。ベルベットのようなしっとりとした葉には樟脳に似たすっきりとした香りがあります。数多くの変種がありますが、代表種はコモンセージ、またはガーデンセージと呼ばれる品種で、料理、薬用にも使われます。イギリスにはローマ人が伝えたといわれていますが、その優れた薬効については、十三世紀の文献に「長生きしたいものは五月にセージを食べよ」と書かれていることからも明らかでしょう。ソーセージの語源にもなっているように、古くから脂っこい肉料理の消化促進、臭み消しなどに使われてきました。あひるやガチョウのローストに使われるスタッフィングに使われたのも必然的なことなのです。

そして、キツネの紳士が登場する場面にはフォックス・グローブが描かれています。

実際にヒルトップのある湖水地方・ニア・ソーリー村を夏に訪ねてみると、野生のフォックス・グローブが道端や林の中などいたるところに咲いているのを見かけました。身近なハーブであることに加えて、手袋のような花穂をキツネが足につければ、音もなく獲物を仕留めることができるといういい伝えがあるのを、ポターはこの作品に生かしたとも思えるのです。ジマイマを狙うキツネの紳士の魂胆が、文字ではなく、フォックス・グローブに表されているのではないでしょうか。

コッツウォルズのレストランでサンデーローストとして食べた鴨のロースト

デヴォン州で撮影したフォックス・グローブ（左）。湖水地方で撮影した野生のフォックス・グローブ（右）

肉料理、魚料理、ソーセージ、カレーなどに使われるハーブ「セージ」の葉

フォックス・グローブの葉。薬にも毒にもなるハーブ「ジギタリス」。クリスティーの『運命の裏木戸』にもフォックス・グローブが登場する

Peril at End House

不吉な家のエプロン

『邪悪の家』

原題は『Peril at the End House』で、現在は『邪悪の家』という邦題が付けられていますが、かつては『エンド・ハウス殺人事件』という邦題でも新潮文庫から出版されていました。翻訳者の中村妙子さんによる解説もこの本の魅力です。原書の裏表紙にはイーデン・フィルポッツへの献辞がありました。彼はイギリスの推理小説界の大御所であった人物で、クリスティーの実家であるミラー家の隣人で、作家としてまだ地に足がつかないころのクリスティーに貴重な批評を与えてくれたといいます。彼への献辞を添えたということは、この作品に対するクリスティーの自信がうかがえるといわれています。

エンド・ハウスの家政婦エレンの語る「不吉」とは原書では「evil」という言葉が使われ、「災い」「悪行」などの意味があります。クリスティーは母親同様、その家の持つ特別な何かを感じるという感性があったようです。エンド・ハウスはまるで、アーチーとの破局を迎えるまでに住んだクリスティー自身の家「スタイルズ荘」と重なるように思えます。自伝のなかでクリスティーはこう語ります。

「だが、スタイルズ荘は過去にここにいた人たちにしたことを立証した。不吉な家だった。

『邪悪の家』
一九三二年

イギリス南部コーンウォール地方の海沿いの町セント・ルーにあるマジェスティック・ホテルで、ポアロは若く美しい女性ニック・バックリーと出会う。彼女は近くの岬にあるエンド・ハウスの持ち主で、近ごろ三回も命の危険にさらされていると語る。その会話の間にも銃弾がニックの命を狙い……。ポアロは彼女の屋敷を訪ねるが、新月の花火の夜、惨劇が起きてしまう。

私はこの家に初めて入った時にそれを感じていた」

　クリスティーはアーチーとの結婚後、一人娘のロザリンドも生まれ、家族のための新たな住居を探しました。数え切れないほどのたくさんの家を見た結果、「田舎へ移したサヴォイホテル風のスイートルームに費用を構わずの装飾をほどこした家」に決めます。

　この家は「最初の人は金をなくしてしまい、二番目の人は奥さんを亡くした。三番目のもちぬしはどうなったのかよくわからないが、どうやら夫婦別れをして立ち退いたらしかった」そんな不運の家だったのです。それにもかかわらず、二人はクリスティーのデビュー作の題名からこの不吉な家に「スタイルズ荘」と名づけ、住みはじめたのでした。

　そしてクリスティーの予感は的中します。

　この家に住むようになってから愛する母親が亡くなり、クリスティー自身は失踪事件を起こし、夫婦は離婚することになるという悲劇が続くことになるのです。

　それに対して、デヴォンの別荘として買ったグリーンウェイは、クリスティーにとって「夢の家」でした。考古学者であるマックス・マローワン氏と再婚した当初、二人の新居はロンドンをはじめ、すでに数軒持っていましたが、このグリーンウェイについて、クリスティーの母は「ダート川沿いでは最高の家」と考えていたといいます。クリスティーは、その母に連れられて幼いころ訪ねたその家が、雑誌『カントリー・ライフ』の広告で売りに出ているることを知ったのは、一九三八年のことでした。

　ダート川を眺める高台に建つその家をマックスの勧めもあってホリデー用の別荘として購入するのですが、この家こそクリスティーにとって、家族と共に幸せな時間を紡ぐ理想の場

「昨夜、私が廊下へ出たときに」私は言った。「あなたはすぐに、誰かがけがをしたのか、と訊いた。そういうことが起こると予期していたんですか？」
　彼女は答えなかった。指でエプロンの端を折っている。やがて、首を振って呟いた。「あなた方にはわからないと思います」
「いやいや、私にはわかりますよ」ポアロが言った
訳：真崎義博『邪悪の家』（早川書房）より

所となったのでした。『死者のあやまち』『五匹の子豚』といった作品の舞台としてもクリスティーがこの場所を使っているのは、その証といえるかもしれません。

実際にグリーンウェイに訪ねてみると、ダート川の眺め、木々の緑あふれる広大な庭園、明るく居心地のよい家、いつまでもここで時間を過ごしたくなるような空気が流れています。クリスティーはここで幸せな時を過ごしたに違いない、と思うのでした。

グリーンウェイは孫のマシューから二〇〇〇年にナショナルトラストへ譲られ、クリスティーが過ごしていた当時の状態に修復されて蘇りました。少年時代をこのグリーンウェイで過ごした彼はこの家を「パラダイス」と称しています。

不吉な家とされるエンド・ハウスと、夢の家のグリーンウェイは正反対ですが、英国南部の海を見下ろす丘の上に建つ古い邸宅であるところなど、実は重なるところもあるのでした。

タビストックと『日の名残り』

『邪悪の家』に具体的な地名として出てくるのがタビストックです。広大なダートムア国立公園の西端にあるこの町のマーケットを訪ねたことがあります。

マーケットといっても野外ではなく、広大な建物のなかにパンや野菜から下着までさまざまなものを売る店が混在していました。また、そのマーケットの外の路地にはスパイスの店やチーズ専門店が並び、その昔ながらの風情にわくわくしたものです。スーパーマーケットでは見られない、地元の味に肌で触れられる特別な機会ですから。ちなみにこのマーケットは、現チャールズ王がカミラ妃とともに訪ねたことでも知られています。

セント・ルーのモデルはコーンウォール州のルーと思われるが、「デヴォンポートから約30マイル」という距離の説明などからクリスティーの故郷・トーキーがモデルという説もある（デヴォンポートからルーは約20マイル）。マジェスティック・ホテルはミス・マープルの『書斎の死体』にも登場する

タビストックに流れるタヴィ川。そのほか15世紀に建てられたパリッシュ教会なども有名

グラブタイ・マナーのキッチンガーデンで、ハーブや野菜を収穫していたシェフ見習い

調査中の人物が鍋（pot）をかき回し、料理中であることを利用し、脂っこい親指と人差し指の指紋がついた新聞の切れ端がポアロの捜査に使われる。ポアロたちが訪れたロッジには美味しそうな匂い（savoury smell）が立ち込めていた。写真はイギリスならではの鍋（pot）

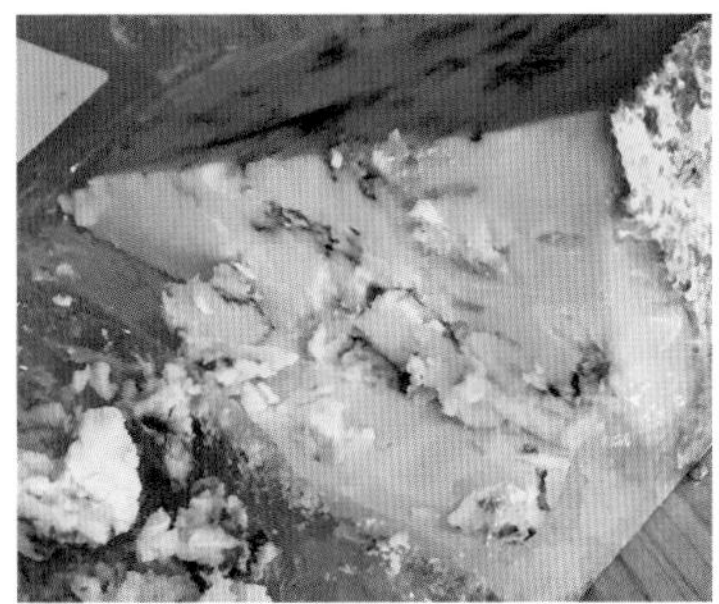

ポアロが以前「臭いのきついスティルトン・チーズ」にたとえたように、ジャップ警部は自分たちの仕事をあまりいいものではない、という

『バートラム・ホテルにて』『書斎の死体』のように、『邪悪の家』でもチョコレートを使って登場人物の命が狙われる。チョコレートはフラー（Fuller's）のものだった

失意で食事も喉に通らない……そんな演技をすることになったポアロ。部屋でこっそり食べるために彼が買っておいたのはブリオッシュとチョコレート・エクレア。写真はキュー・ガーデンのティールームで撮影したエクレア

街のなかを流れる川沿いにあるティールームが、マーケットに連れていってくれた友人のお気に入り。ショッピングのあと、二人でモーニングコーヒーを楽しんだこともありました。このタビストックは、カズオ・イシグロ著『日の名残り』にも登場します。

老齢になった主人公の執事スティーブンス（映画ではアンソニー・ホプキンスが演じる）が、戦前にともに働いた女中頭のミス・ケントン（映画ではエマ・トンプソン）に再会することも目的に加えて、デヴォン、コーンウォール地方に旅に出ます。

原作では、主人公の運転する車は、彼女へのほのかな恋心を秘めながら、オックスフォード近くにある長年勤めた屋敷、ダーリントン・ホールを出発します。ソールズベリーの中心に近い宿で一泊、サマセット州トーントンの町で二泊目を過ごします。そして三泊目はこのタビストックの宿に滞在し、その後、目的地であるコーンウォールのウェイマスへと道を進んでいくのでした。

エプロンの歴史

エンド・ハウスの家政婦、エレンがエプロンの端をもじもじとたたみながら語るしぐさ、それがいかにもいいにくいことを話すときの様子を表していておかしくなります。どんなエプロンをつけていたのでしょうか？　腰からの白いエプロンでしょうか？　それとも胸当てのついたものだったのでしょうか？

エプロンの語源はラテン語のmappa（布）で、中世フランス語のnapperon（小さなテーブルクロス）を経てnapronになったあと、それに不定冠詞がついたa napronとなり、それをan apron

ブラッドフォード・オン・エイボンにあるブリッジ・ティールーム

と誤解してapronになったという歴史があるそうです。

エプロンそのものは数千年も前のエジプトから存在したそうで、もとは王や司祭などの権威を象徴するものでした。古代エジプトの壁画や絵画のなかに三角形の布を身につけた男性が行事や武装の衣装としてエプロンを使っていた様子が描かれています。

中性のヨーロッパでは主婦、商人、職人などがそれぞれの目的で、ユニフォームのようにさまざまな素材で作ったエプロンを身に着けていました。また、色によってもその職業が区別されていたそうです。紫は司祭、精肉業は青のストライプ、理容師は格子柄、こうした風習はいまも受け継がれています。

ジョン・シーモア著『イギリスの生活誌』によると、十九世紀半ばまで、働く女性の、特に農村の女性の服装は基本的に同じであったといいます。「シフト」と呼ばれるスモック型のドレス、くるぶし丈のペティコート、大きなショール、そして、胸当てのない、腰にひもで縛るエプロンが定番でした。これが伝統的な料理用のエプロンとなり、メイドや主婦たちが身につける一般的なものとなりました。

私のお気に入りのイギリスのティールームのひとつにブラッドフォード・オン・エイボンにある「ブリッジ・ティールーム」があります。そこで働くウェイトレスが身に着けているエプロンは白地にフリルがついた愛らしいもの。頭にはこちらも白字にフリルのついた小さなキャップのようなものを載せています。ビクトリア朝時代のメイドを模したその姿が、手づくりのケーキの味わいとともに、このティールームの雰囲気のひとつとなっていることは間違いありません。

エプロンが印象的なブリッジ・ティールームの制服

Murder on the Links

『ゴルフ場殺人事件』

イギリスのカトラリーの歴史

『ゴルフ場殺人事件』
一九二三年

　南米の大富豪ルノーからポアロに、至急フランスに来てほしいと手紙が届く。さっそくポアロは出発するが、ジュヌヴィエーヴ荘に到着してみるとルノーは今朝殺されたと告げられる。殺人を防げなかったポアロはプライドをかけて捜査に取り組む。女性関係か、遺産問題か、脅迫か!?　事件の真相は意外な結末に……!

『ゴルフ場殺人事件』と題しながらも、ゴルフ場がそれほど大きな意味を持って描かれている作品ではありません。

「そりゃあもう。ここにゴルフ場ができるのも、ムシュー・ルノーの寄付金によるところが大でしてね。コースのレイアウトにまで口をはさんだくらいです」

　南米の富豪ルノー氏の家の前にできるゴルフ場はまだ建設中で、バンカーの穴のできる予定のところで、ある事件が起きる場面などは登場しますが……。

　そもそも原題『The Murder on the Links』のLinksは、ゴルフ場といっても「海辺に作られたゴルフ場」を意味します。全英オープンなどが行われる、スコットランドの名高いゴルフ場であるセント・アンドリュースはLinksのひとつということになるでしょう。海からの風がプレイヤーを悩ませる難関ゴルフコースでも有名です。

　カレーとブローニュの中間にある品のいい「メランヴィル」という町に、ルノー氏のフランスでの家があります。ルノー氏からの依頼の手紙を受け取ったポアロとヘイスティングズは、ロンドンからドーヴァーに向けてビクトリア駅を発ち、ドーヴァーからは船で海を渡り、フランスのカレーに到着します。

この作品のなかで、ポアロもヘイスティングズも捜査のためにドーヴァーとカレー間の船の旅を何度もこなしています。何しろ泳いで渡ることもできる距離であるわけですから、それだけ近いということになります。現在では海底トンネルでつながっているので、イギリスから車のままフランスへと渡ることができ、クリスティーが知ったら、さぞかし驚くであろうほどに格段に便利になっています。

食の場面を多く描くクリスティーにしては珍しく、この作品では食の場面がほとんどありません。夕食の場面もイギリスではなくフランスで、腹ペコのポアロとヘイスティングスが楽しむのはオムレツとリブステーキでした。リブステーキというと、骨つきの大きなボリュームたっぷりのステーキが想像できます。

ステーキは古代北欧語「steikjo（焼き串に刺したロースト）」が語源で、イギリスでは古くから肉の料理法として一般的でした。十五世紀ごろは、ビーフステーキは茶色に焦げ目をつけるように焼き、シナモンをふって、辛いソースで味わうものだったようです。

ポアロたちが楽しんだリブステーキは肋骨つきのリブのプライムカットを使ったビーフステーキのことで、ひれ肉のステーキなどよりも手ごろな価格で食べられます。よく動かす筋肉質の部位の肉であるため、ひれステーキよりも風味もよいのが特徴で、脂身がほどよく入るため身はやわらかく、ゆっくりローストしたり、グリルしたりするのに適している部位だといいます。

じっくり焼いた大き目のリブステーキは、フランスでしたら、これにポンム・フリとよば

『邪悪の家』ではポアロは「ロールパンとコーヒーだけという大陸風の朝食」にこだわっていたが、『ゴルフ場殺人事件』では朝食に2個目のゆで卵を食べている。写真はイギリスの卵売り場の光景

れるジャガイモの揚げたものがたっぷりと添えられることでしょう。ステーキ＆ポンム・フリは、私がフランス語を学んだときの教科書にも登場するほど、フランスでは定番中の定番のレストランのメニューです。

ステーキは、シンプルに、グリルするだけの料理法であるだけに、肉の質が大いにそのおいしさを決定づけるわけですが、周りは茶色に焦げ色がつきながら中がまだ生である状態をブルー、よく焼けた状態ウェルダンとブルーの間がミディアムと呼ばれます。食通のポアロのお好みの焼き加減はいかなるものなのでしょうか。

イギリスのカトラリーの歴史

ステーキを食するときに、ナイフとフォークは欠かせません。『ゴルフ場殺人事件』では食事用ではありませんが、「なるほど、なかなかの切れ味です。これならひとを殺せますな」とポアロにいわしめる「黒い柄、光沢のある細い刃。長さは十インチもないペーパーナイフのように見えるもの」が登場します。そのナイフは、ルノー氏の息子が「空軍に従軍した、戦争の記念として流線型の飛行機のケーブルで作ったもの」でした。

カトラリーとして食事に使うナイフは、ヨーロッパの食事においてフォークよりも先に使われはじめました。獲物をさばくにも、ローストしたかたまり肉を切り分けるにもナイフは必要とされ、特にテーブルでのカービングはその地位の高さを示すものでした。いまもサンデーローストで、一家の家長がロースト肉をカービングする役割を担うことは、中世の習慣から引き継がれたものです。

いつもの夕食の時間はとっくに過ぎていたので、ふたりとも腹ぺこだった。それで、最初に見つけたレストランに飛びこみ、おいしいオムレツとリブステーキに舌鼓を打った。

食事のあとブラック・コーヒーを飲みながら、ポアロは言った。

訳：田村義進『ゴルフ場殺人事件』（早川書房）より

フォークの普及はイギリスでは十七世紀末以降といわれています。十六世紀のヨーロッパ諸国では手で食べることが一般的でした。

聖書では神がモーセに向かって聖櫃のためにスプーンを作るように命じました。子供が生まれたときのお祝いなどに銀のスプーンを贈るようになったのは、すでにこの時代から始まっていたのでしょうか？

たとえ裕福な家庭でも十八世紀末になるまで客一人ずつにカトラリーを並べるということはなかったそうで、地方になるとその普及はもっと遅くになってからのようです。

王室をはじめ、裕福な家庭では、食器の発達とともにフランス風のテーブルセッティングが導入され、カトラリーの普及とともに料理もスープやソースがかかったものなど、より洗練されたものが供給されるようになり、キッチンとテーブルはともに発展していきます。

ビクトリア朝やエドワード朝時代を通じて作られた高級なカトラリーは二つの世界大戦のあと、ステンレスの普及により銀ではなく、安価なものが作られるようになっていきます。

それにより一般の家庭にも使えるような、手ごろなカトラリーが広まっていくことになったのでした。

The Secret of Chimneys

『蜘蛛の巣』

さくらんぼをのせたケーキ

この戯曲は一八五四年にロンドンのサヴォイシアターで初演されました。クリスティーと演劇いえば、一八五二年のロンドンでの初演以来、二〇二〇年三月に新型コロナウイルスの流行により公演が中断するまでロングランを続けた「ねずみとり」が有名です。

けれどもほかに十六編の戯曲を書いていたことは忘れられがちかもしれません。『蜘蛛の巣』では学校から帰ってきた少女がお腹をすかせ、さくらんぼがついているケーキを求めます。ケーキにのせるさくらんぼといえば、生のものではなく、日本でも昔からパウンドケーキやクッキーを飾る定番である真っ赤なドレンチェリーです。イギリスではグラッセ・チェリーと呼ばれるものでしょう。

私はこの赤いチェリーを手に取るたびに、幼稚園のころに友だちの家でおばあさんが焼いてくれたパウンドケーキの味を思い出します。上にのせる赤いチェリーと緑のアンゼリカを私たち子供に飾らせてくれたことも、その台所での楽しかった様子までもが心のなかに温かい気持ちと共に、いまもなお思い出されるのです。

『蜘蛛の巣』
一九五四年

田舎のコップルストーン邸では、客の男たちがポートワインの利き酒やゴルフに興じていた。主人のヘンリー・ヘイルシャム＝ブラウンが賓客を迎える外務省の仕事で不在にするなか、妻のクラリサ、前妻の娘ピパを巻き込む殺人事件が起きる……！ 死体をめぐる謎の真相は？

ダービシャー州ベイクウェルには、さくらんぼがのったお菓子・チェリーベイクウェルがある

黒い森のケーキも、サワーチェリーがのっている。ドイツで生まれ、イギリスでも人気のお菓子。
写真はブラッドフォード・オン・エイボンにあるブリッジ・ティー・ルームのもの

ピパ（出ていきながら）上にさくらんぼが付いてるケーキは？
クラリサ（奥で）もうないわよ、昨日あなたが食べちゃったじゃない。
訳：加藤恭平『蜘蛛の巣』（早川書房）より

このドレンチェリー、グラッセ・チェリーは、意外に思うかもしれませんが、生のサクランボを砂糖で煮て作られたものです。市販のものは赤く色づけされているようですが、生のさくらんぼが出回る季節に手作りすることも可能のようです。

イギリスでさくらんぼがのったケーキといえば、まず思いつくのが、イングリッシュ・マドレーヌです。基本的なバターケーキの種をダリオール型と呼ばれる、プリン型を細身にしたような金属製の型を使って焼いたもので、焼きあがったら周りにイチゴジャムなど赤い色合いのジャムを塗り、そのうえにココナッツをまぶします。仕上げに赤いグラッセ・チェリーをのせてできあがりです。この赤いチェリーがなければこのお菓子が成り立たないほどに小さいながらも大きな存在感を発揮し、その愛らしい形でお茶の時間に楽しまれてきました。

ダリオール型を使ったマドレーヌの昔ながらのレシピは、有名な料理人だったチャールズ・エルメ・フランカテリが出版した『The Modern Cook』（一八四六年）に見ることができるとのこと。そのレシピでは、ジェノワーズと呼ばれるスポンジ生地の種をダリオールやマドレーヌ型に流して焼くとありました。ジャムを塗ってココナッツをまぶすことは書かれていませんが、中央をくり抜いてジャムなどを詰め、くり抜いたときにできるスポンジでその穴をふさぐこともできるというアイデアを紹介しているので、ジャムを使うことは明らかです。

フランカテリはイギリスに生まれながら、フランスのカレームのもとで修行をしたシェフで、ビクトリア女王の料理人として一八四一〜四二年の短い期間だけですが、働いた経験を持っています。生涯で四冊出版した料理書に、修行したフランスのレシピ、そのあとに過ごしたイギリスでのレシピも盛り込まれています。

Recipe

イングリッシュ・マドレーヌ

English Madeleine

材料（ダリオール型7個分）

無塩バター……100g
グラニュー糖（微粒子）
……100g
卵……2個
中力粉（薄力粉でも可）
……100g
ベーキングパウダー
……小さじ1

仕上げ用
ラズベリージャム
……大さじ4（種を漉す）
ココナッツ（ファイン）
……大さじ3
ドレンチェリー
……4個（半分に切る）

作り方

1. オーブンは180℃に余熱しておく。ダリオール型にはやわらかくしたバター（分量外）を底、側面全体に刷毛で塗り、底には型に合わせて切り抜いたベーキングシートを敷く。材料はすべて室温に戻しておく。

2. ボウルに室温に戻したバターを入れ、なめらかにしたところに、グラニュー糖を加えて白っぽくなるまで、ハンドミキサーまたは泡だて器ですり混ぜる。

3. 卵はよく溶きほぐし、1に少しずつ加えて、さらによくすり混ぜる。

4. 中力粉にベーキングパウダーを加えて合わせたものをふるい入れ、ゴムベラでさっくりと切るように混ぜる。

5. 1で用意した型に等分に4を入れ、型の底をトントンとテーブルなどに打ちつけて、表面を平らにする。あらかじめ温めておいたオーブンに入れ、竹串をさしてみてなにもついてこなくなるまで約20分焼く。型から出して冷ます。

6. ケーキの下になる部分のふくらんだケーキを切りとって平らにする。種を漉してなめらかにしたラズベリージャムを電子レンジでほのかに温める。ケーキの底にフォークを刺し、ケーキ全体に温めたラズベリージャムをナイフで塗る。ココナッツは平らな皿に入れ、そこにジャムを塗ったケーキを転がすようにしてココナッツを全体にまぶす。皿に盛りつけ、上にドレンチェリーを半分に切ったものをのせてできあがり。

湖水地方のホテルの夕食のデザートに出されたチョコレートムース。『蜘蛛の巣』では育ちざかりのピパが、バンズ、ミルク、チョコレート・ビスケット、バナナを食べても空腹がおさまらずチョコレートムースを食べる

執事が休みの木曜日。外務省の仕事で忙しい夫のため、クラリサが用意するのはコールドハムを使ったハム・サンド。サンドウィッチが犯人の矛盾を明らかにする道具にもなる。写真はロンドンの老舗カフェ、ニューエンズで食べたサンドウィッチ

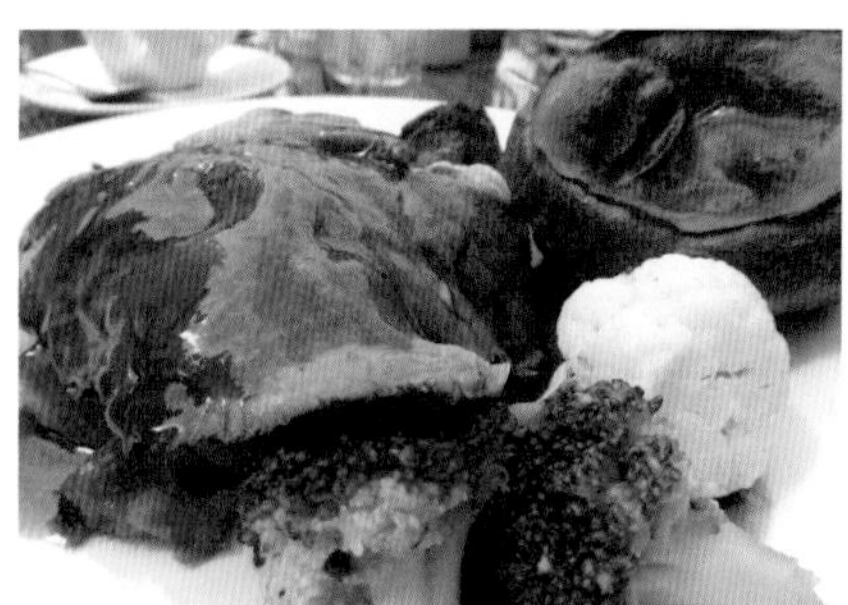

庭師のミス・ピークはブロッコリーの話をきっかけに、コップルストーン邸に入ってくる。ブロッコリーもイギリスで料理のつけあわせによく用いられる野菜

会談の邪魔をしないよう、クラリサは朝食用のソーセージを焼いて、ピパと分け合って勉強部屋で宴会をやるという。ソーセージもイギリスの朝食の定番メニュー

クラリサ　それで、主人たちは話をしているあいだにサンドウィッチを食べることになっていて、わたくしは勉強部屋でムースを食べることになっていたんですの。

警部　ムースを勉強部屋で……。ほう、なるほどね……。

クラリサ　そうして、サンドウィッチをあそこに置いて……（とストゥールを指し）お部屋を片付けはじめて、本を書棚へしまおうとしたら……ええ、そのときなんですの……そのとき、ほんとにあれにつまずきそうになって……。

訳：加藤恭平『蜘蛛の巣』（早川書房）より

イングリッシュ・マドレーヌ

ダリオルール型で焼くのがポイント。
レシピは165ページへ

The Man in the Brown Suit

『茶色の服の男』

英国最古の香水・ラベンダー水

ポアロもミスマープルも登場しない『茶色の服の男』には、かつてのクリスティー自身を彷彿とさせる、若く活動的な女性、アンが活躍します。

主人公のアンはロンドンで平凡な暮らしを送っていましたが、「茶色の服を着た男」を追うように、キルモーデン・キャッスル号でイギリスから南アフリカへと冒険のような旅に出ることになります。そしてクリスティーも三十三歳のときに南アフリカ行きのキルドナン・キャッスル号という船に乗り込んだ事実があります。

「今度の旅はとても暑くなるわよ、アン。特に明日はカルーを通るのですから。オーデコロンかラベンダー・ウォーターは持ってきたわね？」

社交界の花形で、〝当代切っての洗練された夫人〟の誉れ高いシューザンは、疑惑の人物の秘書からアンを逃がすため、とっさにこう尋ねるのです。「持ってくるのを忘れた」とわざと答えるアンの返答を受けて、その秘書に薬局へとオーデコロンを買いに行かせます。オーデコロンと並んで、ラベンダー・ウォーターの名前を出すところなど、やはり彼女がイギリス人で、日ごろこの香水を使っていたという証でしょうか。

『茶色の服の男』
一九二四年

大学教授の父を亡くしたアンは、ロンドンで職探しを始める。面接を受けたある日、地下鉄で殺人事件に出くわした彼女は、被害者を看取った医者が落とした一枚の紙切れを拾う。女流冒険家を自称するアンは事件の謎を解くため、サウサンプトン港を出発し、南アフリカのケープタウンを目指す……！

ラベンダー・ウォーターと呼ばれていますが、これは水ではありません。ラベンダーから採った精油であるエッセンシャル・オイルをアルコールと合わせたものが、ラベンダー・ウォーターであり、イギリスで作られた最も古い香水と考えられています。

ラベンダーはさわやかなその香りに、気分をなだめ、リラックスさせる効用とともに、疲れを癒し、活力を与えるという効き目もあります。クリスティーもアフリカの旅行中、暑さと長旅で疲れたときには、ラベンダーの香りが必要だったにちがいありません。

私が親しくしているイギリス人の女性も、出かけるときには、ハンカチーフにこのラベンダー・ウォーターを数滴染み込ませたものを、バックに入れておくといっていました。人混みで疲れたり、気分が悪くなったときにさっとバックからそのハンカチーフを取り出してラベンダーの香りを吸い込むことにしているのだと話してくれました。普段の生活でもこの香りの効用は身近なところで生かされているようです。

このラベンダー・ウォーターを最初に販売したのはヤードリー社です。そもそもの起源は、チャールズ一世(一六二五—四八)の治世に始まります。

若きヤードリー氏は王室に大金を払い、ロンドンの町で使うすべての石鹸を製造する特権を得ます。その事業の詳しいことは、ロンドンの大火災ですべて焼けてしまいましたが、唯一確かなことは、ラベンダーの香料を石鹸に使ったということでした。

その子孫が再び石鹸と香水の会社である「ハウス・オブ・ヤードリー」を起こしたのが一七七〇年のこと。その後、香水が衰退した時代を経て、一九一〇年にロンドンのボンドストリートに店を構え、ラベンダー製品の需要を伸ばすための宣伝も拡大しました。そして一九

だがさすがのパジェットも、シューザンの才気までは計算に入れていなかった。

「きっとものすごく暑い旅になるわよ、アン」と、彼女がいきなり言った。

「とくにあした、カルー高原を横断するときなんかはね。ぜったいオーデコロンかラベンダー入りの化粧水か、そのてのものが必要——持ってきたでしょうね?」

訳:深町眞理子『茶色の服の男』(早川書房)より

一三年に、ラベンダー・ウォーターをはじめ石鹸などラベンダーの香りをつけた製品を「イングリッシュ・ラベンダー」として売り出したのです。

ラベンダーは原種の系統がいくつかに分かれていますが、そのなかで香り、薬効ともに優れているといわれるのが学名でラヴァンデュラ・アングスティフォリア（Lavandula angustifolia）、またはラヴァンデュラ・オフィキナリス（Lavandula officinalis）という品種。このラベンダーから採った精油がヤードリー社の商品に使われました。

「アングスティフォリア」とは「細い葉の」という意味があり、「オフィキナリス」とは「薬用の」という意味で、そもそも古代ローマ人が入浴の際の芳香剤として、また医薬品として愛用していたのがこのラベンダーでした。紀元前五四年の古代ローマ人によるブリタニア（イギリス）侵略とともに、ラベンダーはもたらされたと考えられています。

ラベンダーという言葉は、古代ローマ人が浴槽をこの花で香らせていたことに由来するラバレ「lavare（洗う）」という動詞が起源の、ラテン語のラバンド（lavando）から名づけられた説や、独特な美しい紫色に由来するリベレlivere（青い）という言葉から名づけられたという説などがあるようです。

地中海沿岸地方が原産地であるラベンダーがなぜ、イングリッシュ（英国の）・ラベンダーとして親しまれ、製品の名前にもなり、品種名としても定着するようになったのか、おおいに混乱を招くところです。私自身、ハーブを学びはじめたころ、イングリッシュ・ラベンダーとしてイギリスの人々がこの品種を庭に栽培して楽しんでいるのを目の当たりにして、不思議に思いながらも、大好きな花としてその名前を覚えたものでした。

ラベンダー売りの少女の図像がラベルに印刷されているヤードリー社のイングリッシュ・ラベンダー。ディケンズの『荒涼館』で、主人公のエスターはバークシャー州レディングからロンドンへの長い旅の終わりにラベンダー水で目を冷やしている

イングリッシュ・ラベンダーと名づけられた理由を、キュー・ガーデンに問い合わせてみたところ回答が届きました。外来種でありながらイギリスの気候にとても合い、よく育つためイングリッシュ・ラベンダーという名がつけられたという説明でした。

さらにそのなかにも複数の種類があり、たとえばヒドコット種などはコンパクトな茂み、濃い紫色の花穂が特徴です。イングリッシュ・ラベンダー全般をトゥルー・ラベンダーとも呼び、最も香りがよいラベンダーオイルが採取できるともたたえられています。

高温で多湿の土地ではイングリッシュ・ラベンダーよりも、グロッソと呼ばれる交配種（甘い香りがするイングリッシュ・ラベンダーと、樟脳が多く刺激的な匂いがあるスパイク・ラベンダーの交雑種）、ラベンダー・インターメディアやハイブリッド・ラベンダーとも呼ばれる品種が育てやすいそうです。わが家でも初夏になると、プランターに植えたこのラベンダーが何年にもわたって咲き続けてくれています。頼もしい品種であることは間違いありません。

「インリッシュ・ラベンダー」を売り出したヤードリー社のラベンダー製品にはかつて、すべてにトレードマークがつけられていました。それはラベンダー売りの少女の図像で、一九一三年以来使われていましたが、最近ではモダンなパッケージに変わっています。

実はこの少女の絵には、あるエピソードが隠されています。

ビクトリア朝のロンドンでは花や食べ物などを売り歩く、物売りの姿が盛んに見られました。たとえばコヴェント・ガーデンで生まれた画家のフランシス・ウィートリー（一七四七—一八〇一年）は、十四種のロンドンの物売りを絵に描いています。

ヤードリー社は彼の作品のひとつ、プリムローズの花売り娘の絵を使い、少女のかごに入

「Cries of London」シリーズの1枚「Two bunches a penny primroses, two bunches a penny」（1793年）。フランシス・ウィートリーが原画を描き、ルイージ・シアボネッチによって版画化された　akg-images/アフロ

つたプリムローズの花をラベンダーに代えてパッケージに利用したのでした。そしてその商品のすべてに〝イングリッシュ・ラベンダー〟と名づけました。

『茶色の服の男』が書かれたのが一九二四年のことですから、クリスティーもこのトレードマークがついたヤードリー社のラベンダー・ウォーターを愛用していたかもしれません。当時ラベンダーはロンドン近郊のサリー州ミッチャムにあるラベンダー畑からロンドンに運ばれ、売られていましたから、この絵の様子も日常に行われた事実としてあったことでした。

その証拠にロンドンでのラベンダー売りの売り声の記録がいくつか現在も残されています。そのひとつが、一八九三年に刊行された『English Country Songs』に書かれているものです。

Will you buy my sweet lavender, Sweet blooming lavender, Oh buy my pretty lavender, Sixteen bunches a penny.

私の良い香りのするラベンダーはいらんかね。甘い香りのラベンダーだよ。かわいいラベンダーはいらんかね。一束十六本でたったの一ペニーだよ。

ラベンダーとお菓子

ラベンダーはその香りだけでなく、広く料理やお菓子、飲み物などで楽しむことができます。ヤードリー社とかかわりのあったチャールズ一世の王妃、ヘンリエッタ・マリアは、ラベンダーの花の砂糖菓子を好んだことでも有名です。そのレシピは一六五五年に出版された『The Queens' Closet Opened』にも載っています。この本は王妃のレシピと食事療法を集めたものです。かつて大英図書館でこの本を閲覧することができ、その木版刷りのページから当時愛されたであろうレシピの数々を夢中で写し取ったことがありました。そのカサカサしたページから当時の暮らしがよみがえってくるようで、ハーブの奥深さを実感したものでした。

エリザベス一世は、ラベンダーの砂糖漬けを愛用し、ラベンダーの花のハーブティーも頭痛を鎮めるためにハチミツを入れて日に何杯も飲んでいたといいます。一国を預かっていた女王の責任と苦悩をラベンダーが癒していたのかもしれません。

ビクトリア女王は、ラベンダーで宮廷を香らせるほどにラベンダーを好み、自分の宮殿でラベンダーの花から精油を蒸留させていたともいわれています。スティルルームと呼ばれる蒸留室をきっともっていたことでしょう。ロンドン郊外にあるハムハウスでも近年、蒸留室が発見されました。

砂糖のなかにラベンダーを入れて香りを移したラベンダーシュガーは、いまもビスケットやケーキを作るのに使われます。また肉料理の香りづけやバーベキューの際にラベンダーを火に加えてその香りを焼いている肉に移して楽しむこともできます。

はるか昔にイギリスにもたらされたラベンダーは、まるで自国で生まれたハーブのように、親しまれ、栽培されて、香り、味わいともにイギリスの暮らしに生かされてきた、長い歴史を秘めたハーブのひとつです。

大英図書館で複写した『The Queen's Closet Opened』

スノーズヒル・ラベンダーファームに併設されているティールームで撮影したラベンダーシュガーを使ったショートブレッド（左）。ミッチャムに復活した畑、メイフィールド・ラベンダー・ファームで販売していたラベンダー・ティーとラベンダー・マフィン

コッツウォルズ・スノーズヒルにあるスノーズヒル・ラベンダー・ファーム

1610年、ロンドン西部のリッチモンドに、ヴァヴァスール卿のために
建てられたハムハウス

ハムハウスの敷地内で近年発見されたスティルルーム（蒸留室）の跡

The Face of Helen

「ヘレンの顔」『謎のクィン氏』より

キュー・ガーデンのブルーベル

この作品のなかで「つりがね草」と訳されているのはブルーベルのこと。そして、サタースウェイト氏がその花を見に出かけたキュー・ガーデンはロンドン郊外にある王立植物園です。五月の声を聴くと、私もキュー・ガーデンへブルーベルを見に出かけていたものでした。

キュー・ガーデンに建てられたシャーロット王妃のコテージの周囲一帯はこの季節になると、まるで青いじゅうたんを敷き詰めたようにブルーベルの花で埋め尽くされます。それまで何もなかったただの原っぱが、幻想的な光景に変わるのは、自然のなす魔法としかいいようがないほどに神秘的です。キュー・パレスから反対方向に当たる、ガーデンの端に位置するために訪れる人も少なく、いつもはひっそりとしていますが、ブルーベルの咲く季節だけは、観光客でにぎやかになるのです。ここのブルーベルは一八九九年に植えられたものといわれていますが、その長い歴史を考えるとき、どれほど多くの人がこの同じ光景を見て、魅せられたことか、時を超えても変わらぬ植物の美しさを感ぜずにはいられません。

キュー・ガーデンの歴史は、イギリス王室の離宮のひとつである、キュー・パレスに造られた国王の私的庭園として始まりました。私が初めてキュー・ガーデンを訪ねたのは、そこ

「ヘレンの顔」
一九三〇年

オペラハウスでひとりオペラを鑑賞するサタースウェイト氏は、探偵のクィン氏に声をかけられボックス席に招かれる。終演後、美しい娘をめぐりけんかが始まり、サタースウェイト氏はその娘を家に送ることになる。次の日曜日、サタースウェイト氏はキュー・ガーデンに出かけ、その午後、ティーハウスのそばでオペラハウスの娘と再会する。その後、彼女の身に思わぬ事件が起きることに……。

に造られているハーブガーデンを見るためで、その監修に当たっていたドクター・ハリウェルとも約束して面会できました。

一七五九年、オーガスタ皇太子妃によって作られ、その息子である国王ジョージ三世がキューの発展に寄与します。ブルーベルが咲くコテージは、結婚の記念としてジョージ三世がシャーロット王妃のために建てたものです。藁ぶき屋根の田舎家風の造りで、芸術の才能に恵まれた娘のエリザベス王女が後に、内装に植物の絵を描いています。

イングリッシュ・ブルーベルが咲く森は古い森

ブルーベルを見て歩くことをイギリスでは〝ブルーベル・ウォーク〟というのだそうです。野生のブルーベルを見たければ、イギリス各地に点在する森のなかに自生するブルーベルを見にいかなくてはなりません。ブルーベルはユリ科の多年草で、釣り鐘状のブルーの花が愛らしい植物。ワイルド・ヒヤシンス、フェアリー・フラワーなどの別名を持ち、茎がうなだれるようにベルのような愛らしい花をつけます。

うつむくように咲く花茎はイギリス産の「イングリッシュ・ブルーベル」、直立した太い茎は外来種の「スパニッシュ・ブルーベル」で、近年の庭でよく見られる品種はスパニッシュ・ブルーベルが多いようです。イギリスの庭でもだんだんと外来種に侵食されている状況にあるのは残念です。自生のイングリッシュ・ブルーベルは近年、急激にその数を減らし、保護植物に指定され法律で守られています。「イングリッシュ・ブルーベルが咲く森は古い森」なのだそうで、調査の指標にもなっているようです。自然保護団体であるナショナル・

つぎの日曜日の午後、サタースウェイト氏は石楠花を見にキュー・ガーデンへ出かけた。遠い昔(信じられないくらい昔のように思えた)ある若い女性と車でキュー・ガーデンを訪れ、つりがね草(ブルーベル)を見たことがあった。サタースウェイト氏はあらかじめ綿密に計画をたて、これから言おうとすることや求婚に使う言葉を、はっきりと心に決めていた。

訳：嵯峨静江「ヘレンの顔」
(『謎のクィン氏』早川書房)より

トラストも、イギリス各地でブルーベルの森そのものをいくつも保護しています。

私が毎年通っていたモッセス・ウッドもその森のひとつで、ブルーベルが満開になる季節に訪ねても人に会うことがなく、静けさのなかでその美しさに浸ることができました。いまでも、なんと幸せな時間を楽しむことができたのだろうと思い返されます。

「妖精の花」といわれるのもうなずける愛らしさと不思議さを同時にあわせ持つ花、その香りにも惹かれます。日本に住んでいると、その香りがなつかしくなりますが、幸いにもペンハリガン社が、ビクトリア朝時代を真似た美しい瓶で、ブルーベルの香水を販売していたころのひと瓶がまだ残っているので、その香りに遠く離れても触れることができます。

ウィリアム・モリスのテキスタイル・デザインにも「ブルーベル」と名づけられたものがあります。ロンドンのサウス・ケンジントンにある、ビクトリア＆アルバート博物館所蔵のリネンから発想されたといわれますが、完成したプリント綿を見ると、曲線と繰り返しのパターンで構成され、ブルーベルの小枝とセイヨウオダマキはピンク色になっています。

『ピーターラビットのおはなし』の著者であるビアトリクス・ポターも好きな花のひとつにブルーベルを挙げています。彼女の『きつねどんのおはなし』には、ブルーヒヤシンスの名でブルーベルが描かれています。ブルーベルにはワイルド・ヒヤシンスという別名があることからポターはそう呼んだのでしょうか。彼女の晩年の作品『妖精のキャラバン』には、一面にブルーベルが咲く森のなかを歩く馬の姿が挿し絵として使われています。

ミステリーに、テキスタイルに、絵本のなかに、とブルーベルが描かれているだけで、イギリスの人たちは輝くように美しい、五月の季節を思い浮かべることができるのです。

著者が購入したペンハリガン社のブルーベルの香水

キュー・ガーデンのブルーベル。遠くに見えるのがシャーロット王妃のコテージ（上）。キュー・ガーデンのブルーベル。うつむくように咲くその姿、香りが印象的（左）キュー・ガーデンの近くにあるティールーム、ニューエンズ

The Murder at the Vicarage

『牧師館の殺人』

肉料理のつけ合わせ

この作品はミス・マープルが登場する記念すべき第一作長編です。

ミス・マープルはセント・メアリー・ミード村に住み、庭仕事が趣味。行き交う村人たちの人間観察から始まり、難事件も解決してしまうほどの人生経験を重ねた、類まれなる老婦人です。『牧師館の殺人』では語り手である牧師が的確にこの老婦人を説明しています。

「ミス・マープルという人は、常になんでも見ているのだ。庭造りというのは巧妙な煙幕で、強力な双眼鏡で小鳥を観察する習慣だって、常にそのために大活躍している」

物語の冒頭にある、ボイルド・ビーフを切り分ける場面は、このミステリーにおいてとても印象的です。牧師館の昼食なのですから、さぞや厳粛に穏やかに進むのかと思いきや、メイドのメアリという娘の給仕の仕方が反発的で乱暴なのには驚きます。

この日の昼食のメインであるボイルド・ビーフは、食卓に上るとイギリス人なら目を輝かせるといわれてきた家庭料理を代表すべきひと品です。この料理に使われる牛肉は塩漬けしたもので、料理の前に軽く塩抜きをしてから、粒コショウやナツメグなどのスパイスを加えた深鍋に、たっぷりの水を加えて三時間ほど煮込みます。

『牧師館の殺人』
一九三〇年

郊外にあるセント・メアリー・ミードは、牧師館の敷地にアトリエを構える画家をめぐる噂や、プロザロー大佐のもめごとぐらいしか話題のない静かな村だった。ところがある日、牧師館の書斎で死体が発見され、村はお騒ぎになる。犯人は逮捕されるが、老婦人のミス・マープルが意外な真相をあぶり出す……!

できあがったボイルド・ビーフを食卓で切り分けるのは、一家の主または父親の役目と決まっています。『牧師館の殺人』では「わたし」と称する牧師がその役割を果たすわけですが、ボイルド・ビーフはかなり固いようで、切り分けるのにとても苦戦しているようです。そのつけ合わせとして「やけにべちゃっとした、まずそうなゆで団子（原書ではdumpling）」と「お野菜（原書ではgreen）」を女中のメアリはぞんざいにテーブルに置いています。

ボイルド・ビーフでは、肉を煮込んだあとの鍋で、人参や玉ねぎ、カブやキャベツなどの野菜を入れてゆで、さらにダンプリングを加えてゆで煮するのが基本です。ゆで団子と訳されるダンプリングとは、小麦粉とスエット（牛脂）を二：一の割合で混ぜたところに水を加えてこねた団子のことです。日本でいえば、すいとんのようなものでしょうか。

皿に薄く切り分けたボイルド・ビーフ、そしてゆで野菜にダンプリングを取り分け、特にソースなどはなく、マスタードをつけて食べるのが一般的です。

『牧師館の殺人』では、ボイルド・ビーフのあとのデザートに、ライス・プディングも登場します。そう考えると、イギリスの家庭料理のよさも味わえる作品といえそうです。

わたしはすぐに答えなかった。というのもドスンと野菜の皿をテーブルに置いたメアリが、続いてやけにべちゃっとしたまずそうなゆで団子の皿を、わたしの鼻先に突きつけたからだ。

「いや、けっこうだ」というと、彼女はその皿をテーブルに放りだすように置いて部屋を出ていった。

訳：羽田詩津子『牧師館の殺人』（早川書房）より

ロースト・ビーフとつけ合わせ

同じ粉で作るとしても、ロースト・ビーフとなると、そのつけ合わせは変わってきます。

ロースト・ビーフにつきもののヨークシャー・プディングは、ローストしたときに出る脂を焼き型で泡が出るほどに熱したところに小麦粉、卵、牛乳を混ぜたゆるめの生地を流し入れてオーブンで焼いたものです。オーブンのなかで、その生地は魔法のように大きくふくらみ、黄金色に焼き上がります。プディングという名前からお菓子と誤解する人も多いのですが、まったく甘くない、シュークリームの皮のような感じです。ローストビーフの横でこんがりと焼いたじゃがいもと共に、つけ合わせとしてロースト・ビーフに欠かせません。

クリスティー作品では『パディントン発4時50分』に、オックスフォード大学卒のスーパー家政婦ルーシーが、ロースト・ビーフとヨークシャー・プディングを作るおいしそうな場面が登場します。

イギリスでは、日曜日に教会に出かけたあと、ロースト・ビーフに代表されるロースト肉を家族そろって食べ、家長がその肉を切る役目を担う、という昔ながらの狩猟民族的風習が受け継がれてきました。いわゆるサンデー・ランチです。私がハーブ留学と称してイギリスでお世話になったお宅でも、奥さんが教会に行く前にローストする肉をオーブンに入れるのが常でした。ビーフの時もあればラムや、チキンの丸焼きのこともありました。料理というものはあくまでも家庭にあるというのが、イギリス人にとっては自然なことなのです。

肉を料理するうえで一番簡単といえば、原始の狩猟時代にまで行きつきそうな料理、つまり、牛の鞍下肉一本を丸のままあぶり焼きしたロースト・ビーフがそれに当たります。今では多くがオーブンで焼きますが、それではベイクド・ビーフと呼ばないといけないでしょう。

大きな邸宅の平炉で、長い焼き串に刺した肉の塊を回しながら、下からの薪の火でゆっくりと焼いたロースト・ビーフなど過去のもの、いまでは味わえなくなってしまいました。アリソン・アトリー著『時の旅人』では、舞台となる十七世紀の大きなマナーハウスで、下働きの少年が大きな肉をローストするため肉の串を回す姿に、当時の様子が偲ばれます。

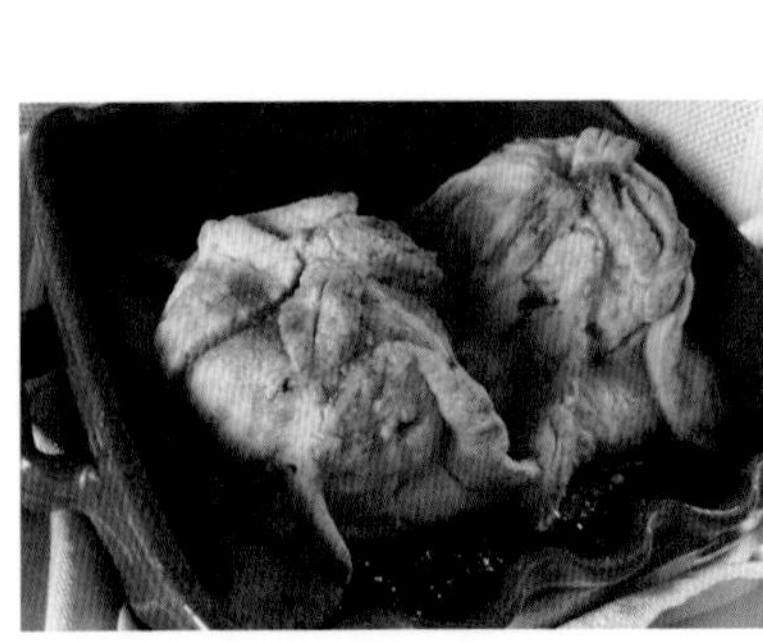

クリスティー作品では『ホロー荘の殺人』でグレンジ警部をもてなす昔風のデザートとしてアップル・ダンプリングが登場する。『三幕の殺人』ではふくよかな娘を「イギリスの蒸しパン（原書ではdumpling）」にたとえている

ヨークシャー・プディング

ロースト・ビーフの定番のつけ合わせ。
レシピは184ページへ

Recipe

ヨークシャー・プディング

Yorkshire pudding

材料（マフィン型約6個分）

卵……2個
中力粉……75g
牛乳……90g
塩……小さじ1/2～1
水……12g(約小さじ2と1/2)
植物油（グレープシードオイル、サンフラワーオイルなど）
または
ビーフドリッピング、ラード……約小さじ6

作り方

1. ボウルに粉と塩を合わせてふるって入れる。真ん中をくぼませたところに卵を割り入れ、泡だて器でこするようにすり混ぜる。途中で牛乳と水を加えてよく混ぜ合わせる。生クリーム程度のとろみの種になる。タッパーなどに入れて、少なくとも1時間、できればひと晩冷蔵庫で寝かせる。

2. オーブンは230℃に熱しておく。冷蔵庫で寝かした種は粉が下に沈んでいるので、全体をよく混ぜ合わせて、注ぎやすいように計量カップやジャグに移しておき、使うまで冷蔵庫に入れておく（熱した油に冷たい種を注ぐことで、周りからふくらみ、中央に穴ができる）。230℃に余熱したオーブンに、油を小さじ1～2注いだマフィン型を10分間入れて、油を熱する。

3. オーブンの熱を下げたくないので、油の入ったマフィン型をすばやく、火傷をしないように注意してオーブンから出したら、すぐにオーブンの扉を閉める。

4. マフィン型の熱した油のなかに、冷蔵庫から出した種を型の高さの半分程度に注ぐ。油のなかで種が泡を立てる。この動作もなるべく手早く時間をかけずに行い、できるだけ早くオーブンに戻す。

5. 15～18分、ヨークシャー・プディングがよくふくらみ、茶色の焦げ目がつくまで焼く。

※焼き上がりをすぐにいただくのが一番だが、事前に作り置いて、オーブントースターなどで温め直すこともできる

かつては、ロースト・ビーフの肉は富裕な人々の食べるもので、その肉が焼ける途中で滴り落ちる脂、グレイビーに、安価な小麦粉を薄く溶いた生地を流して焼いたヨークシャー・プディングは貧しい人々が食べるもの、と身分によって分かれていました。

ヨークを旅したとき、パブに入り、昔の名残のようなひと品を味わったことがあります。小さめの鉄のフライパンいっぱいにふくらんだヨークシャー・プディング、その上にはタマネギの入ったグレイビーソースがたっぷりとかかった熱々のひと皿です。かつての貧しい人たちにとって肉は高級で、食べることができませんでした。その昔の食生活をこのひと皿が物語っているというわけです。

ヨークシャー・プディングの起源は明らかではありませんが、ハンナ・グラスの『The Art of Cookery made Plain and Easy』（一七四七年）で、初めてbatterまたはdripping puddingとしてレシピが紹介され、肉の周りの脂のなかにスプーンですくった生地を落とし、小さな丸形に焼く方法が書かれています。そもそも「ヨークシャー」という名で北の地方で作られ、貧しい人ばかりでなく、一般的に前菜として食べられていたとのこと。高価な肉を食べる前にお腹をふくらませておくために食べられたのが、その後、ヨークシャー以外でも作られるようになったと見られているようです。ヨークシャーと名づけられたのは、肉を焼くために高温にできる燃料である石炭が、ヨークシャーで採れたことに基づいていると考えられています。このヨークシャー・プディングにソーセージを入れて焼いたものは「Toad in the Hole（穴の中のヒキガエル）」というユーモラスな名前を持ったひと品で、いまも家庭で作られています。

『牧師館の殺人』で牧師館の家族が食べるのは、ボイルド・ビーフとダンプリング

Why Didn't They Ask Evans?

『なぜ、エヴァンズに頼まなかったのか?』

ピクニックの楽しみ

サンドイッチを持って気軽にピクニックに出かける――イギリスでは特別なことではなく、日常生活のなかのひとこまにすぎません。ピクニックというだけで何日も前から準備をしたり、遠くまでドライブしたり、と思い描いてしまいがちですが、『なぜ、エヴァンズに頼まなかったのか?』の主人公、ウェールズの海辺町に住むボビイのように、近くの土手に出かけて昼食のサンドイッチを食べることもピクニックです。ボビイの友人の女性、フランキーがロンドンに出かけていなければ、もっと楽しいピクニックになっていたかもしれませんが。

私が初めてイギリスでピクニックを楽しんだのはもう何十年も前のある春のことでした。コッツウォルズ地方のハーブ園を経営している一家のところにホームステイしていたのですが、そこでは春先から毎日の食事がいつもピクニックのようでした。見晴らしのよい丘の上に建つ家でしたが、その庭に木のベンチとテーブルがあって、朝食からシリアルやヨーグルト、トーストやマーマレード、紅茶のポットまで持ち出して食べたものです。いまから思うと夢のようで、豊かな生活を経験できたものだとなつかしくなります。

近くの丘へピクニックに誘ってくれたのは、このハーブ園にハーブの苗を買いにやってき

『なぜ、エヴァンズに頼まなかったのか?』
一九三四年

主人公のボビイは、ウェールズの海辺にある小さな町に暮らす牧師の息子。彼はトーマス医師とのゴルフの最中に、崖から転落した男を発見した。男は「なぜ、エヴァンズに頼まなかったのか?」というひと言を告げて息を引き取った。男の死に疑問を抱いたボビイは、地元の城に暮らす上流階級の娘・幼なじみのフランキーとともに謎の言葉の意味を追う。

て親しくなった一家でした。日曜日にランチを持って野原で食べるというのです。

当時の日記のページを繰ってどんなメニューだったのか思い出してみました。

マッシュルーム入りのキッシュ、ギャランティーヌという薄くした鶏肉に牛挽き肉をのせて巻き、ゆでたもの。これはソーセージのような形のもので、薄く切りながら食べますが、ハーブのひとつ、ローズマリーの風味だったのが印象的でした。自家製のパテはフランスパンにつけながらその場でほおばります。野菜はキャベツのせん切りをマヨネーズで和えたコールスローとポテトサラダ。デザートは紅茶にホームメードのアップルケーキでした。

このピクニックのランチはかなり豪華なもので、確か奥さんは前日から料理を作って準備したといっていたのを覚えています。別に何時間もかけてどこかへ行かなくても、混雑した遊園地のようなところへ行かなくても、近くの自然のなかでも家族そろって豊かな休日は過ごせるということをこのピクニックでしみじみと感じたものでした。ランチのあとは、野原で昼寝をしたり、本を読んだり、家族で散歩をしたり。時間に追われて過ごしているウィークデーから解放されて、自分の心のままにゆったりと過ごすのです。

ケネス・グレーアムの『たのしい川べ』にも待ちこがれていた春がやって来たのがうれしくて、ネズミとモグラが川辺にピクニックに出かける場面があります。ローストビーフやコールドタンなどバスケットいっぱいのごちそう、飲み物はジンジャービールとレモネード。「ピクニック」という言葉の起源は「屋外の饗宴」という意味だったとのこと。フランス語のpique-niqueから派生した言葉のようです。

ピクニックとは、中世では狩猟のときに楽しむ食事のことでした。十四世紀ごろは狩猟前

ボビイはサンドイッチとビールを持ってピクニックに出かける。ジェイン・オースティン『エマ』でもボックス・ヒルのピクニックで人々はスプルース・ビールを楽しむ。写真は著者がイギリスのパブで撮影したビール

の食事が重要な意味を持っていたそうです。その食べ物とは、ペストリー、ハム、ローストした肉などでした。また狩猟の終わりには、獲物で得た鹿を料理して楽しみ、一日に二回もピクニックを楽しむことがあったようです。

私たちが今日イメージするピクニック——自然を楽しみながら食事をする——が定着したのは、ロマン派の詩人が中産階級に新たな自然の景観の美しさを啓蒙してからでした。

ビクトリア時代になると、ピクニックそのものが楽しまれるようになり、作家たちがこぞって、これを社交的なイベントとして作品に描きました。田舎の田園風景のなかでリラックスした人物と、美しい田舎の風景を描くことができたからです。

十八、九世紀のイギリスの田舎の中流社会を舞台にした小説で人気を博したジェイン・オースティンは『エマ』(一八一六年)で、主人公のエマをロンドンの南、サリー州にあるボックス・ヒルにピクニックに出かけさせています。人々はハトのパイ、コールド・ラムを持参して、この上なく怠惰に、のんびりと過ごすのです。

ジェイン・オースティンは私生活でも姉とのピクニックが大好きでした。ウサギのパイやゆで卵、ボウルいっぱいのイチゴといった好物を近くの野原に広げて楽しんだようです。

ピクニックに出かけるという娯楽は、イギリスでは一八二〇年代から一般に広まりました。そのころからサンドイッチの作り方が、はさむ具となるハムやタン、ロースト・ビーフ、エビの紹介とともに出版されるようになったのです。ビクトリア朝時代にベストセラーになった『ビートン夫人の家政読本』(一八六一年)にはなんと四十人分のピクニックのメニューが紹介されています。牛肉、ラムやガチョウなどの肉をローストしたもの、ハトや子牛のパイ、

土曜日になると、ボビイはもうこれ以上、家の重苦しい空気に耐えきれなくなってしまった。その夫といっしょに牧師館の切り盛りをしている家政婦のロバーツ夫人に、ボビイはサンドイッチを作ってもらうと、マーチボルトで買ったビールを一本ぶら下げて、たったひとりでピクニックに出かけた。

この数日間というもの、ボビイにはフランキーがひどく恋しくてたまらなかった。

訳：田村隆一『なぜ、エヴァンズに頼まなかったのか？』(早川書房)より

ロブスターにサラダをたっぷり、デザートには果物の煮たもの、プラム・プディングはじめいろいろなプディング、チーズ・ケーキなど、こちらも盛りだくさんです。

イギリスでは、五～七月の夏の行事で楽しむ野外の食事としてのピクニックもあります。

私も一度だけ経験があるアスコット競馬でのピクニックは、競馬が始まる前の駐車場の緑の上で、帽子をかぶって着飾った人々がピクニックを楽しむ姿で埋め尽くされます。取材で出かけた私たちには、さっきまで車を運転していた運転手さんが、急に変身して、テーブルに真っ白なクロスをかけて、グラスや皿を並べ、シャンパンとともに前菜からデザートまでまるでレストランのようにサーブしてくれました。これはフォートナム&メイソンのいわゆる出張ピクニックのサービスで、優雅な野外での食事をおおいに楽しみました。

野外音楽会でもピクニックはつきものです。

公園で行われるコンサートでは、野原でのピクニックを楽しみながら、音楽を楽しむのです。また、ウィンブルドンテニスでも会場のなかの小高い丘は「ヘンマンヒル」と名づけられ、センターコートのチケットを持たない人々が、巨大スクリーンで試合を見ながら、ピクニックを楽しむスポットになっています。

短い夏だからこそ、また日本のように蚊がいることもなく、暑さも厳しくないイギリスだからこそ楽しめる、夏の行事のひとつです。

ピクニックという単語には「楽しいこと」「楽な仕事」という意味があります。ピクニックの楽しさを考えると、これには大いにうなずけます。

ボックス・ヒルへ行こうという話は前から出ていたし、ほかの場所も候補に上がっていた。エマはまだボックス・ヒルへ行ったことがないが、一見の価値があるすばらしい所だとみんなが言うので、ぜひ行ってみたいと思っていた。

ジェイン・オースティン『エマ』（訳：中野康司　ちくま文庫）より

アスコット競馬の駐車場でのピクニック。フォートナム＆メイソンの出張ピクニックサービスを楽しんだこともある

ロンドン・ケンウッド・ハウスの野外コンサートでのピクニックの様子

ハロッズで買ったピクニック・バスケット。横にワインなど飲み物を入れる区切りがあり、ふたの裏には皮のバンドで皿やフォーク、栓抜きなどが収まるようになっている

ジェイン・オースティン『エマ』のピクニックの舞台、
サリー州のボックス・ヒル

ボックス・ヒルはナショナル・
トラストによって保護されてい
る（左）。ボックス・ヒルに咲
くブラックベリーの花（上）

The Cornish Mystery

オートミールの粥

「コーンウォールの毒殺事件」(『教会で死んだ男』より)

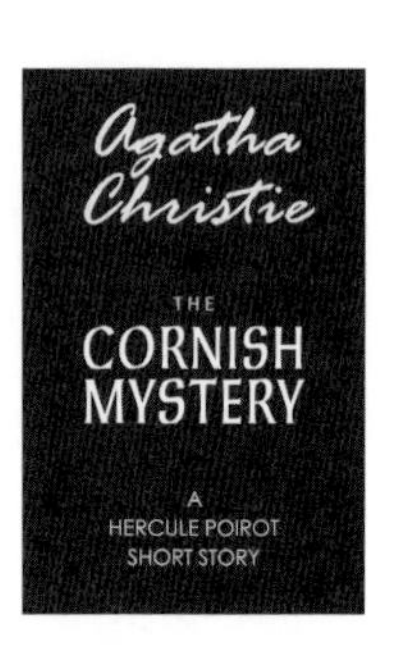

「コーンウォールの毒殺事件」
一九二三年

ポアロとヘイスティングズのもとへペンジュリー夫人がやってきて、「毒殺されかかっている気がする」と相談をもちかける。コーンウォールにある彼女の家をポアロが訪ねると、そこでは事件が起きていた……! 夫である医師、姪などに事件の聞き取り調査が始まる。

「やせた、さえない表情の五十女で、身につけているのは飾りひもで縁どりした外出用のスーツに金色のネックレス」と描写されるペンジュリー夫人。彼女はイギリス南西部・コーンウォールの市が立つ小さな町、ボルガーウイズからロンドンに住むポアロのところにはるばると相談にやって来ます。

朝食に作ったオートミールのお粥を食べると具合が悪くなると語り、夫が除草剤を加えて自分を殺そうとしているのではないかと心配し、ポアロにその調査を頼みにきたというわけです。夫人は歯科医師である夫とその助手の若い女性との関係を疑っていました。

翌日、約束通りにポアロが調査のためペンジュリー夫人を訪ねると、そこでは事件が起きていたのでした。いくらポアロといえども、さぞや驚いたことでしょう。

オートミールのお粥といえば、すぐさまポリッジを思い浮かべます。けれどもこの物語の原書ではグルーアル(gruel)となっています。グルーアルはポリッジよりうすいおかゆのことで、まさに「重湯(おもゆ)」ではないか、と思い当たります。

グルーアルの名前の由来はフランス語のgruau(細かく挽いた粉)にあるとのこと。中世には

おまけに、奥さまの召しあがるオートミールのお粥はちょうどテーブルのうえにあって、いつでもはこんでいけるようになっていた。あたし、このお屋敷にいるかぎり、これからはもう、食べ物はちょびっとでも口にいれません！　たとえ餓死しても、です

訳：宇野輝雄『教会で死んだ男』（早川書房）より

野菜、ハーブまたは、料理した牛肉の肉汁、調理した豚肉を細かくしたものを入れたものが作られたそうです。また、甘くするためにドライフルーツや砂糖、バターなどが加えられました。スコットランド人はこれを咳や風邪の病気の薬となると信じ、食べていたようです。チャールズ・ディケンズ作『オリバー・ツイスト』では、主人公の孤児のオリバーは、救貧院で、このグルーアルのおかわりをしたばかりに追いだされてしまいます。

そう考えると「コーンウォールの殺人事件」のベンジュリー夫人は元気そうで、しかも裕福であるのに、なぜにグルーアルを食べていたのか疑問です。

オーツはオーツ麦と呼ばれ、イネ科カラスムギ属の穀草です。少なくとも十世紀にはサクソン人が栽培し、スコットランド人が食べるようになり、イングランドでは十三世紀ごろから家畜の飼料として用いてきた長い歴史があります。

二〇二二年九月に九十六歳で亡くなられたイギリスのエリザベス女王お気に入りのオートミールは、テレグラフ紙によると、日本のスーパーマーケットでも買えるクエーカー・オーツであったとのこと。ウィータビックス、ケロッグとともにクエーカー・オーツもエリザベス女王の王室御用達に選ばれていました。女王は、朝はまずアールグレイの紅茶とビスケットで目覚め、そのあと、クエーカー・オートミールやシリアルとフルーツを合わせて召し上がることが多かったそうです。特にお気に入りのシリアルはケロッグの「スペシャルK」で、新鮮さを保つためにタッパーに入れて置くことを好んでいたとのこと。庶民的な感覚をお持ちだったことがわかります。

女王はシリアルのあとにマーマレードを添えたトーストを楽しまれることもあったそうで

す。その姿に私は、イギリスでの父親のようにお世話になったクックさんの姿が重なりました。冬になるとクックさんは自分で鍋をかきまわしながらポリッジを作っていました。そのポリッジには冷たい牛乳をかけ、ブラウンシュガーをかけるのが定番でした。クックさんはアイルランド出身でしたので、それがアイルランド流の食べ方だったようです。イギリスでは塩をかけるのが定番とのこと。そのポリッジを食べたあとに、カリカリに焼けたトーストを奥さん手作りのマーマレードをつけて楽しんでいました。

アイルランドは、四つの緑があるといわれるほど島全体が緑に包まれています。それを物語るように国花は緑色のシャムロックです。ただし洪積世まで氷河におおわれていたために土壌は薄く、夏の気温が低いため腐植土に乏しく、各地に泥炭層が発達しています。農村部では、この泥炭は切り取って乾燥し、燃料に使われています。

小麦栽培は比較的肥沃な東部地方に限られていて、主な作物はオーツ、大麦、ジャガイモ、テンサイです。ポリッジは中世以来長いこと、農民の正餐、ディナーとして昼食に食べるものでした。貧しい人の食べ物として考えられていたのです。

ところが現在ではその栄養価から、朝食の健康食品となっています。

二〇一七年に世界一高齢家族としてギネスブックに登録されたアイルランドの一家は、「長生きの秘訣はオートミール」と明言していたそうです。エリザベス女王がお元気に長生きされたのもオートミールのおかげだったのかもしれません。

オートミールは食物繊維や栄養分が豊富で、小麦などに含まれるたんぱく質を含んでいないグルテンフリーであること、時間をかけずに作ることができ、やわらかいことも老人には

イギリスの作家、ジュリアン・バーンズはポリッジにゴールデン・シロップをかけるとエッセイ『文士厨房に入る』に書いている。ジェイン・オースティン『エマ』では、エマの父であるウッドハウス氏は夜食は健康に悪いと信じているので「病人向きの薄いおかゆ（gruel）」を自分用に用意しており、娘たちや客にも勧める

大切な要素です。

料理用リンゴ、ブラムリーの原木のあるノッティンガム州のサウスウェルに住むジョアンさんは、拙著のためにアップルパイを作っていただいたこともある、お料理名人。食にはひときわ関心がある彼女に、朝食のポリッジについて聞いてみました。

女王お気に入りのクエーカー・オーツについて聞くと、それはブランド品であり、値段が高いので自分は買わないとの返事。何を選んでいるのかというと、その半値で買える袋入りのジャンボオーツか、ポリッジオーツを購入するとのことでした。

三〇gのオートミールに対して二五〇ccの水、または牛乳を加えて鍋に入れ、四分かきまわしてねっとりとやわらかくなるまで火を通せばできあがり。ポリッジは「クリーミー」でなくてはならないと何度も念を押されました。

スコットランドで、昔ながらに水車で粉をひくパン屋さんを訪ねて、そこでオーツを粉にしたものを買ったことがあります。グルテンを含まないので、ふくらませる必要がないオーツケーキをはじめ、スコーンやビスケット、ソーダブレッドなどのパンに使えます。パンに使う場合は、小麦粉の一部にこの粉を加えることもあります。オーツの粉そのものが手に入らなくても、オートミールをフードプロセッサーなどで砕いて使うこともでき、さまざまな焼き菓子などに使えるのも便利です。

芽キャベツとマンドレーク

『カーテン』 *Curtain: Poirot's Last Case*

『カーテン』
一九七五年

一九一六年に起きた事件を振り返りながら、ヘイスティングズはエセックス州にあるスタイルズ荘に向かっていた。それはポアロから誘いの手紙を受け取ったからだった。老いたポアロ、妻を亡くしたヘイスティングズ、その聡明な娘が集ったスタイルズ荘に、ポアロは「殺人犯を捕まえにきた」という。ポアロが示したのは類似点が何もないように思える五つの殺人事件のリストだった。

「私はここに殺人犯を捕まえにきたのです」

いまやゲストハウスになったスタイルズ荘に戻ってきた目的を語るポアロ。久しぶりに再会したヘイスティングズ大尉は、その仕事の助手として呼ばれたのでした。

クリスティーのデビュー作として名高い『スタイルズ荘の怪事件』で誕生したベルギー人の探偵ポアロ。そのポアロがいまや老齢となり、「関節炎に手足の自由を奪われ、車椅子生活になって、かつては恰幅の良かったポアロがすっかりやせ細ってしまっていた」という姿で登場するのは、彼の活躍を楽しんできた読者としては胸が痛くなるところです。

ポアロ最後の活躍を描く『カーテン』は、一九四〇年代初めに既に書き上げながらも、クリスティーが自分の死後に発表するように手配したといういわくつきの作品です。一九四〇年代といえば、『スタイルズ荘の怪事件』（一九二〇年）出版から二十年あまり、『杉の柩』『五匹の子豚』といったポアロが活躍する代表作を次から次へと発表していた、脂ののっていたクリスティーが、その同時期にすでにポアロの最後となる作品を書いていたことに驚きます。

「食事のほうは最悪のイギリス式でね。イギリス人がなんとも好きなあの馬鹿でかくて固い芽キャベツ。茹でたジャガイモは固すぎるか、ぼろぼろに荷崩れしているかのどっちかでね。野菜はもうただひたすら水っぽい。どんな料理もまったく塩コショウが利いていなくて――」

イギリスでの暮らしも長くなったポアロですが、イギリス流の食事に悪態をつき、やはりなじめないようです。なじめというほうが無理なことでしょうか。そういう私もポアロの意見には同感です。

私が親しくしていたイギリス人の家庭では、つけ合わせの野菜も歯応えがあるようにおいしく調理されているものでした。そのためポアロの評価はどこにでも当てはまるというわけではないと思いますが、パブのような誰もが行くような一般的な場所ではポアロが語るような傾向があることは否めません。

イギリスでは肉料理、魚料理にかかわらず、湯がいた野菜が二、三種類、メインとは別の器に盛られてテーブルに運ばれます。野菜は芽キャベツ、ニンジン、ジャガイモの使用率が高く、イギリス流の健康志向の表れと考えてる人もいるようですが、その野菜はたいていくたくたに煮てあります。

その野菜はつけ合わせとして別々に食べるのではありません。メインとなる料理と同じ皿にまず取り分けます。そして肉や魚をひと口大に切り分けたら、取り分けた野菜と一緒にフォークに刺して口に運ぶ――私が想像するに、そうしやすいように、野菜はやわらかく、くたくたになるまで煮ることにしているのではないでしょうか。そう思ってしまうほど、必ずといっていいほど、これがイギリス人の食べ方です。

将軍、嫉妬にお気をつけあれ。
この緑色の眼をした怪獣は
　人の心を食らっては弄ぶのです。

　ジュディスはほかの行も声に出して読んだ。

　芥子の実だろうと、マンドレークだろうと、この世のいかなる眠り薬だろうと
　昨日のあの甘美な眠りをおまえにもたらしてくれることは
　もはや二度とないだろう

訳：田口俊樹『カーテン』（早川書房）より

飾り気のないイギリス料理、単純な料理法であるだけに素材の良さを生かしているといえるのでしょうが、野菜のゆで方にもイギリス流が存在するのです。

クリスティーの作品を読んでいると、固い芽キャベツが繰り返し登場します。イギリスで活躍したフードライターのジェーン・グリグソンによると、イギリスでは芽キャベツはクリスマスの七面鳥のローストのつけ合わせには欠かせない野菜とのこと。イギリスの料理書で最初に芽キャベツのレシピを載せたのは、エリザ・アクトンの『Modern Cookery』(一八四五年)で、バターソースで和える、子牛のグレービーソースとバターで和える、といったフランスのブリュッセル式の料理法が紹介されているそうです。グリグソン自身もフランスで一年過ごした若いころに、その料理を味わった思い出を記していました。

若い芽キャベツは適切に調理すれば、デリケートな風味があり、とても味わいのある野菜となります。郊外に住むイギリス人なら庭の片隅にキッチンガーデンを持っているものですが、そこに栽培されている、ニョキっと伸びた茎にくっつくように、キャベツの赤ちゃんのような芽キャベツがころころと実る様子は、なんともユーモラスです。

芽キャベツは英語ではBrussels sprouts、この名前にふさわしく、十三世紀からベルギーのブリュッセルで知られていたという記録が残っています。とはいっても、フランスやイギリスでは、十八世紀末にならないと栽培はされなかったようです。

そもそも植物の種類が少なかったイギリスでは、昔からあった野菜の種類は限られていたようです。トマトやジャガイモのようなアメリカからもたらされた野菜類も毒があるとして嫌厭されて、普及するのは十八世紀後半のことです。

クリスティー作品では『カーテン』『ナイル殺人事件』などに登場するエッグノック。オールドファッションな飲み物で現在のイギリスではあまり見かけることはない

マンドレークの実。緑色のピンポン玉くらいの
大きさでトマトに似ている

咲いているところをなかなか見る機会はない、
珍しいマンドレークの花。薄紫色が美しい

『カーテン』には、ヘイスティングズの娘も登場します。娘のジュディスが朗読するシェイクスピア『オセロ』の一節を聞いて、ヘイスティングズは妻との懐かしい思い出に涙します。

「芥子の実だろうと、マンドレーク（麻酔性のある草）だろうと、この世のいかなる眠り薬だろうと昨日のあの甘美な眠りをおまえにもたらしてくれることはもはや二度とないだろう」

マンドレークの迷信

マンドレークは地中海沿岸原産のナス科の多年草で、和名マンダラゲ。いまもイギリスの庭園で栽培されているものを見かけることがありますが。麻酔薬、催眠薬としての薬効は古代エジプト時代から知られていたハーブです。根は薬効と毒性の二つの作用をあわせ持っています。

シェイクスピアの『ロミオとジュリエット』でも、ジュリエットを仮死に至らしめたロレンス修道士が与えた薬には、マンドレークが使われたと考えられています。シェイクスピア作品ではほかにも『アントニーとクレオパトラ』『ヘンリー四世』『ヘンリー六世』にもマンドレークが登場します。

『ロミオとジュリエット』のジュリエットのセリフに「マンドレークを引き抜くときの叫び声を聴いたものは、狂人になる」とありますがその迷信は、古代から信じられてきました。マンドレークを土から引き抜くと恐ろしいうめき声をあげ、その声を聴いたものは即死するというものです。なぜそんな迷信があるのか、その由来は根が二股に分かれ、人体に似ていることに基づいているという説がほとんどでした。

しかしそんな恐ろしい迷信があったものの、その薬効を求めて、この根を手に入れたい人は後を絶ちませんでした。そこで使われたのは犬でした。

新しい剣で円を三周描き、マンドレークと犬のしっぽをひもでつないで円の外に肉の塊を置き、その肉欲しさに犬が強くひもを引っ張ってマンドレークの根を引き抜くという仕組みです。この様子を描いた絵画が古い本草書に載っています。

『ハリー・ポッターと秘密の部屋』第六章では、マンドレークについて「強力な強壮剤となる」「その植物が引き抜かれるときに出す叫び声を聴いたものは死に至らしめられる」などと描写され、薬草学の教授の教え「マンドレークを引き抜くときには必ず耳当てをしなければならない」に従い、映画では、生徒みんなが真っ白いふわふわの耳当てをする場面があります。現代の作品であっても、昔からいい伝えられた植物の迷信が生かされているのが、なんともイギリスらしいところであるとうれしくなるのでした。

マンドレークは薄紫色の可憐な花が咲きますが、そのあとに緑色のピンポン玉大の丸い実が成ります。坪内逍遥はシェイクスピア作品を翻訳し、マンドレークのことを「悪魔のリンゴ」と訳しているのですが。実際アラビアでそう呼んでいたことに基づいた訳でした。古代ギリシアでは、催淫性がある惚れ薬として使われたことから、「恋のリンゴ」とも呼ばれていたという歴史も秘めています。

A Caribbean Mystery

『カリブの秘密』

イギリスの国民的果物リンゴ

クリスティーが七十四歳になった一九六四年に出版された作品が『カリブの秘密』です。その後に『バートラムホテルにて』『復讐の女神』と長編が続いて発売されます。

東秀樹著『アガサ・クリスティーの大英帝国』では、クリスティーの作品を「観光ミステリー」ととらえ、背景となる時代と共に詳しく解説しています。甥のレイモンドの心づかいでカリブ海のサント・ノレ島（バルバドス島がモデルといわれている）での療養をすすめられたミス・マープルは、初めてイギリス以外の外国、西インド諸島のリゾート地へと旅をします。セント・メアリー・ミード村で暮らし、出かけるといってもその周辺であった老女がいよいよ外国へと繰り出す——その姿はジェット機の普及と共に戦後ヨーロッパに起こった観光旅行のブームを象徴しています。戦後、イギリスでも外国旅行は富裕層だけのものではなく、一般大衆にも広まっていました。その一人にミス・マープルも加わったというわけです。

『カリブ海の秘密』ではホテルのオーナーであるティム・ケンドルが、トロピカルなホテルの料理はミス・マープルの口に合わないのではと、「バター・パンのプディング」をすすめる場面があります。おそらくバターを塗った食パンを卵液で浸して焼く、ブレッドバター・

『カリブの秘密』
一九六四年

甥のレイモンドの手配で、西インド諸島のサン・トノレ島に転地療養を兼ねて旅行に来たミス・マープル。くつろぐ人々が噂話を始め、滞在客のひとりであるパルグレイヴ少佐が、奇妙なつながりのあるこの島で起きた複数の殺人事件の話を披露する。島に到着して一週間が経ち、マープルがホテルになじんできたころ、ホテルで思いがけない人物が死ぬ。この事件はどうも気に入らない——ミス・マープルの捜査が始まる……！

プディングのことでしょう。外国旅行ならではの珍しい食べ物を楽しんでいるミス・マープルは、笑いながら「欲しくない」と断り、パッション・フルーツのアイスクリームサンデーをうれしそうに食べるのでした。しかしホテルに到着して一週間経った朝、ミス・マープルは「いまおいしいりんごが食べられたら」とイギリスのリンゴに思いを馳せます。

クリスティーとリンゴ

リンゴが登場するクリスティー作品といえば、いつもリンゴをかじっている小説家オリヴァ夫人が活躍するものが思い出されます。『マギンティ夫人は死んだ』では丘を転がるおびただしい数の、コックス産のリンゴとともに彼女が登場しました。

『ヘラクレスの冒険』の「ヘリペリスたちのリンゴ」は、緑のエメラルドがついたリンゴです。「宝石をちりばめた蛇が一本の木にからみついたデザインで、その木になっているリンゴは見事なエメラルドでできている」高価な美術品を取り戻してほしいという財界の権力者からの依頼を、ポアロが受ける物語でした。

『ハロウィーン・パーティー』は、ボビング・アップルというハロウィーンに行うリンゴを使った占いをしている最中に事件が起きるというミステリーでした。

『アガサ・クリスティー自伝』のなかではクリスティー自身が熟していない青リンゴを食べ過ぎて胆汁症の発作といわれる症状になったと書いていますが、好きなもののリストに、鉄道列車や夢を見ること、水泳、日光と並んでリンゴを挙げています。

クリスティーはインタビュー記事で、作品のプロットをバスタブにつかりながら、しかも

ミス・マープルがホテルで勧められたのはブレッドバター・プディング。写真はクリスティーの別荘であるグリーンウェイのティールームで撮影したブレッド・プディング

リンゴをかじりながら考えると答えていたといわれています。

クリスティーのリンゴ好きは作品作りにも大きくかかわっていたようです。実際に入浴でリラックスした状態でリンゴなどの固いものを噛むことは脳の活動を高め、有意義な発想を生み出すことにつながることがさまざまな研究機関によって発表されています。

グリーンウェイではホリデーの時間を過ごすことが一番の目的ですから、書き上がった作品を家族に読んで披露することはあったものの、執筆はしませんでした。しかしながら『死者のあやまち』『無実はさいなむ』『五匹の子豚』などの作品の舞台として、お気に入りのこの場所を使っています。「自分の理想」と語っていたそのグリーンウェイの家で、ゆったりとしたバスタブにつかり、リンゴをかじりながら、親しんでいた場所を舞台にしたミステリーを考えていたのかもしれません。構想ができあがるまでは一文たりとも書くことがなかったというクリスティーにとって、バスタブでの時間は欠かすことができないものだったはずです。

では、その浴槽でどんなリンゴをクリスティーはかじっていたのでしょう。

まず思い浮かぶのが「コックス・オレンジ・ピピン」。一八三〇年ごろにリチャード・コックスが栽培した品種です。親種はリプストン・ピピンである可能性が高いと言われています。ヨークシャーのリプストン・ピピンはヘンリー・グッドリック男爵によってノルマンディーからもたらされた品種で、料理にもデザートにも使えてロンドンの市場でも評判がよかったとのこと。ピピンとは、接ぎ木ではなく、種子から生まれた品種を指します。

「イギリス産のリンゴもみごとなもので、とくにコックスのオレンジ・ピピンがいい」

作家のジョージ・オーウェルも「イギリス料理の弁護」（「イブニング・スタンダード」一九四

「バター・パンのプディングなんかはどうでしょうか？」と思いつくままにいってみた。

ミス・マープルは笑いながら、さしあたりバター・パンのプディングは欲しくありませんと答えた。

彼女はスプーンをとって、パッション・フルーツのアイスクリーム・サンデーをうれしそうに味わいながら食べはじめた。

訳：永井淳『カリブ海の秘密』（早川書房）より

五年十二月十五日号）に書いています。

いまでも八百屋やスーパー・マーケットで必ず売られる人気の高さは、丸かじりするにもポケットに入れておくにもちょうどよいサイズだからかもしれません。酸味と甘みが際立った美味しさで、生で食べるのも、ケーキなどに入れて火を加えるのにも好まれています。コックス・オレンジ・ピピンが並んだ浴槽の棚を思い浮かべただけで、しかもそれらが数々の作品の着想の源となったと考えるだけで、なんともほほえましいではありませんか。

イギリス人の国民的果物

イギリスのリンゴは一〇六六年のノルマン征服以前に栽培されていたといわれています。サクソン時代の写本などにリンゴについての記録があることからもイギリスにはおそらく古代ローマ人が伝えたのだろうと考えられています。古代ケルト文化においてもリンゴは、食べた者に知恵や力を授ける特別な存在で、神聖視されていました。

夏も涼しく害虫が発生しにくいイギリスは、ヨーロッパのなかでも特にリンゴの栽培に適していた国でした。イギリスのなかでも南西部、ケント州からコーンウォール州までの地域が産地として知られ、いまもリンゴの果樹園など多く見られます。

デヴォンを含むリンゴの主産地には果樹に宿る精霊を祭ってリンゴの豊作を祈る行事があり、ワッサリング（wassaling the apples）と呼ばれています。

wassailという言葉は、古代英語のwas hālに由来しているといわれ、「元気であれ」「健康であれ」という意味が込められています。

ミス・マープルはいつものように朝食をベッドに運ばせた。お茶、ゆで卵、それにパパイヤの輪切りという献立だった。

この島のフルーツは期待はずれだったわ、とミス・マープルは思った。出てくるのはいつもパパイヤばかりのようだった。いまおいしいりんごが食べられたら――しかしりんごはここでは知られていないようだった。

訳：永井淳『カリブ海の秘密』（早川書房）より

そもそも十二月一日から二十四日まではアドベントといわれる期間で、クリスマスはそのアドベントから一月五日まで続く十二日間のことをいいました。最終日の一月五日は公現節の前日に当たり、ワッサリングはその祝いの要となる行事でした。

ワッサリングは地方によって、いく種類もの形式が存在します。果樹園に集まった人々がリンゴの木にリンゴ酒、サイダーをふりかけ、木々にポットや鍋を吊り下げ、歌って踊り、果樹園の持ち主からそのお礼として温かいスパイスの効いたワッサルボールまたはカップと呼ばれる飲み物がふるまわれるもの。ワッサルボールに焼きリンゴが浮かべられることもあったそうで、これは「サムヘイン」の飲み物同様にラムズウールと呼ばれました。

サムヘインとは古いケルトの秋分の祭のことで、後に、十一月一日の果物の祝日となり、その祭りで飲むLamasabhalが英語のラムズウール（Lamb's wool）と呼ばれるようになったそうです。それは焼きリンゴをエールやサイダーに浮かべたものでした。

このように歴史をさかのぼっても、イギリスにおけるリンゴは、長い長い歴史を秘めた特別な果物であることがよくわかります。

ミス・マープルはカリブ海へとホリデーの旅に出かけ、娘時代に滞在した老舗ホテルに泊まってロンドンの散策を楽しみ、カリブ海で出会った大富豪の依頼で庭園巡りのバスツアーへと出かけるという、老いていっそう世相を反映するような活動ぶりを見せる人物です。

しかしいくら時代の波に乗り活動的になったとはいえ、ミス・マープル自身は変わることはありません。イギリス人の国民的果物であるリンゴを異国で恋しく思ったのですから。

コックス・アップル。『ハロウィーン・パーティー』ではポアロも「汁気の多いイギリスのリンゴほど美味しいものがあるはずはない」と語っている

リンゴの木に赤、青、白などのリボンを結びつけたワッサリングの儀式

クリスティーが愛した別荘、グリーンウェイ。『死者のあやまち』『五匹の子豚』の舞台のモデルにもなった

ジャガイモの保存法

「牧師の娘」（『おしどり探偵』より）

The Mysterious Affair at Styles

トミーとタペンスが失われた財宝の調査に活躍する短編「牧師の娘」では、その謎の解明に新ジャガイモが結びついています。イギリス家庭の機微を作品に生かす、いかにもクリスティーらしい演出です。

ただしそのなかで披露される、新ジャガイモを缶に入れて土に埋めるという保存法については、私はイギリスで話にも聞いたことはなく、この作品で初めて知ったことでした。

私がお世話になったクック家では、夕方になると奥さんのリタがジャガイモの皮をむき始めるのが毎日のことでした。ジャガイモは土のなかではなく、キッチンに続くパントリーにカゴに入れて置かれていました。その姿に、日本で母が夕飯の支度を始めるときに、まずお米をといでいた姿が重なり、国は違えど暮らしはいずこも同じ、と安堵のようなものを感じたものでした。

クック家では、粉吹き芋になったり、マッシュポテトになったり、その日の献立によって変わることはあるものの、ジャガイモは主食には変わりありません。まさしくお米のように、クック家の夕食にはなくてはならないものでした。パンが夕食の食卓に上ることはまずあり

「牧師の娘」
一九二九年

牧師の娘であるタペンスが、探偵の依頼にやってくる今日の一番目の客は牧師の娘だ、と予言。その通り、牧師の娘モニカが訪ねてくる。モニカの父はサフォークの牧師だったが三年前に亡くなり、母と貧乏暮らしをしていたが、父の伯母が彼女に全財産を残したと弁護士から手紙が来たという。そして残された家〈赤い館〉に引っ越したものの、特に財産はなく、やがて超常現象が起きはじめ……。クリスマス前日にトミーとタペンスが娘のために奔走する！

ませんでした。

アンデスでは紀元前六世紀にすでにジャガイモは野生で育っていたといいます。インカ帝国ではトウモロコシとジャガイモが栽培されるようになり、食用となったのでした。

十六世紀前半の大航海時代に、インカ帝国を征服したスペイン人がそこで食べられていたジャガイモをヨーロッパに持ち帰ったことで、ヨーロッパ全土に広まることになりました。

それではイギリスにはいつごろもたらされたのでしょうか？

いろいろな説がありますが、一説には、エリザベス一世の寵臣であったサー・ウォルタ・ローリーが新世界からアイルランドにジャガイモを持ち帰ったというものがあります。一五八九年に、ローリー卿はアイルランドのコーク州ヨールにある自邸の敷地内にジャガイモを庭師に植えつけさせたのは史実で、実ったジャガイモを庭師は果実だと思い、「アップル」と呼んだというエピソードが伝えられています。

現在ではほとんどのヨーロッパ諸国で主食に近い地位を維持しているジャガイモですが、根強い偏見に長年さらされ、有害で有毒な根とみなされて普及に時間がかかりました。

ヨーロッパではまずアイルランドで食料として広く利用されるようになったのですが、イングランドでは十七世紀の半ばになるまで一般に栽培されませんでした。産業革命期になってようやく一般化されるのですが、貧しい北部の労働者がシチュー状にして食べたのが始まりのようです。経済水準の高いロンドン近郊の労働者は、栄養のない家畜の食べ物として毛嫌いしたのでした。

十八世紀末には料理の本にもその調理法が載るようになり、「貧民も豊かな人もなべて朝

二人は大きな箱の書類を調べにかかった。なんの脈絡も法則もなく、あらゆる書類が全部ごっちゃになってつめこまれているので、うんざりするような仕事だった。二、三分ごとに二人は意見を交換し合った。

「いま調べてるのはなんだい、タペンス？」

「古い領収書二枚、ろくでもない手紙が三通、新鮮なジャガイモの保存法とレモン・チーズケーキの作り方。あなたのほうは？」

訳：坂口玲子「牧師の娘」（『おしどり探偵』早川書房）より

食以外の食事には必ず食べる」といわれるまでになりました。

フランス語ではジャガイモは「ポンム・ド・テール」、まさしく「土のリンゴ」という意味です。フランスではその新しい食べ物を食べるとハンセン病になる、熱病を起こすなど悪評が立っていました。ところが七年戦争(一七五六〜一七六三年)でジャガイモを食べて生きのびた薬剤師アントワヌ・オーギュスタン・パルマンシェが、その栄養豊かな植物の普及に努めます。彼は自ら栽培したジャガイモに花が咲くと、当時の王室に届け、ルイ十六世はボタン穴にジャガイモの花を挿し、王妃アントワネットは髪にジャガイモの花を飾り、この植物を讃えたのでした。ナス科の植物であるジャガイモの花は白から薄紫色で可憐な雰囲気ですから、それも好まれたのでしょう。

ジャガイモをゆでるか揚げるか

「牧師の娘」では、トミーとタペンスに夕食のジャガイモは揚げたほうがよいか、皮のままでゆでたほうがよいか、メイドがトミーとタペンスに聞きにくる場面があります。タペンスは即座に答えます。

「皮のままうでたほうがいいわ」

主食となるジャガイモをゆでるか揚げるか。タペンスが迷うことなく皮つきでゆでたジャガイモを注文するところは、いかにもイギリス人らしい、と思います。自分の好み、というものがゆらぐことなく存在する様子が微笑ましくもあります。

ゆでる、揚げる、蒸す、潰す、のせる、添えるなど、多くのイギリス人がごく日常の暮ら

イギリス料理はたいていのものにつけ合わせのポテトがたっぷり

著者が住んでいたウィンブルドンの、「センターコート」と呼ばれるショッピングセンター内のカフェで食べたジャケット・ポテト。マカロニとコーン入りコールスローをたっぷりのせる定番の味

南ウェールズのランデイロという街のカフェ「Siop Goffi」で食べたジャケット・ポテト。皮つきポテトにたっぷりとマヨネーズあえツナをのせて

しのなかで調理法や料理によってジャガイモを使い分けているため、イギリスのジャガイモは日本にはないような種類があり、その数たるや驚くほど豊富です。当然、スーパーのジャガイモ売り場も広くなります。

私は結婚と同時にウィンブルドンに暮らすようになり、いざ自分で料理をするようになってみて、どのジャガイモを選べばよいのか、その売り場の前で呆然としてしまったこともありました。一応それぞれの品種にはその特徴と使い道が書いてあるので、それも参考になりますが、イギリス人の友人たちに聞いたこともありました。

「キング・エドワード・ポテト」という王様の名前がついたもの、赤い皮の「デザレイ・ポテト」、ジャケット・ポテト用のその名も「ジャケット・ポテト」というひときわ大きなジャガイモなど十種類は並んでいます。

ジャケット・ポテトは、皮つきのままオーブンで焼いた巨大なジャガイモに切れ目を入れて、その上にツナやチーズ、コールスローなど好みのトッピングをのせる料理で、カフェでのランチでもおなじみのメニュー。ふわふわとした粉状のジャガイモの質感が、日本のジャガイモではなかなか味わえないおいしさなのです。ローストチキンにタラゴンをマヨネーズで和えたトッピングはウィンブルドンの我が家の近くのカフェでは定番のメニューで、そのおいしさは格別でした。

「牧師の娘」でもクリスマスの七面鳥、ローストターキーに添える新ジャガイモについて書かれていますが、ローストビーフやローストチキンなどのサンデーローストに代表される肉料理のつけ合わせにはカリカリに焼いたローストポテトは欠かせません。肉の脂で周りをこ

翌朝はクリスマスの前日だった。二人は尋ねまわったあげくに、年老いた庭師の家をつきとめた。ちょっと世間話をしたあとで、タペンスが肝腎な話を切り出した。
「クリスマスに新鮮なジャガイモがあったらいいのにねえ。七面鳥の付け合わせにぴったりじゃない？ このあたりの人たちは、ジャガイモを缶に入れて埋めたりはしないの？ そうするといつまでも新鮮だって聞いてるけど」

訳：坂口玲子「牧師の娘」(『おしどり探偵』早川書房)より

んがりと香ばしく焼き、なかはふわふわというジャガイモの味わいです。

フィッシュ&チップスに欠かせないチップスは、太めの拍子木に切ったジャガイモを揚げたものですが、こちらもまた格別なおいしさです。チップス好きのイギリス人ですから、チップスそのものだけでもよく食べられますし、レストランでは料理にもこのチップスが添えられることがよくあります。

そしてパイ皮の代わりにマッシュポテトが使われる料理もイギリスならではです。

ミートソースのように羊肉のひき肉の上にマッシュポテトをのせて焼いたものはシェパーズパイ、これが牛ひき肉で作るとコテージパイと呼ばれ、白身魚をホワイトソースで煮たもののうえにマッシュポテトをのせて焼けばフィッシュパイと呼ばれるひと品になります。

イギリス人のジャガイモ好きは「クリスプス」と呼ばれるポテトチップスを見てもよくわかります。食べきりサイズで風味のちがう小袋のクリスプスがあり、パブで一杯飲みながらつまんだり、サンドイッチを食べながらつまんだり、日常に欠かせません。

ウェールズの家庭で体験したクリスマス。ローストした七面鳥に、カリカリのポテトをたっぷりそえていただくのがイギリス流（左）イギリスではクリスマスの季節になるとツリー用のモミの木が売られる。「牧師の娘」はクリスマスの物語。謎を解く鍵がモミの木の根元にあることを教えてくれた庭師に、タペンスはクリスマスのご祝儀として5シリングを進呈する

トミーとタペンスがジャガイモの保存法とともに発見するのはレモン・チーズケーキのレシピ。ヘンリー8世のお気に入りと伝えられる歴史のある菓子「メイズ・オブ・オナー」もパイのなかにレモンを使ったチーズを詰めた、チーズケーキの一種（左）。ヨークシャーのティールームでよく見かけるカードタルトもレモンとチーズを使うことが多い伝統菓子（右）

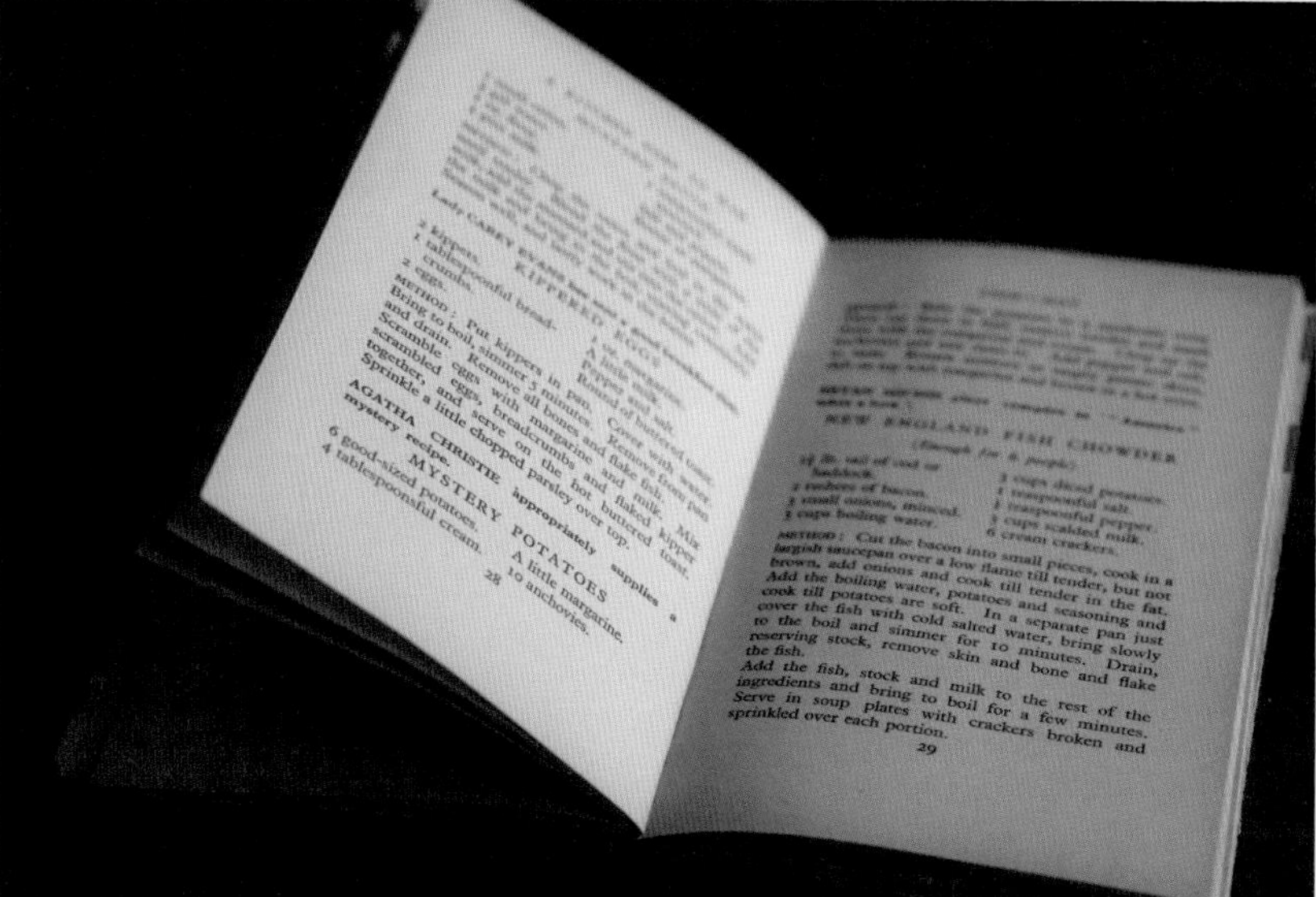

『A KITCHEN GOES TO WAR』は食材が限られている戦時中の、著名人によるレシピを150個収録した書籍。1940年にロンドンの出版社から刊行された。アガサ・クリスティーも２つのレシピを寄稿している。「MYSTERY POTATOES」は加熱してつぶしたジャガイモにマーガリン、クリーム、アンチョビ、塩コショウを混ぜてオーブンで焼くというもの。「OMELET AGATHA CHRISTIE」は小さく刻んだマッシュルーム、エビ、ハムかタンを混ぜて作るオムレツ

The Lamp

「ランプ」(『死の猟犬』より)

幽霊館のビクトリア・スポンジ

短編集『死の猟犬』に収められた「ランプ」は、映画『シックス・センス』を思わせる、ミステリーというより怪奇小説ともいえる作品です。

格安で売りに出されていた「十九番地の家」が気に入り、引っ越してきたのは、夫を亡くしたランカスター夫人と小さな息子ジェフリー、夫人の父親の三人家族でした。

何年経っても誰も住まないこの家は、かつて父親と住んでいた子供が飢え死にし、その泣き声がいまも聞こえると噂されていましたが、それでもランカスター夫人はこの家を気に入り、借りることにします。そんな家にある日、不思議な出来事が起き……、という物語です。

この作品のなかでジェフリーが食べていたスポンジケーキは、ビクトリア女王の名前に由来するビクトリア・スポンジケーキ、またはビクトリア・サンドイッチケーキと呼ばれるものだと思われます。イギリスではこれを略してただスポンジと呼ぶことが多いのでした。

ビクトリア女王の侍女を勤めたことのあるベッドフォード公爵夫人は、十九世紀にウォバーン・アビーでアフタヌーン・ティーを始めたことで知られる人物です。昼食と夕食の間が長く、空腹をまぎらすため、そして社交を兼ねて、夕方四時頃にサンドイッチやケーキを楽

「ランプ」
一九三三年

何年たっても借り手のいない十九番地の家に、不動産屋とランカスター夫人が下見にやってくる。陰鬱な雰囲気と家賃の安さから夫人は幽霊屋敷と見破るが、夫人と息子のジェフリー、父親のウィンバーン氏の三人で入居を決める。新しい家具が入り、新居からはすっかり陰気な雰囲気はなくなったが、やがて不思議な音が聞こえてくるようになり……。

しむお茶の時間を習慣にしたのでした。いまもなおウォバーン・アビーにはビクトリア女王が結婚式で身につけたという、オレンジの花の造花でできた花冠が飾られています。それを与えるほどにビクトリア女王は、ベッドフォード公爵夫人と長年親密な関係を保っていたのでしょう。もちろんウォバーン・アビーにもビクトリア女王は訪ねたこともあったようです。

公爵夫人がお茶のために用意したケーキのひとつ、ジャムをはさんで重ねたスポンジケーキをビクトリア女王はたいそう気に入られたといいます。

愛する夫、アルバート公が若くして亡くなってからしばらくは喪に服していた女王でしたが、公務に復帰するときには茶会が催されました。女王を慰める茶会でもあったので、女王のお気に入りのこのスポンジ・ケーキも用意されました。以前から焼かれていたケーキですが、この茶会から女王の名をつけてビクトリア・スポンジケーキまたはビクトリア・サンドイッチケーキと呼ばれるようになったようです。

ジェフは口いっぱいに頬ばりながら言う。「うんと……うんと……うんとだよ」彼は心底から満足しているしるしにそう言ったが、それきり急に黙りこんで、ほんのすこしだったが、スポンジケーキを誰かの目から隠そうとする仕草をした。

最後の一口を頬ばってしまうと、彼は堰を切ったようにしゃべりだした。

訳：小倉多加志「ランプ」『死の猟犬』（早川書房）より

家族のために焼くケーキ

「スポンジ」と呼ばれていても、ビクトリア・スポンジの生地は、ショートケーキに使われるようなスポンジケーキ、ジェノワーズとは異なります。

ジェノワーズは卵黄と卵白、砂糖、小麦粉が主な材料で、卵の泡でしっとりと焼き上げる軽いスポンジで、溶かしバター少量を最後に加える程度で、バターの量が極めて少ないのが特徴です。

一方、ビクトリア・スポンジケーキは、卵とバター、砂糖、小麦粉の量が同等で、四分の

湖水地方、ホークスヘッドの「Sun Cottage Cafe」の3段重ねのビクトリア・スポンジ

デヴォン地方に暮らすセリアさん手作りのビクトリア・スポンジ（左上）。ロンドンのフォートナム＆メイソンのカフェでいただいたビクトリア・スポンジ（右上）。2016年に旅したオックスフォードにて「アリスの日」に、ボードリアンライブラリーのカフェで撮影したビクトリア・スポンジ（右下）。『不思議の国のアリス』が生まれたオックスフォードでは、毎年7月の第1土曜日が「アリス・デイ（アリスの日）」とされていて、児童文学館であるThe Story Museumをはじめ街中のいたるところでさまざまなイベントが開催される

ビクトリア・スポンジ

2つのサンドイッチ・ティンで焼くケーキ。
レシピは220ページへ

Recipe

ビクトリア・スポンジ

Victoria Sandwich

材料（直径15cmの型）

無塩バター……120g
グラニュー糖（微粒子）
……120g
卵……120g
（Lサイズの卵約2個分）
中力粉（薄力粉でも可）
……120g
ベーキングパウダー
……小さじ1

牛乳……大さじ2
ストロベリージャム
……お好み
（キルッシュ酒を少量加えると香りがよい）

仕上げ用
粉砂糖……適宜

作り方

1. 材料はすべて室温に戻しておく。型にベーキング・シートを敷く。サンドイッチ型を2つ使って焼くことが多いが、その場合はそれぞれに、なければ1個の型に、底と周囲にベーキング・シートを敷く。オーブンは170℃に温めておく。

2. ボウルに室温に戻したバターを入れ、なめらかにしたら、グラニュー糖を加えて白っぽくなるまで、ハンドミキサーまたは泡だて器ですり混ぜる。

3. よく溶いた卵を少しずつ加えて、さらによくすり混ぜる。

4. 中力粉にベーキングパウダーを加えて合わせたものをふるい入れ、ゴムベラでさっくりと切るように、途中で牛乳を加えながらなめらかになるまで混ぜる。オーブンに入れ、竹串をさしてみてなにもついてこなくなるまで25～30分ほど焼く。型から出して冷ます。

5. 1個の型で焼いた場合は横にスライスし、2枚にする。下になるケーキの上面にストロベリージャムを塗り、上になるもう1枚のケーキを重ね、表面に粉砂糖をふりかけてできあがり。

＊ビクトリア・サンドイッチの型がない場合は丸形に焼いて、あとで横に2枚に切る
＊好みで生クリームとストロベリークリームをはさんでもよい。その場合は冷蔵庫に入れなくてはならず、日持ちがしなくなる。ジャムだけの場合は、室温で数日保存できる

一ずつを合わせて混ぜます。これはフランスでもバターケーキの基本といわれ、「カトル・カール（四分の一が四つという意味）」と呼ばれている配合です。

基本的にまず卵の重さを量り、それと同量の砂糖、小麦粉、バターを用意します。

次に、サンドイッチと呼ばれるのは、ケーキ二枚ではさむからです。ショートケーキを作る時のように、ひとつのケーキを焼いて、横に二枚切り分けて使うのではありません。

生地をサンドイッチ・ティンと呼ばれる、高さの低いケーキ型二つに等分に入れて二つ焼き、ラズベリージャムやイチゴジャムを塗ってはさみます。つまりサンドイッチ・ティンは二つ持っていないといけないのです。

ジャムと一緒に生クリームをはさむこともありますが、お茶用には生クリームは使われませんでした。ジャムだけはさめば、日持ちがするからです。毎日お茶の時間を楽しむイギリスならではの暮らしの知恵といえるでしょう。

イギリスのケーキは、何といっても家族のために焼くものです。そこが専門家のパティシエが作る洗練されたフランスのケーキとの大きな違いです。十九世紀に貴族が始めたアフタヌーン・ティーの習慣が、後に、週に一度のお茶会として中流家庭にまで広がっていきました。お茶の時間に欠かせないケーキを家庭で作るとあって、有名なイザベラ・アクトンやイザベラ・ビートンの料理書にはケーキのレシピが多くのページを占めています。

ひとりで父親の帰りを待ちながら、食べ物もなく死んでいった少年にとって、同じ年頃の少年が美味しそうに食べるスポンジケーキはうらやましく思えたことでしょう。

彼にとっては味わうことのなかった、まさしく家庭の幸せの証だったのです。

A Christmas Tragedy

「クリスマスの悲劇」（『火曜クラブ』より）

水治療院と温泉地の名物菓子

火曜クラブに集まったメンバーが、自分だけが知っている迷宮入り事件について順番に披露するという構成の作品ですが、自分の番が回ってきたミス・マープルが話したのは、ケストン・スパ水治療院（ハイドロ）で出会ったサンダース夫妻の事件についてでした。

水治療院での冷え切った夫婦の事件――と聞いてまず思い出したのは、クリスティーの失踪事件のことです。かつて観た映画『アガサ／愛の失踪事件』（一九七九年）は、クリスティーの失踪事件を、フィクションを混じえて描いています。温水を貯めたまるで五右衛門風呂のような、ドラム缶のような浴槽に身を沈め、電流のようなものを使った水治療院と思われる場面が映画に出てきました。映画はあくまでフィクションですが、そのイメージがあまりに鮮烈で、まるでクリスティーの失踪事件において、本当に起きた真実であるかのように思えてしまうほどです。ダスティン・ホフマン演じるアメリカ人コラムニストが真実に迫ろうと執拗に追及する様子、夫であるアーチーの愛人をその治療院で殺害しようとするヴァネッサ・レッドグレイヴ演じるクリスティーの姿がなんとも生々しく真に迫っていました。

実際のところは、失踪したクリスティーはヨークシャーにあるハロゲイトで発見されます。

「クリスマスの悲劇」
一九三二年

自分だけが真相を知っている迷宮入り事件を順番に披露し、推理しあう「火曜クラブ」が開催されていた。ミス・マープルの順番が来て、彼女が語ったのは、ある悲劇だった。ある水療院（ハイドロ）でマープルはサンダーズ夫妻をひと目見た瞬間、夫が妻を殺す気でいると確信を抱いたという。そんなクリスマスの4日前、メイドが死亡する事件が起きる……。

バースと並んで温泉で栄えたその街にあるスパホテル「ザ・ハロゲート・ハイドロ（現在のオールド・スワン・ホテル）」に、「南アフリカ・ケープタウン出身のテレサ・ニール（ニールはアーチーの愛人の姓）」と、出身と名前を偽って滞在していたのです。

失踪事件が起きたのは一九二六年、この「クリスマスの悲劇」が雑誌に掲載されたのは一九三〇年ですから、クリスティーが何かしら自身の失踪事件と関連性を持ってこのミステリーを書いたのではないか、と想像してしまうのです。

クリスティー失踪事件

一九二六年十二月三日にロンドン郊外のサリー州サニングデールの自宅を出て、翌日、自宅から数キロのところに車を乗り捨てたまま、クリスティーの居所がわからなくなってしまうことから事件は始まります。後にクリスティーは「私は大きな列車の駅に立っていました。驚くべきことにはそこがウォータールー駅だったことです」と回想しています。

そこからどうやってハロゲイトまで行ったのか、どのように過ごしたのか、その発見されるまでの「十一日間の失踪事件」については、クリスティー自身が語ることも、書き残すこともありませんでした。

失踪した一九二六年の春に最愛の母を亡くし、夫から愛人の存在と離婚の要求を夏に告げられ、立て続けに身に降りかかった大きな精神的なショックによって、クリスティーは一時的に記憶がなくなっていた、と推察されているようです。クリスティーの書くミステリーさながらに夫のアーチーがクリスティーを殺したのではないかとも考えられて、その方向で警

ノース・ヨークシャーにある町、ハロゲイト。温泉保養地として有名で観光客も多い。失踪したクリスティーが滞在し、現在のオールド・スワン・ホテルに宿泊した

察による捜査も行われたといいます。

同じ年の六月には六作目の長編となる『アクロイド殺人事件』も出版され、人気を博していたその矢先に起こった謎に包まれた事件。だからこそ事件の真相を追及する関心はいまも続いているようで、それを物語るように、歴史家のルーシー・ワースリー著『Agatha Christie: A Very Elusive Woman』（二〇二二年）など数々の失踪事件に関する本がいまもなお出版されています。

クリスティーは結局、滞在していたハロゲイトのホテルの従業員による警察への通報によって発見されることになります。当時の新聞を見ると、クリスティーがどのように変装している可能性があるかなどの写真が掲載され、大々的に報道されていた様子がうかがわれます。

イギリスの温泉地

温泉として栄えた英国のスパといえば、クリスティーが滞在したハロゲイトをはじめ、バース、スカーバラ、バクストン、ロイヤル・レミントン・スパ、ロイヤル・タンブリッジ・ウエルズなどイギリス各地にあります。

そもそも「スパ」という言葉の語源には二説あるようで、一説は、十八世紀前後にヨーロッパ各地で温泉が発展したなかで、特にベルギー東部の町「spa」が有名な保養地で、ここの鉱泉によって病が治癒したことからspaが温泉地を意味するようになったというもの。別の説では、「水で健康」を意味するラテン語「Salus Per Aquam」の頭文字が温泉を意味するようになったというものです。

一、二軒の店で少し買物をして、六時ごろにグランド鉱泉ホテルに行き、そこで二人の友人と出会ったのです——あとからいっしょに水療院までついてきたという二人です。三人はビリヤードを少ししてから、ハイボールをだいぶ飲んだようです。
訳：中村妙子「クリスマスの悲劇」（『火曜クラブ』早川書房）より

イギリスで最も古いスパとしてはイギリス西部に位置するバースが挙げられるでしょう。バースは、いまもエレガントなはちみつ色のバースストーンで造られたジョージ王朝時代の建築物で彩られた美しい街ですが、そもそもは紀元一世紀、イギリスを占領したローマ人によって自然温泉が発見されたことからその発展が始まりました。風呂好きで清潔を愛したローマ人は、自国と同じように大浴場（グレイト・バス）を作り、その周辺に病の回復を祈った神殿、円形のパス「ハイポコースト」という床暖房のサウナなどを整備し、上流階級、兵士、一般庶民、病人などが四季を問わず利用し、にぎわっていたといわれています。

ローマ人が紀元五世紀に撤退後、放置されていたその温泉は、一五七二年にジョン・ジョーンズという医者がバースの温泉の効用（温泉水を飲むこと）を説いたことから上流階級の病気療養のために利用され、彼らの社交や静養の場所としても利用されるようになったようです。その遺跡はいまもバースに存在し、ふつふつと湧き出る温泉水はかつての社交場であったパンプルームでいまも味わうことができます。実際に飲んでみると、生ぬるい湯で、決しておいしいとはいえない味ですが、この湯を薬と信じて飲まれていたことを思うと、歴史を感ぜずにはいられません。

当然のことながら、その当時の温泉利用人数はごく少人数であり、これが十六〜十七世紀ごろの温泉地域の特徴とされていました。十八世紀になって中産階級が形成されるようになると、次第に温泉療養以外に新興の商人や専門職人などの保養や健康維持の場所としても利用されるようになります。

人が集まるところ商売ありき。温泉地で香水やワイン、ハニーケーキなどが売られるようになり、治療のために長期滞在する富裕層のための施設、娯楽などが充実し、街が栄えていったのでした。

ハロゲイトと名物菓子

ハロゲイトはイギリス北部のヨークシャーにある町で、スパは十六世紀に発見されたといいます。私がウィンブルドンに住んでいたときは、湖水地方からロンドンへの帰り道に立ち寄ることもありました。かつてスパで栄えたことを物語るように、街に品があり、どことなくバースに似た雰囲気を感じたものです。

その街のなかで、外にまで長い行列が並ぶしゃれた店が目につきました。「Betty's」と大きく書かれた看板が掲げられた老舗のベーカリーであり、ティールームでした。

ハロゲイトにあるベティーズの創業は一九一九年ですが、その創業者であるFrederick Belmont（スイス名ではFritz Bützer）はその十二年前にスイスから無一文でイギリスにやってきた菓子職人の青年でした。彼は貧しい環境で育った苦労人で、母を早く亡くし、製粉とパン職人であった父親も火事で失い、畑仕事をして働いた子供時代を経て、父親のようにパン屋の下働きとなります。その後、旅をしながらスイスやフランスで菓子とチョコレート職人としての技術を身に着けていったそうです。

イギリスに来てからは、スイス人がオーナーである菓子店ボネット＆ソンズ（現在もスカボローにある）で働いていましたが、ハロゲイトの下宿先の娘と恋に落ちた彼は、その娘の家族からの資金援助のおかげで、ハロゲイトに店を構えることになったのでした。

失踪したクリスティーが乗り捨てた車が発見された場所、ニューランズ・コーナー

1919年創業のティールーム「ベティーズ」のハロゲイト店。
スパを利用する観光客が多く立ち寄る。クリスティーもここで
お茶を飲んだのだろうか？

ヨークシャーの名物菓子「ファット・ラスカル」。ノース・ヨーク・ムーアに咲くヒースが堆積してできる泥炭（ピート）を燃料にして焼く。「クリスマスの悲劇」の水療院は「町はずれの荒野（ムア）のはてに建っていた」とあり、ノース・ヨーク・ムーアに近いハロゲイトがモデルなのではないかと思われる

その店が成功を収め、夫妻はクイーン・メアリー号で旅へ出かけます。帰ってからヨークに二号店を開きますが、その内装は夫妻の心をとらえたクイーン・メアリー号の船室をイメージした、重厚な雰囲気のものでした。

「リトル・ベティーズ」と名づけられたその店はこじんまりとした船室を感じる小さな店になっていて、その重厚さと居心地の良さが魅力に思えました。

どんなに人気が上がってもベティーズの店はそのヨークシャーにだけ、六店舗のみ存在し、ほかの地域では買うことはできません（残念ながらヨークの店、リトル・ベティーズは閉店しましたが、街中のベティーズは健在です）。

この地方で焼かれてきたファット・ラスカルは週に一万個を焼くという、この店の目玉商品。ウィンドウ越しにアーモンドとドレンチェリーで飾られたこのお菓子に微笑みかけられたら、だれもがベティーズのドアを開けて買いたくなってしまうでしょう。

ヨークシャー地方のスコーンともいうべき、パンとビスケットの中間のような味わいで、たっぷりとバターをつけて食べるのがお決まりです。

スコーン好きのクリスティーのことですから、滞在中にこの地方ならではのスコーンともいえる、このファット・ラスカルを味わっていたのかもしれません。この地ではクリスティーの大好きなクリームではなく、バターをつけて食べるところが、お気に召さなかったかもしれませんが……。

ラスカルのルーツはヨークシャー・ターフ・ケーキと呼ばれる焼き菓子にあります。オーブンではなく、ムーアのヒースが堆積してできる泥炭に、グリドルと呼ばれる鉄板をのせ、その上で焼く素朴な菓子です。かつてはこの地方の行事で食べられるお菓子で、特に十一月五日ボンファイヤー・ナイトには欠かせないものでした。ボンファイヤーとは「大かがり火」のことで、ボンファイヤー・ナイトは別名ガイ・フォークス・ナイトとも呼ばれます。ガイ・フォークスとはいまから約四百年前、一六〇五年に「国会議事堂爆破」という大事件を企てた人物です。爆破の目的は、フォークスはじめカトリック教徒たちが、プロテスタントであるジェームズ一世を暗殺し、王位継承資格第三位の王女エリザベス・ステュアートを王位に就けようというものでした。カトリックとプロテスタントという宗教を元として起こったこの事件自体は未遂に終わり、フォークスは火刑に処され、事件を防いだ政府が十一月五日を「命を救い給うたことを神に感謝する日」としたことをきっかけに、かがり火を焚いて各地で祝うようになりました。ガイ・フォークス自身がこのヨークで生まれ育ったこともあり、この地方では彼は英雄扱いとなっているようです。

いまもこの日はかがり火だけではなく、花火が各地で盛大にあげられて、冬の夜空を彩ります。クリスティーの短編「厩舎街（ミューズ）の殺人」はロンドンのガイ・フォークス・ナイトの花火から物語が始まります。

Hercule Poirot's Christmas

『ポアロのクリスマス』

焼いた干しブドウとクリスマス

『ポアロのクリスマス』
一九三八年

ゴーストン館では家族が集まり、クリスマスの準備が始まっていた。老いてなお支配力を発揮する変わり者シメオン・リーのもとに家族が集まる。しかしクリスマス・イヴの夜、館にすさまじい音が鳴り、殺人事件が起きる。警視と一緒にイヴを過ごしていたポアロも館の捜査に参加し、複雑な家族関係の闇を解き明かす。

パチパチと薪がはぜる暖炉、その炎には眺めているだけで心を優しくする不思議な力が秘められているような気がします。どんよりと雲が重くたれこめる日が続き、夜の長いイギリスの冬にはこの自然の炎が部屋ばかりか心までも温めてくれるのです。一度味わったらジョンスン大佐でなくともこの炎の魅力のとりこになってしまいます。

私がホームステイしたクック家も、ダイニングルームと居間に暖炉がありました。外は凍るように寒くとも心優しくしてくれる炎のかたわらでいく夜過ごしたことでしょう。ロンドンでは火災防止、大気清浄のため、暖炉を燃やすことが禁止されていますが、クック家があったコッツウォルド地方のような田舎では暖炉はいまも健在。クリスマスが近づくと、マントルピースの上にはまるで洗濯物のように送られてきた色とりどりのクリスマスカードがつるされます。遠くに住んでいて会えない家族、友人たちの顔がそのカードに重なり、まるで訪ねてきたかのようなにぎわいになるのです。そこにヒイラギのつややかなグリーンと赤い実の枝が飾られると、クリスマスがやってきます。

三百年も前に建てられた石の家であるクック家ですが、セントラルヒーティングが完備されているので、普段の日は夜だけ暖炉を燃やしてくつろぎます。けれどもクリスマスの日は、朝起きてみるともう暖炉にはきらきらと火が燃えていました。イヴの夜、村の教会のミサに出かけ、遅く帰ってきたので私はすっかり寝坊してしまったというのに、クック家のご主人であるアーサーが朝早くから準備していてくれたのです。薪をくべ、暖炉を用意するのは男の仕事と決まっているのでした。

その暖炉の前でゆっくりと紅茶をすすりながら新聞を読んだりしてくつろぐうちに、テレビではエリザベス女王のクリスマス・メッセージが始まります。午後二時ごろから始めるクリスマスのごちそうのしたくができるまで、アペリティフのシェリーやジントニックなどのグラスを傾けながら静かに過ごします。

『ポアロのクリスマス』は、離れ離れになっていた家族が集まったクリスマスに事件が起きる物語です。

「荘厳な古い制度のクリスマス。それは、家族感情の団結をうながすものだとわしは思っている」

一家の老父の言葉が印象的なのは、暖炉がまさしくその証とも思えるからです。

けれどもクリスティーは、外国人のポアロに次のように語らせ、「家族感情の団結」の結果が事件につながったと辛口の鋭い指摘をします。

「家族の場合には、一年中離れ離れになっていた家族の者が、ふたたびひとつのところに集まる。こうした条件の下では、そこに多くの緊張がおこることは、きみも認めるだろう」

クリスマスの食事が終わると、暖炉の前に戻ってナッツを煎りながらつまんだり、ポルト

クリスマス・プディングに添えられるヒイラギの赤い実と葉。イギリスでは町を歩いていてヒイラギの木を見かける

酒やスロージン（スローベリーというスモモの一種の果実をジンに漬け込んだリキュール）を楽しんだりするのが、おなじみの光景です。久しぶりに顔を合わせる家族の心のなかこそ、暖炉の炎のように優しい気持ちでありたいものです。

リボンで飾られたデーツ

南アフリカからやってきた孫のピラールにとってイギリスのクリスマスは「本で読んだ」体験しかなかったようで、外国人として、イギリスのクリスマスには欠かせないプラム・プディングを楽しみにしていた様子が描かれています。そのピラールが案内された貯蔵室にはクリスマスのために用意された砂糖漬けにした果物の箱、オレンジの箱、クルミの箱に交じってナツメの箱もありました。この「ナツメ」は原書では「デーツ（DATE）」で、ナツメヤシの実のことです。プルーンにも似た、黒く乾燥した実は長さ五センチほどの楕円形で、イギリスでは実ることはないため、特別の価値があると思われていたのかもしれません。そもそもクリスマスは収穫をもたらす太陽神の祭りが起源といわれ、冬にも手に入るドライフルーツはその収穫の恵みとして、クリスマスの祝いに食されました。

ナツメヤシは聖書の七産物のひとつで、砂漠の過酷な環境でも育つことができる、生命力を象徴する聖なる木といわれてきました。

イスラエルの民がモーゼに率いられてエジプトを脱出したあと、砂漠をさまよいエリムに着いたとき、そこには十二のオアシスと七十本のナツメヤシがあったと記されています（出エジプト記15：27）。長い旅の疲れのあとに見たこのエリムのオアシスと鈴なりのナツメヤシの実

ピラールは言った。
「このクリスマスは笑って過ごすつもりだったの！　イギリスのクリスマスはとっても愉しいって、本で読んだから。焼きレーズンを食べたり、炎につつまれたプラム・プディングが出てきたり、薪に似せたユール・ログっていうケーキもあったりするのよね」
訳：川副智子『ポアロのクリスマス』（早川書房）より

はどんなにかイスラエルの民に喜びと希望を与えたことでしょう。

北アフリカから中東、インドにかけての熱帯、乾燥した地域が原産といわれ、紀元前四〇〇〇年の古代エジプトやメソポタミア文明ではナツメヤシが壁画にも描かれ、デーツが主要な食糧であったことが明らかになっています。

イギリスではクリスマスにはデーツが欠かせません。イギリスで迎えた初めてのクリスマスでは、私にとって、この実は見たこともない未知のものでした。

クック家では、デーツに縦に切れ目を入れて種を取ったあとに、クリームチーズを詰めたものを食前酒のおつまみに用意していました。ねっとりとしたデーツの甘さとクリームチーズの酸味がなんともおいしいのです。また、リボンで飾られた箱入りのデーツをクリスマスのプレゼントとして友人たちに用意していました。クリスマス前のデパートに行くと、プレゼント用としてリボンできれいに飾られたデーツの箱が渦高く積まれているのが見られます。

クリスマス以外でも、イギリスのお菓子にデーツを用いるものが見られます。湖水地方が発祥の地といわれる、スティッキー・トフィープディングがその代表といえるでしょうか。

古代ローマ人はこのデーツを好み、帝国の東方から取り寄せていました。

砂糖の存在がまだなかっただけに、七〇%がブドウ糖と果糖であるデーツは甘味料として、またお菓子として楽しまれました。アピシウスのレシピによれば、肉や魚料理のソースとしてデーツが使われていたようです。中世のイギリスでも、デーツをはじめとするドライフルーツは、甘味と酸味を生かし、魚や肉料理のソースの材料となりました。

イスラム教徒はいまもなおラマダーンの期間には、デーツを食べてからその日の断食を終

「見てごらん、ピラール、このたくさんの箱を。中身はクラッカー、砂糖漬けの果物、ナツメやクルミの実、それから、この箱には――」

「まあ！」ピラールは両手をぎゅっと組み合わせた。「なんてきれいなの、この銀や金の玉」

「それはみんな樅の木に吊るす予定だったのさ、使用人へのプレゼントと一緒にね。そして、この、霜できらきら光る小さい雪だるまたちはディナー・テーブルに置かれるはずだったし、こっちの箱にはいった色とりどりの風船も膨らまされるのを待ってたんだ！」

訳：川副智子『ポアロのクリスマス』（早川書房）より

え、食事をとるとのこと。そのことからもわかるように、食物繊維やミネラル、カルシウム、鉄分など身体に大切な栄養素がぎっしり含まれているのです。

クリスマス・クラッカー

日本ではなじみがないかもしれませんが、イギリスではクリスマスのテーブルのしつらえに必ず一人ずつ用意されるのがクラッカーです。クラッカーは、日本でお祝いのときに使う円錐形の小さなものとは異なり、段ボールの筒をきれいな紙で包装し、まるで巨大なキャンディのように形作ったもの。なかには赤や緑の薄紙で作られた紙製の王冠、小さなプレゼント、おみくじのような格言やクイズ、占いなどが書かれた紙片が合わせて入っています。

それを手に持ち、隣に座る人同士、両手を身体の前でクロスさせ、両端を引っ張ると、火薬による破裂音と共になかのものが飛び出す仕組みになっています。紙片に書かれたおみくじはみんなで声を出して読み合わせ、紙の王冠をかぶって、いよいよクリスマスの食事が始まるというわけです。クラッカーそのものの飾り、包装紙、そしてなかに入っているものの内容は値段によって高級なものから一般的なものまで、かなり違いが見られます。ハロッズやフォートナム&メイソン、リバティーなどの高級店で売られるクラッカーは華やかで美しい飾りを施したものが多く、見ているだけで楽しくなるほどです。

このクラッカーの誕生は、製菓業を営むトム・スミスが視察に行ったパリで、砂糖をまぶしたアーモンド菓子がねじった紙に包まれて販売されていることを目撃し、「クリスマス・クラッカー」の販売を思いついたと伝えられています。

ロンドンのフォートナム&メイソンで売られていたクラッカー。ほかにもさまざまな種類が並んでいた

薪がはぜ、心まで温めてくれる火が灯る、デヴォン地方・タビストック近くにあるエンズレイ・ホテルの暖炉

クリスマスツリーが飾られたグラブタイ・マナーの暖炉

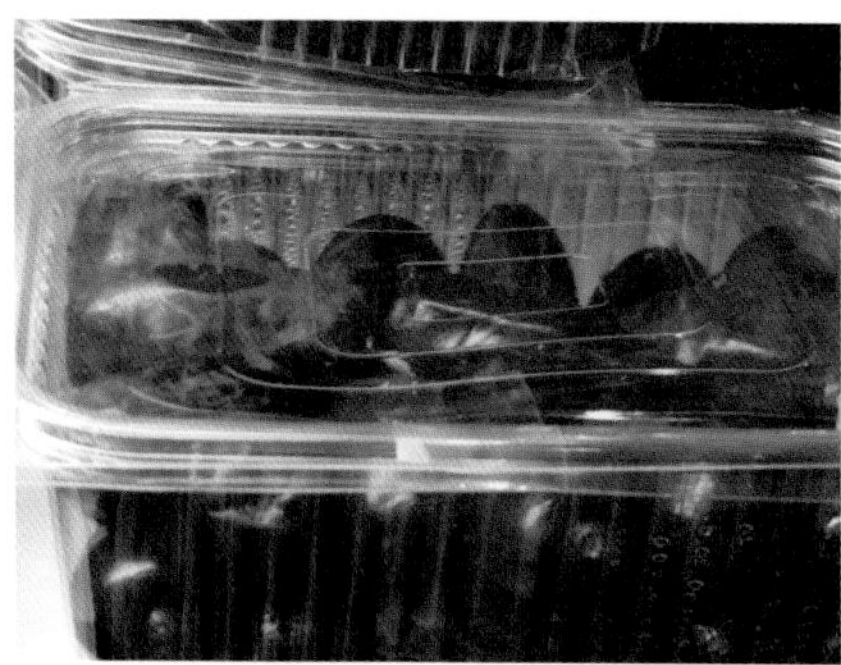

クリスマスに欠かせないナツメ（デーツ）。『ハロウィーン・パーティー』では事件をきっかけにリンゴを食べることをやめたオリヴァ夫人がナツメを食べていた

著者が体験したクック家のクリスマス・プディング。プディングにはヒイラギが添えられ、クックさんが火を灯したあとのマッチを手にしている

ピラールは本で読んでいたイギリスのクリスマスを楽しみにしている。楽しみのひとつに挙げている「ユール・ログ」は、クリスマスの火を起こす特別な薪と訳されていたり、その薪に見立てたブッシュ・ド・ノエルのようなケーキと訳されていたりする

クラッカーも華やかに並べられている、クリスマスの飾りつけが施されたテーブルセッティング

一八四〇年、当時のイギリスではお菓子の個別包装が見られませんでした。その後、火薬入りのものになり、お菓子ではなく、小さなプレゼントが入れられるようになり……と進化を遂げて、トム・スミスのクラッカーはビジネスとして大成功をおさめます。一九〇六年にはトム・スミスの会社は王室御用達の認定を受けるまでに成長したのでした。

焼いた干しブドウを食べる

作中に「焼いた干しブドウを食べる」という表現が二回ほど登場します。

干しブドウを焼くっていったいどうやって？　それが疑問でした。そこでイギリスのデヴォン地方に住む、友人のセリアさんに質問してみました。八〇代になるセリアさんなら、古風ない言い回しだとしても何かご存じではないか、と思ったのです。

さっそく届いたセリアさんからの答えに驚きました。なんと焼いた干しブドウとは、ブランデーを灯したプラム・プディング（クリスマス・プディング）のことだというのです。

確かにプラム・プディングのプラムは干しブドウをはじめ、ドライフルーツの総称といわれるだけに、たっぷりのレーズンが入っています。それ故にブランデーをかけ、火を灯してから楽しむこのプディングを「焼いたレーズン」というのも理解できます。

しかし『ポアロのクリスマス』では焼いた干しブドウとプラム・プディングを区別しています。そこでイギリスのレシピを調べてみると、「干しブドウを焼くと、なかにあるわずかな水分でふくらむ」と書かれたものがあり、実際にオーブントースターで焼いてみると確かにやわらかくなりました。

プディングの生地を混ぜ合わす“木”のスプーンは幼な子キリストが寝ていた飼い葉おけ、“東から西”は東方からの三人の博士が来たことにちなんでいる。

プラム・プディングは、牛脂を使って作るスエット・プディングの代表ともいえるものです。十六世紀には、肉類、ドライフルーツが入ったポリッジ（オートミールを水、または牛乳で煮たお粥のようなやわらかいもの）でした。肉類の代わりにスエット（牛脂）が加えられ、パン粉などのつなぎが加わり、布に包んでゆでることでプディングの形になっていきます。

家庭で作るときには、クリスマスの五週前のスターアップサンデーに作るのが伝統です。家族全員が集まってレーズンをはじめドライフルーツやリンゴ、ナッツに、牛脂やパン粉や砂糖、卵などの材料をすべて合わせて大きなボウルに入れて、〝東から西へ〟〝木〟のスプーンで三回混ぜ合わせます。混ぜながら、新しい年への願いを唱え、型に入れてゆでます。

1ヶ月ほど熟成させたプディングは、クリスマス当日に再びゆでて温め、クリスマスの正餐を飾るデザートとして、食後に供されます。

キリストが受けた茨のトゲで流した赤い血が実となったというヒイラギの枝を上にのせ、温めたブランデーをプディングにかけて火をつけます。青白い火が灯ったプディングを食卓で楽しみ、取り分けます。このプディングのなかには六ペンス銀貨を入れることも習慣で、取り分けられたひと切れにその銀貨が入っていた人は幸せになるともいわれているのでした。

ビクトリア女王の夫、アルバート公がこのプラム・プディングが好物で、クリスマスに楽しんだことからクリスマス・プディングと呼ばれるようになりました。ドイツからもたらされたといわれるクリスマスツリーとともに、仲睦まじいビクトリア女王一家にあやかろうと、一家の行事がイギリスの一般家庭にも広く定着していったのです。

クリスマスのお菓子、ミンスパイ。1896年のクリスマスの、ビクトリア女王とアルバート公のメニューが残されており、プラム・プディングのほかにミンスパイも記されている

Nemesis

『復讐の女神』

庭園巡りとチョコレートケーキ

大富豪ラフィール氏によって、天国から配達されたミス・マープルへの招待状。それは「英国著名邸宅と庭園巡り」の旅でした。しかもただの旅ではなく、ある任務が秘められたものでした。

ラフィール氏は一九六四年に刊行されたミス・マープルの物語『カリブ海の秘密』にも登場しています。甥からのプレゼントとしてカリブ海のホリデーを楽しむミス・マープルと一緒に事件を解決し、その信頼で結ばれた、いわば同士でした。二人の合言葉は「復讐の女神」――不正に対して鉄槌を下すギリシャ神話の女神をミス・マープルが自分に与えた称号でした。そのネメシスへの全幅の信頼のもと、ラフィール氏がミス・マープルにその才能を乞うこの作品は、『カリブ海の秘密』の続編ともいわれます。

『復讐の女神』
一九七一年

新聞を読んでいたミス・マープルはある人物の死亡記事に目を留める。死亡した人物はカリブ海を旅行した際に、共に殺人事件に立ち会ったラフィール氏だった。それから約一週間後、マープルのもとにラフィールの弁護士から手紙が届く。彼の依頼と遺産を受け取ることを決心したマープルは、指示に従い「大英帝国の著名邸宅と庭園」めぐりのバスツアーに参加することになる。

世界遺産ブレナムパレス

ミス・マープルほか、十七名の参加者を乗せた「英国著名邸宅と庭園巡り」のバスはロンドンを出発、昼食のあとに立ち寄ったのは、オックスフォードに近いところに存在する「ブレナムパレス」でした。実際にある土地や屋敷については現存の名前を作品に登場させることが少ないクリスティーにしては珍しいことです。

ミス・マープルはすでに二度訪ねたことのあるブレナムパレス。私は、といえばイギリスで初めて訪ねた庭園がこのブレナムパレスでした。

日本からハーブ留学と称して行ったイギリスで、最初の一週間はクック家に滞在したのですが、そのときにクックさんが連れて行ってくれたのがこの庭園でした。

まずは道路に接するこの敷地のはてしなくどこまでも続く塀の長さに驚き、そして門から屋敷までの長い道のり、目の前にどこまでも続く広大な緑、ここが個人の邸宅であるのか、と驚くばかりでした。

それも当然のこと、七九二万平方メートルというその敷地は、ベルサイユ宮殿に匹敵する広さを誇っています。そして、その緑のなかに初代マールボロ公爵が一七〇五年から十七年の歳月をかけて完成させたという英国最大のバロック建築の建物がそびえたっています。この屋敷は第六十一、六十三代首相を務めたサー・ウィンストン・チャーチルが生まれたことでも有名です。ブレナムパレスは一九八七年に世界遺産にも認定され、イギリスを代表する観光名所のひとつといえます。

ミス・マープルは、その屋敷内の見学を中断して「足を休め、庭園と美しい風景を楽しむために出てきた」わけですが、目の前には十八世紀風景庭園の極致とたたえられる素晴らしい眺めが広がっていたことでしょう。

「可能性（ケイパビリティー）ブラウン」の異名を持つ、ランスロット・ブラウン（一七一六―八

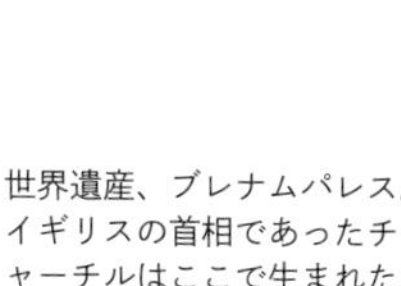
世界遺産、ブレナムパレス。イギリスの首相であったチャーチルはここで生まれた

三）によって屋敷に見合った湖や水花壇を配した、どこまでも緑が続く広大な庭園がミス・マープルの目に映っていたはずです。かつては貴族だけが入場を許された、そのはてしなく広がる庭園では、いまや家族連れがピクニックを楽しみ、市民のほほえましいいこいの場として使われています。

ブラウンが手掛ける庭の三大構成要素は「芝、水、木」の三つ。屋敷の前に広がる芝地、不規則な池ないし湖、地平線のかなたに連綿と続く樹林帯で構成され、自然な庭であるというのに人工的に作られたもの、しかも庭園でありながらも花がないという特徴があります。

貴族層を顧客としてブラウンが手掛けた庭園は少なくとも一七〇あるといわれますが、イギリスを代表する風景画家ターナーが好んで訪れ、描いたというサセックスにあるペットワースの庭園もブラウンの作品です。

一方で、ブラウンの作る平坦で単調な庭には生前から批判があったのも事実のようです。その反動からビクトリア朝時代は花の回帰が起こり、十九、二〇世紀にかけてはそのフォーマルな形式からガートルード・ジーキルなどが手がけた、素朴で自然なコテージガーデンへと流行が変化していきます。私たちがいわゆる「イングリッシュ・ガーデン」と呼ぶスタイルの誕生でした。

この屋敷のお膝元には、ウッドストックという町が栄えています。ブレナムパレスの訪問後、この町にあるパブに入りました。昼食のために入った初めてのパブで、ビーフパイのおいしさに出会いイギリス料理に目覚め、トライフルの味わいに感動したものです。十七〜十八世紀の建物が並ぶ愛らしいその街並みも合わせて、思い出深い場所となっています。

一行はある気持ちのいい河畔のホテルに昼食のため立ち寄って、午後はブレナム見物に出かけた。ミス・マープルは以前にもう二度もブレナムには来たことがあるので、屋内見物の量を減らして足を休め、早々に庭園と美しい風景を楽しむために出てきた。

訳：乾信一郎『復讐の女神』（早川書房）より

旧領士邸で食べる貧相なプラム・タート

ミス・マープルが招かれた旧領士邸での夕食は、ラム肉のローストにつけ合わせのベイクドポテト、デザートはプラムのタルトでした。

老三人姉妹が叔父から受け継いで住んでいるこの旧領士邸は、かつての栄華はどこへやら、いまや財政難から荒れ果てた状態が描かれています。

その様子はプラム・タートにも表れ、材料の貧しさからなのか、作り手の悪さからなのか、ペイストリー（タルトの皮）もおいしいものではなかったと書かれています。しかもタルトに添えられているクリームも少量というありさまです。プラムは十五世紀ごろでは珍味とされていたようで、中世の修道院の庭で栽培されていたという記録が残っています。かつてはプラムといえば、レーズンなどを含むドライフルーツの総称として使われました。プラム・プディング、プラム・ケーキはまさにそれを表しているものです。

プラムはバラ科の果樹で和名はセイヨウスモモ。プラムとはダムソン、グリーンゲージ、プルーンなどを含む総称で、数多くの品種があります。プルーンとは乾燥した干しスモモを作る種類、または干しスモモそのものを指し、プラムとプルーンは語源的には姉妹語であるとのことです。

イギリスでキッチンガーデンを訪ねると、それを囲う壁に沿って、プラムやダムソンの枝が誘引され、実がたわわに生っている様子がしばしば見られます。それだけプラムは身近な果物で、タルトやケーキ、ジャムづくりにも利用されているのです。オブザーバー紙などで活躍したフードライターのジェーン・グリグソンの著書『フルーツブック』では、そのレシピが豊富に載っています。プラムの豚肉、鶏肉、ラム肉、牛肉とのレシピ、「ダマスカスから来たプルーン」という意味のダムソンでつくるダムソンチーズと呼ばれるラム肉に添えるソースの作り方、クルミと合わせたタルトの作り方やフールなどどれもおいしそうです。

ちなみにアンズやモモ、洋ナシ、チェリーといった果物もプラムの仲間であることをご存じでしょうか。『復讐の女神』には、そのチェリーの名がついた「チェリーパイ」という、いかにもおいしそうな俗名を持つ植物が登場します。

マスカット種のブドウの木、きれいな大きな温室、そして「チェリーパイが内側の壁ぞいにいっぱい生えていたんですよ。」と在りし日の庭を懐かしむ老三姉妹。

チェリーパイとはヘリオトロープという花の俗称です。ペルー原産のムラサキ科の植物で、香りのよい濃い紫色の花をつけます。その花の香りがチェリーパイに似ていることからこの俗称がついたわけですが、実際、夏の日に照らされたこの花からは、むせかえるような甘い匂いが発せられます。イギリスで庭を訪ねると、その匂いの強さにこの花の存在をすぐに気がつくほどです。香水の名前にもなっていますが、直接この花から精油をとって作られるわけではなく、それに似た香りを化学的に合成したものだそうです。

英国ならではの庭園巡りの楽しみ

イギリスでは庭園巡りをバスで楽しむのは、運転ができなくなったお年寄りか、外国からの観光客が対象のようです。私もかつて二度ほどガーデンツアーに参加したことがあります。

一度はイギリスの雑誌が主催した個人の庭を訪ねるツアーで、普段開放していない、手を

チェリーパイのような香りがするヘリオトロープ

かけた個人の庭を訪ねるものでした。もう一度は、ミス・マープル同様にロンドンから出発するもので、エンバンクメントのテムズ川河畔に集合しました。参加者はアメリカからの観光客がほとんど。ナショナル・トラストが所有するロンドン近郊の名園を訪ねる、日帰りのものでした。イギリスで現存する、一番古いハーブガーデンを持つシシングハーストや、目の不自由な人でも楽しめる花壇を作った「アイデン・クロフト」といった庭園を巡りました。

そして庭園のあとに楽しむお茶の楽しさといったら、これぞイギリスならでは、と幸せを感じる時間です。ナショナル・トラストではその多くに庭や、建物を見学したあとに楽しむティールームが常設されています。文化や自然に触れ、満たされた気持ちの余韻をそのままに、お茶の時間で潤す、といった感じでしょうか。

十八世紀末から始まった産業革命がきっかけとなり、イギリス各地で住宅や道路、鉄道の建設など都市開発が進められました。それにより自然を破壊し始めたことへの危機感から立ち上がったのが、湖水地方の牧師のローンズリー牧師をはじめ、弁護士のサー・ロバート・ハンター、社会福祉運動家のオクタヴィア・ヒルの三人でした。彼らにより一八九五年、ナショナル・トラストが設立されます。ローンズリー牧師は、『ピーターラビットのおはなし』の作者であるビアトリクス・ポターに絵本を描くように勧めた人物でもあります。

初めは湖水地方での鉄道開発などから自然を守るために始められたものでしたが、その後、歴史的見地からして価値のある遺跡、建造物、美しい庭園をはじめ、手をつけずに残しておくべき美しい自然を守り、維持するための民間組織として発展します。

ナショナルの意味は「国家」ではなく、「国民」であるところが注目すべきところで、一

ケント州のシシングハースト・カースル・ガーデン。イギリスで現存する最も古いハーブガーデン

般の国民からの会費や寄付を資金として活動を行う、政府から独立した国民が運営する非営利団体です。設立から百二十五年を迎えた二〇二〇年には会員数が五九〇万人に達し、国民十一人に一人が会員という数にまで成長しました。もちろん世界各国、日本からも会員になることができるので、私はナショナルトラスト活動への寄付のつもりで、会員となっています。

庭園巡りとチョコレートケーキ

『復讐の女神』の庭園巡りでは、ミス・マープルは午後の見物を抜けて、しばらく休んでからティールームでツアーの一行と落ち合うことにします。そのティールームで、ミス・マープルはスイスロールを、ミス・バローはチョコレートケーキを、お茶のお供に選びました。

チョコレート好きのイギリス人を物語るように、チョコレートケーキは、ティールームでは欠かせない定番のお菓子です。なかでもココアを入れて焼いたチョコレートスポンジケーキを二枚にして、その間と周りに生クリームにチョコレートを加えて作ったチョコレートクリームを塗る、家庭でも作れるような素朴なものが定番中の定番でしょうか。

スコーン作りを習ったこともあるアイリーンさん（先述したクックさんの義妹）が作っていたチョコレートケーキもその種類のもので、上には昔なつかしい雰囲気が漂う真っ赤なドレンチェリーが飾られていました。

驚いたのは、このチョコレートケーキを丸ごと冷凍で保存するということ。家族が集まる日曜日のアフタヌーンティーで、いろいろな種類のケーキをアイリーンさんがひとりで用意したことに、彼女は魔法の手を持っているのではないか？　と私はとてもびっくりしました。

「サザランド夫人のお宅じゃなかったかしら？」ミス・マープルがヒントを出した。「いえ、そうじゃありません、あれは……ええと……」「ヘイスティングズ夫人ですよ」ミス・バローがチョコレートケーキの一片を取りながら、強い調子でいった。

訳：乾信一郎『復讐の女神』（早川書房）より

Recipe

チョコレートケーキ

Chocolate Cake

材料（18cm丸型1個分　※2個の型で2枚焼いてもよい）

無塩バター……175g
グラニュー糖（微粒子）
……175g
卵……3個
中力粉（薄力粉でも可）
……140g
ベーキング・パウダー
……小さじ1
ココア……35g
牛乳……大さじ1

チョコレートクリーム
生クリーム……150g
チョコレート……150cc
（粗く刻んでおく）

飾り用
チョコレート……適宜

作り方

1. オーブンは170℃に余熱で温めておく。18㎝の型にはベーキングシートを敷いておく。

2. 材料はチョコレートクリーム以外すべて室温に戻しておく。ボウルにバターを入れて滑らかになるまで混ぜたら、グラニュー糖を入れて泡だて器、またはハンドミキサーですり混ぜる。

3. 卵を溶いたものを3回に分けて加え、その都度よく混ぜる。

4. 粉とベーキング・パウダー、ココアを合わたものをふるい入れ、途中で牛乳も加え、ゴムベラでよく混ぜる。

5. 用意した型に流し入れ、2つの型に分けた場合は180℃で15分、170℃に下げて20分焼く。ひとつの型の場合は、180℃で20分、170℃に下げて25～30分ほど焼く。竹串を刺してみて何もついてこなくなればできあがり。

6. 焼けたらオーブンから出し、粗熱が取れたら、型から出して冷ます。1個の型で焼いた場合は2枚に切り分けておく。

7. チョコレートクリームを作る。鍋に生クリームを入れ、鍋の周囲のクリームが泡だってきたら、火から外し、刻んだチョコレートを加える。チョコレートが溶けて、艶が出てくるまで混ぜながら溶かす。

8. チョコレートクリームはしばらく置いて、室温になり、ケーキに塗れる程度になるまで冷ます。1枚目のケーキの上面に1/3程度のチョコレートクリームを塗る。その上にもう1枚をのせて、残りをケーキ全体に塗る。その上に刻んだ、または削ったチョコレートで飾る。

ミス・マープルが屋敷から出て楽しんだ風景は、写真のような眺めだったと思われる。ブラウンならではの、人工的ではない「芝、水、木」という自然な庭

ミス・マープルは資金があったらやりたいこととして、シャコ（鷓鴣）を一羽しみじみ味わいたいことと、マロン・グラッセを味わいたいという

コッツウォルズにある有名なオーガニックショップ、デイルズフォードでいただいたチョコレートケーキ

ブラッドフォード・オン・エイボンにあるブリッジハウス・ティールームのチョコレートケーキ

クリスティー作品のチョコレートケーキといえば『予告殺人』で東欧から来た料理人のミッチーが作る「甘美なる死」。2010年にクリスティー生誕120周年を記念してジェーン・アッシャーがレシピを考案し、「甘美なる死」がグリーンウェイなどで提供された。ここではBBCのサイトに公開されているレシピをもとに作ってみた

チョコレートケーキ

チョコレート好きなイギリス人らしいケーキ。
レシピは245ページへ

するとアイリーンさんは「時間のあるときに作って冷凍しておく、それを前日から自然解凍すれば、作りたての味わいになるのよ」と、いとも簡単に説明してくれました。

イギリスでの出産仲間だったキャルさんの家でも、アイリーンさんのようなチョコレートケーキがお茶の時間の集まりに用意されていました。子育てに忙しいというのにいつ焼いたのかを尋ねる私に、「スーパーで売っている箱入りのチョコレートケーキミックスで作ったのよ」とその箱をおすすめとばかりに見せてくれました。自分で加えたのはチョコレートクリームだけとはいえ、そのチョコレートケーキがしっとりとおいしかったこと！ 思わずスーパーで同じケーキミックスを買ってしまったことをなつかしく思い出します。

甘いチョコレートをさらに甘くしたチョコレートのファッジアイシングで作る、チョコレートファッジケーキは「チョコホリック」なイギリスの人たちの味覚を満足させる人気のチョコレートケーキの代表です。私が住んでいたウィンブルドンのカフェでもチョコレートファッジケーキのおいしい店があり、その大きくて、濃厚なひと切れを求めてやってくる人々で、午後のお茶の時間はいつも大にぎわい。ちょっと遅くいくと売り切れになってしまうほどの人気のケーキでした。

エリザベス女王のお気に入りもチョコレートケーキでした。それはビスケットを使った「チョコレートビスケットケーキ」で、女王に十五年間仕えたお抱えシェフのマグレディ氏が、自身のホームページや著書でそのレシピを公開しています。スポンジの代わりにマクビティのようなビスケットを砕いて使うので、家庭でも簡単に作れるものです。

ウィリアムズ皇太子の結婚式では、美しいウェディングケーキが作られましたが、女王同

ナショナル・トラストの施設に付属するティールームのお菓子について書かれた記事が会報（2013年春号）に掲載。ノッティンガムシャーのクランバーパークにあるティールームで働くヘッドシェフの言葉が紹介された。「ケーキはスコーンとともにナショナル・トラストのベストセラー。そのなかでこの5種類はほかのナショナルトラストに付随するティールームでも人気の、最も古典的なお菓子だね。お菓子には流行があるけど、この5種類の人気は永遠に続くことは間違いないね」その5種類を訪問客が選んだ順位で紹介すると以下になる。1位：ビクトリア・サンドイッチ　2位：チョコレート・スポンジ　3位：コーヒー＆ウォルナッツケーキ　4位：キャロットケーキ　5位：レモンドリズルケーキ　いずれも昔から家庭でお茶の時間に楽しまれてきたケーキばかり。伝統を重んじるイギリスならでは。定番の味が一番おいしい、それは家庭でもティールームでも違いはないというところにイギリスらしさを感じる

様に皇太子の大好物でもあるチョコレートビスケットケーキも作られ、ふるまわれた、とニュースにもなりました。レシピを見ると、女王のケーキとはちょっと違うようですが、火を使うことなく作れる、それ故に失敗もない、家庭的なチョコレートケーキであることには変わりはありません。特別な技術のいらない、家庭菓子を庶民同様、イギリス王室もお好みであることがわかり、温かい気持ちになります。

遺作で明かされたセント・メアリー・ミード村の秘密

ミス・マープルが暮らす、のどかな村、ただしこの村がどこにあるのかは、具体的にされませんでした。『牧師館の殺人』ではダウンシャー県、『書斎の死体』ではラドフォードシャー県といずれも架空の地名でありながら、統一さえされていませんでした。

クリスティー生前最後となるこの作品『復讐の女神』で、ミス・マープルが暮らすセント・メアリー・ミード村の所在について具体的に語られているのは興味深いところです。

それまではっきりと明確な位置について明らかにされていなかったのですから。

「とても小さな村で……ロンドンから二五マイルほど（約40キロほど）」とミス・マープル自らがその、ロンドンから意外と近い、具体的な位置を語るのです。

クリスティーの豊かに広がる物語の世界を楽しんでいただけましたら幸いです。

ま

や

ら

さくいん

Special Thanks

Ms. Julia Buckley, Mr. Craig Brough (Kew Library), Mr. Dan Lepard,
Mrs. Celia Steven, Ms. Stacey Ward, Mrs. Joan Ware, 庭人（片山清美）

参考文献

東 秀樹『アガサ・クリスティーの大英帝国』（筑摩書房、2017）
今田美奈子『お菓子の手作り事典』（講談社、1978）
加藤憲市『英米文学植物民俗誌』（冨山房、1984）
川北 稔『砂糖の世界史』（岩波ジュニア新書、1996）
川北 稔『世界の食文化17 イギリス』（農山漁村文化協会、2006）
川端有子『庭園家ガートルード・ジーキル』（玉川大学出版部、2020）
キャサリン・ハーカップ著、長野きよみ訳『アガサ・クリスティーと14の毒薬』（岩波書店、2016）
ジェリ・クィンジオ著、富原まさ江訳『デザートの歴史』（原書房、2020）
ジェリ・クィンジオ著、元村まゆ訳『プディングの歴史』（原書房、2021）
ジャレッド・ケイド著、中村妙子訳
『なぜアガサ・クリスティーは失踪したのか？　七十年後に明かされた真実』（早川書房、1999）
スーザン・グルーム著、矢沢聖子訳『図説 英国王室の食卓史』（原書房、2021）
武田尚子『チョコレートの世界史』（中公新書、2010）
遠山茂樹『森と庭園の英国史』（文春新書、2002）
南條竹則『ドリトル先生の英国』（文春新書、2000）
ニコラ・ハンブル著、堤理華訳『ケーキの歴史物語』（原書房、2012）
ポール・クリスタル著、ユウコ・ベリー訳『図説 お菓子の文化史百科』（原書房、2022）
堀内昭『聖書の植物よもやま話』（教文館、2019）
若林ひとみ『名作に描かれたクリスマス』（岩波書店、2005）
David,Elizabeth. *English bread & Yeast Cookery*, Penguin Books, 1982
Davidson,Alan. *The Oxford Companion to Food*, Oxford University Press, 2014
Festing,Sally. *The Story of Lavender*, London Borough of Sutton Libraries and Arts Services, 1982

北野佐久子（きたの・さくこ）

東京都出身。立教大学英米文学科卒。

児童文学は立教大学名誉教授・吉田新一氏に師事。

今田美奈子お菓子教室製菓コース師範資格。

日本人初の英国ハーブソサエティーの会員となり、研究のために渡英。結婚後は4年間を英国・ウィンブルドンで暮らす。

児童文学、ハーブ、お菓子を中心に執筆、講座を行うなど、イギリス文化を紹介している。

NHK文化センターの講座を長年数多く担当。

英国ハーブソサエティー終身会員。ビアトリクス・ポターソサエティー会員。

『イギリスのお菓子とごちそう　アガサ・クリスティーの食卓』『イギリスのお菓子と暮らし』（ともに二見書房）、『物語のティータイム』（岩波書店）、『ビアトリクス・ポターを訪ねるイギリス湖水地方の旅』（大修館書店）、『ハーブ祝祭暦』（教文館）、『美しいイギリスの田舎を歩く』（集英社be文庫）など著書多数。編書に『基本 ハーブの事典』（東京堂出版）がある。

カバー・レシピ写真　川しまゆうこ
本文写真：北野佐久子
写真協力：アフロ、PIXTA
Sian Selby（p.154）
マーティン智子（p.226）
撮影協力：ENCHANTÉ Herbal Café
安田京子（p.199下）

ブックデザイン：平塚兼右（PiDEZA Inc.）
本文組版：井上敬子
地図作成：みの理

イギリスのお菓子（かし）と本（ほん）と旅（たび）
アガサ・クリスティーの食卓（しょくたく）

2024年1月10日　初版発行

著　者　北野佐久子（きたのさくこ）
発行所　株式会社 二見書房
東京都千代田区神田三崎町2-18-11
電話　03（3515）2311［営業］
振替　00170-4-2639
印　刷　株式会社 堀内印刷所
製　本　株式会社 村上製本所

落丁・乱丁本はお取り替えいたします。

定価は、カバーに表示してあります。


ISBN978-4-576-23142-6